LES SEPT FILLES D'ÈVE

Brian Sykes, professeur de génétique des populations, enseigne à l'Institute of Molecular Medicine de l'Université d'Oxford. Après son étude de l'ADN de « l'Homme des glaces », il s'est illustré depuis dans toute la presse en identifiant les restes des Romanov.
Auteur de nombreuses contributions sur la génétique des populations du paléolithique à nos jours parues dans les meilleures revues scientifiques internationales, il est aujourd'hui une sommité reconnue dans le monde entier.

BRYAN SYKES

Les Sept Filles d'Ève

Génétique et histoire de nos origines

TRADUIT DE L'ANGLAIS PAR PIERRE-EMMANUEL DAUZAT

ALBIN MICHEL

Titre original :

THE SEVEN DAUGHTERS OF EVE

À ma mère

Prologue

D'où je viens ?

Combien de fois vous êtes-vous posé cette question ? Nous connaissons nos parents, voire nos grands-parents. Mais, pour la plupart d'entre nous, nos origines commencent ensuite à se perdre dans la brume. Or, chacun de nous porte un message de ses ancêtres dans chaque cellule de son corps. C'est l'ADN, le matériau génétique, qui se transmet de génération en génération. Et dans cet ADN sont écrites notre histoire en tant qu'individu, mais aussi toute l'histoire de l'espèce humaine. Grâce aux progrès récents de la technologie génétique, c'est cette histoire que l'on découvre aujourd'hui. Nous pouvons enfin commencer à déchiffrer les messages du passé. Notre ADN ne s'efface pas comme un antique parchemin, pas plus qu'il ne rouille et ne tombe en poussière comme l'épée d'un guerrier disparu de longue date. Le vent et la pluie ne sauraient le corroder, pas plus que le feu ou les tremblements de terre ne peuvent le briser. Voyageur venu d'une antique contrée, il continue de vivre en nous.

Ce livre porte sur l'histoire du monde telle que la génétique nous la révèle. Il montre comment l'histoire de notre espèce, l'*Homo sapiens*, est inscrite dans les gènes qui nous permettent de remonter jusqu'à nos lointains ancêtres, bien au-delà de l'apparition de l'écriture ou des pierres gravées. Ces gènes racontent une histoire qui commence il y a plus de cent mille ans et dont les tout derniers chapitres sont dissimulés dans les cellules de chacun de nous.

C'est aussi mon histoire à moi. Homme de science, j'ai eu la très grande chance de me trouver dans les parages au bon moment et de pouvoir participer au prodigieux voyage dans le passé que permet aujourd'hui la génétique moderne. J'ai extrait l'ADN de squelettes vieux de mille ans et retrouvé exactement les mêmes gènes chez mes amis. Et, à mon grand étonnement, j'ai découvert que, par nos mères, nous étions tous apparentés à un petit nombre de femmes qui vivaient voici quelques dizaines de milliers d'années.

Par-delà ces découvertes, ce sont les moments d'excitation et de dépit que traverse le chercheur de pointe que j'entends vous faire partager dans ces pages. Comme toutes les autres activités, la science a ses hauts et ses bas, ses héros et ses coquins. Vous verrez ici comment les choses se passent dans un laboratoire de génétique.

CHAPITRE 1

Une parente de l'Homme des glaces découverte dans le Dorset

Le jeudi 19 septembre 1991, Erika et Helmut Simon, alpinistes chevronnés de Nuremberg, en Allemagne, approchaient du terme de leurs vacances dans les Alpes italiennes. La veille, ils avaient fait une halte imprévue dans une cabane de montagne et projetaient de redescendre vers leur voiture le lendemain matin. Ce jour-là, cependant, le soleil était si éclatant qu'ils décidèrent plutôt d'escalader les 3 516 mètres du Finailspitze dans la matinée. Alors qu'ils regagnaient le refuge pour y récupérer leurs sacs à dos, ils s'écartèrent du sentier balisé pour suivre une ravine en partie encombrée de glace fondante. Ils aperçurent un corps nu à moitié dégagé. Le corps d'un homme.

Quoique macabres, les découvertes de ce genre ne sont pas si rares dans les hautes Alpes. Les Simon supposèrent que c'était le corps d'un montagnard qui avait dévissé dix ou vingt ans plus tôt. Le lendemain, deux autres alpinistes se rendirent sur les lieux. La forme surannée du pic à glace qui gisait à côté du corps ne laissa pas de les intriguer. À en juger d'après l'équipement, l'accident devait remonter à de longues années. Contact fut pris avec la police, qui consulta le registre des alpinistes disparus. Dans un premier temps, elle pensa qu'il s'agissait probablement du corps de Carlo

Capsoni, professeur de musique de Vérone disparu dans la région en 1941. À peine quelques jours plus tard, l'idée commença à poindre dans tous les esprits que la mort était bien plus ancienne. L'outil découvert à côté du corps n'avait rien à voir avec un pic moderne. On aurait dit une hache préhistorique. Tout près, on découvrit également un récipient en écorce de bouleau. Peu à peu, ils comprirent que ce corps n'avait pas des dizaines ni même des centaines d'années, mais plusieurs milliers d'années. Bref, il s'agissait d'une découverte archéologique d'une importance internationale.

Les restes flétris et desséchés de l'Homme des glaces, ainsi qu'on devait bientôt le baptiser, furent transportés à l'Institut de Médecine légale d'Innsbruck, en Autriche, où il fut conservé dans une chambre froide le temps de réunir une équipe internationale de chercheurs pour procéder à un examen minutieux de cette découverte unique. Mon équipe de recherche d'Oxford ayant été la première au monde à retrouver des traces d'ADN dans des ossements humains anciens, on fit appel à moi pour voir si l'on pouvait en trouver chez cet homme. C'est l'irrésistible occasion d'être associé à des découvertes aussi grisantes qui m'avait persuadé de délaisser ma carrière de spécialiste de médecine génétique pour me lancer dans ce champ scientifique entièrement nouveau que nombre de mes collègues tenaient pour une diversion bizarre et excentrique, inutile et sans véritable portée.

La datation au carbone — consistant à mesurer la décomposition des infimes traces d'atomes de carbone naturellement radioactif contenus dans les restes — avait alors confirmé la grande antiquité de l'Homme des glaces, lui donnant entre 5 000 et 5 350 ans. Alors même qu'il était beaucoup plus vieux que tous les restes humains sur lesquels il m'avait été donné de travailler, je restais très optimiste. Les chances de réussite étaient bonnes parce que, prisonnier des glaces, le corps avait été préservé des forces destructrices de l'eau et de l'oxygène qui, lentement mais sûrement, détruisent l'ADN. L'échantillon avait été placé dans un petit bocal à pas de vis, comme ceux que l'on emploie pour les spécimens de pathologie. Il avait l'air affreusement banal. Un genre de bouillie grise. Martin Richards, mon assistant, était avec moi. On ouvrit le bocal et on se mit à en remuer le contenu avec des pinces. Apparemment, il s'agissait d'un mélange de peau et de fragments d'os. Peut-être n'y avait-il pas grand-chose à voir, mais il n'y avait aucun signe évident de décomposition. On se mit donc au travail avec optimisme et enthousiasme. Et de retour à Oxford, dans notre laboratoire, lorsqu'on soumit les petits fragments d'os au processus d'extraction qui avait réussi avec d'autres échantillons anciens, on trouva en effet de l'ADN, et en grande quantité.

Le moment venu, nous publiâmes nos conclusions dans *Science*, la revue scientifique américaine. Pour être tout à fait honnête, le plus remarquable n'était pas d'avoir extrait de l'ADN du corps — c'était devenu une opération de routine —, mais d'avoir obtenu exactement la même séquence qu'une équipe indépendante de Munich. Nous avions établi les uns et les autres que l'ADN était de toute évidence européen en découvrant précisément la même séquence dans des échantillons d'ADN prélevés sur des Européens vivants. Ce n'était guère surprenant, direz-vous peut-être. En réalité, cependant, on ne pouvait exclure la possibilité d'un immense canular, d'une momie sud-américaine transportée par hélicoptère et abandonnée dans la glace. L'air froid et extrêmement sec du désert d'Atacama, au sud du Pérou et au nord du Chili, a conservé des centaines de corps entiers inhumés dans des tombes peu profondes, et un faussaire déterminé n'aurait eu aucun mal à s'en procurer un. Le climat beaucoup plus humide de l'Europe réduit très vite un cadavre à l'état de squelette, si bien que, si canular il y avait, le corps devait venir d'ailleurs, probablement d'Amérique du Sud. Un peu tiré par les cheveux, je vous l'accorde, mais on a déjà vu des supercheries de ce genre. Souvenez-vous de l'Homme de Piltdown.

Ce fossile de sinistre mémoire avait été « découvert » dans une gravière du Sussex, en 1912. Il possédait une mâchoire inférieure de singe attachée à un crâne d'apparence beaucoup plus humaine. On y avait reconnu le « chaînon manquant », recherché depuis si longtemps, entre les humains et les grands singes — gorilles, chimpanzés et orangs-outans. Le canular ne fut révélé qu'en 1953, lorsque l'analyse au radiocarbone, la même technique qu'on devait plus tard utiliser pour dater l'Homme des glaces, prouva sans doute possible que le crâne de Piltdown était celui d'un moderne. Le responsable, qui n'a jamais été identifié, avait associé la mâchoire inférieure d'un singe à la boîte crânienne d'un homme, le tout chimiquement traité pour le faire paraître beaucoup plus ancien qu'il ne l'était vraiment. Aujourd'hui encore, persiste l'ombre portée par la supercherie de l'Homme de Piltdown. Bref, l'idée qu'il pût s'agir d'un canular était dans tous les esprits.

À la suite de notre article scientifique, la presse voulut en savoir plus. Il me fallut expliquer comment nous avions établi ses origines européennes. S'il s'était agi d'un canular, l'ADN l'aurait montré. Ses plus proches parents eussent été sud-américains. Mais c'est Lois Rogers, du *Sunday Times*, qui posa la question cruciale :

— Vous dites avoir trouvé exactement le même ADN chez des Européens modernes. Eh bien, qui sont-ils ? demanda-t-elle d'un ton qui me fit comprendre qu'elle attendait de moi que je réponde tout de suite.

— Qu'entendez-vous par « qui sont-ils » ? Ils viennent de notre collection d'échantillons d'ADN de l'Europe entière.

— D'accord, mais de qui ?

— Je n'en ai aucune idée. Nous gardons l'identité des donneurs dans un fichier séparé et, de toute façon, les échantillons sont toujours prélevés sous le sceau de la plus stricte confidentialité.

Après l'appel de Lois, j'allumai mon ordinateur, histoire de voir quels échantillons correspondaient à l'Homme des glaces. L'un d'eux était le LAB 2803, et le préfixe de la série, LAB, voulait dire que l'échantillon venait de quelqu'un qui travaillait au labo, voire d'un visiteur ou d'un ami. Quand je vérifiai le matricule sur la base de données indiquant le nom des volontaires, je n'en crus pas ma chance. LAB 2803, c'était Marie Moseley, et elle avait exactement le même ADN que l'Homme des glaces ! Cela ne pouvait signifier qu'une seule chose : Marie lui était apparentée. Pour des raisons que j'exposerai en détail par la suite, entre elle et la mère de l'Homme des glaces existait une chaîne génétique ininterrompue sur plus de cinq mille ans. Et l'ADN nous en donnait un enregistrement fidèle.

Marie est une amie irlandaise. Consultante en management, elle vit à la périphérie de Bournemouth, dans le Dorset, au sud de l'Angleterre. Bien que n'étant pas elle-même scientifique, sa curiosité pour la génétique est insatiable. Deux ans plus tôt, elle avait donné pour la science deux mèches de ses longs cheveux roux. S'exprimant avec facilité, ouverte et très spirituelle, elle y saurait affronter la publicité, j'en étais sûr. Quand je l'appelai pour lui demander si elle voyait un inconvénient à ce que je donne son nom au *Sunday*

Times, elle y consentit aussitôt. L'article parut dans l'édition suivante sous le titre : « Une parente de l'Homme des glaces découverte dans le Dorset. »

L'espace de quelques semaines, Marie devint une célébrité internationale. De tous les titres qui suivirent, c'est celui de l'*Irish Times* que je préfère. Ils avaient demandé à Marie si son illustre ancêtre lui avait légué quoi que ce soit. D'un ton indigné, elle avait avoué que non. Et le journal avait titré : « L'Homme des glaces laisse dans le dénuement l'une de nos concitoyennes de Bournemouth. »

L'une des choses les plus étranges et, à première vue, surprenantes de cette histoire, et la raison pour laquelle je la raconte ici, c'est que Marie commença à éprouver quelque chose pour l'Homme des glaces. Elle en avait vu des photographies prises alors qu'on le transportait du glacier jusque dans sa chambre froide. Sur d'autres clichés, on voyait des hommes le pousser, le déplacer, puis l'ouvrir et en prélever des morceaux. Ce n'était plus la simple curiosité anonyme dont la presse écrite et la télévision avaient diffusé l'image. Elle s'était mise à penser à lui comme à un homme, et à un parent de surcroît. C'est précisément ce qu'il était.

Ce lien de parenté que Marie éprouvait avec l'Homme des glaces ne manquait pas de me fasciner. Il me vint à l'idée que, si l'on pouvait génétiquement rattacher Marie à un homme disparu de longue date, des milliers d'années avant qu'on en ait conservé les moindres traces, on pouvait le faire pour tout le monde. Peut-être suffisait-il de regarder autour de nous, d'examiner les vivants, pour démêler les mystères du passé. La plupart de mes amis archéologues trouvèrent cette suggestion totalement saugrenue. Ils avaient grandi dans la conviction qu'on ne peut comprendre le passé qu'en étudiant le passé. Les modernes n'étaient d'aucun intérêt. Pour ma part, cependant, j'étais sûr que si l'ADN se transmettait intact de génération en génération sur des milliers d'années, comme je l'avais montré en rattachant Marie à l'Homme des glaces, les fragments d'ADN étaient un témoin du passé aussi digne de foi qu'un tesson de poterie ou une dague de bronze.

Il me paraissait absolument décisif d'élargir le champ des recherches aux modernes. C'est seulement en en sachant plus sur l'ADN des vivants qu'on pourrait espérer replacer dans leur contexte les résultats tirés des fossiles humains. Ainsi fut prise la décision de multiplier les recherches sur l'ADN chez les Européens d'aujourd'hui comme dans les populations de maintes autres parties du monde. Ce que nous trouvions nous avait été directement transmis par nos ancêtres. Le passé est en nous tous.

Depuis, mes recherches ont montré que, grâce au même type de chaîne génétique qui relie Marie à l'Homme des glaces, on peut faire remonter tous les habitants de l'Europe, ou presque, à sept lointaines ancêtres. Autrement dit, ces sept femmes sont les ancêtres maternelles directes de la quasi-totalité des 650 millions d'Européens modernes. Du jour où je leur ai donné des noms — Ursula, Xénia, Héléna, Velda, Tara, Katrine et Jasmine —, elles ont pris vie. Dans ce livre, je raconte comment nous en sommes arrivés à cette conclusion incroyable et ce que nous savons de la vie de ces sept femmes.

Pour ma part, je descends de Tara. J'ai envie de la connaître, de savoir quelque chose de sa vie. J'ai le sentiment que nous avons quelque chose en commun, plus qu'avec les autres. Par des méthodes que j'expliquerai, j'ai pu évaluer où vivaient ces sept femmes et à quelle époque. J'ai ainsi établi que Tara vivait en Italie du Nord il y a environ dix-sept mille ans. L'Europe traversait alors le dernier Âge glaciaire, et les seules parties du continent où la vie était possible se trouvaient tout au sud. À cette époque, les collines de Toscane étaient très différentes de ce qu'elles sont aujourd'hui. Il n'y avait ni vignes ni bougainvillées pour décorer les fermes. Les collines étaient recouvertes d'une forêt épaisse de pins et de bouleaux. Les cours d'eau grouillaient de petites truites et d'écrevisses. Ainsi Tara pouvait-elle nourrir les siens et leur éviter les tiraillements de la faim quand les hommes revenaient bredouilles de la chasse au cerf ou au sanglier. L'emprise de l'Âge glaciaire se faisant moins forte, les enfants de Tara longèrent la côte pour pénétrer en France et rejoindre la grande bande des chasseurs qui suivaient le gros gibier à travers la toundra de l'Europe du Nord. Finalement, les enfants de Tara traversèrent la terre sèche, qui allait devenir la Manche, et filèrent droit en direction de l'Irlande, dont le royaume celte a donné au clan son nom.

Après que j'eus publié les conclusions de ma recherche, et grâce à la presse écrite et à la télévision, la nouvelle de l'existence de ces sept mères ancestrales eut tôt fait d'accomplir le tour du monde, excitant l'imagination des auteurs et des services iconographiques en quête de contemporaines auxquelles les comparer. Brigitte Bardot devint la réincarnation d'Héléna, Maria Callas celle d'Ursula, et le mannequin Yasmin Le Bon, tout naturellement, celle de Jasmine. Tant de gens nous appelèrent pour savoir à laquelle ils étaient apparentés qu'il nous fallut créer un site sur le Web afin de répondre aux centaines de demandes. Nous étions tombés sur quelque chose de fondamental. Et que nous commencions à peine à comprendre.

Ce livre relate l'histoire qui se cache derrière ces découvertes et en expose les implications pour nous tous, habitants de l'Europe comme du reste du monde. C'est l'histoire de notre patrimoine commun et de nos ancêtres partagés. Elle nous conduit des Balkans au temps de la Première Guerre mondiale jusqu'aux lointaines îles du Pacifique Sud. Elle nous transporte du temps présent aux débuts de l'agriculture et, au-delà, à nos ancêtres qui chassaient avec les hommes de Neandertal. Le plus stupéfiant, c'est que nous portions tous cette histoire dans nos gènes : des gènes que nous avons reçus de nos lointains ancêtres, quasiment inchangés. Des ancêtres qui ne sont plus simplement une entité abstraite, mais de vrais individus qui vivaient dans des conditions très différentes de celles que nous connaissons aujourd'hui, qui leur ont survécu, et qui ont élevé leurs enfants. Nos gènes étaient là. Ils nous sont parvenus au fil des millénaires. Ils ont voyagé par-delà les terres et les mers, les montagnes et les forêts. Du plus puissant au plus faible, du plus fabuleusement riche au plus démuni, nous portons tous dans nos cellules les survivants de ces fantastiques voyages : nos gènes. Nous devrions en être très fiers.

Mon rôle, dans cette histoire, commence à l'Institute of Molecular Medicine d'Oxford, où j'enseigne la génétique. L'Institut fait partie d'Oxford University, même si, par sa localisation comme par son atmosphère, il est loin du mystérieux univers des cloîtres universitaires. Il grouille de médecins et de chercheurs qui passent leur temps à appliquer les nouvelles techniques de la génétique et de la biologie moléculaire au domaine de la médecine. On y trouve des immunologistes qui travaillent à la mise au point d'un vaccin contre le sida, des oncologistes qui cherchent le moyen de tuer les tumeurs en interrompant le flux sanguin, des hématologues aspirant à soigner les anémies héréditaires qui font chaque année des millions de victimes dans les pays en voie de développement, des microbiologistes qui démêlent les secrets de la méningite, et beaucoup d'autres. C'est un cadre de travail stimulant. Je suis installé à l'Institut parce que je travaillais sur les maladies héréditaires du squelette, en particulier sur une horrible maladie qu'on appelle l'« ostéogenèse imparfaite », mieux connue sous le nom de fragilité osseuse constitutionnelle. Les bébés qui naissent avec la forme la plus sévère de cette maladie ont parfois des os si fragiles qu'au premier souffle toutes leurs côtes se brisent et qu'ils meurent étouffés. Nous recherchions la cause de cette maladie tragique et l'avions imputée à d'infimes changements des gènes du collagène. Le collagène est la protéine la plus importante et la plus abondante des os, qu'il supporte un peu comme les tiges de métal dans le béton armé. Dès lors, on pouvait penser que si le collagène faisait défaut en raison d'une défaillance du gène, les os se briseraient. Il s'agissait donc de recueillir le plus d'informations possible sur les variations du collagène et de ses gènes dans la population. Et c'est ainsi que mon chemin croisa, en 1986, celui de Robert Hedges.

Robert dirige à Oxford le laboratoire de datation au carbone des échantillons archéologiques. Outre la datation, il avait réfléchi aux moyens de tirer davantage de renseignements des ossements qui passaient par son labo. Le collagène est la principale protéine des ossements vivants aussi bien que morts, et c'est le carbone du collagène survivant qui permet de les dater. Robert se demandait si ces fragments de collagène contenaient des informations génétiques. Ainsi germa en nous le projet de les étudier. Étant une protéine, le collagène se compose d'unités, les acides aminés, formant une séquence particulière. Ainsi que nous le verrons dans le chapitre suivant, la séquence des acides aminés du collagène, comme en l'occurrence de toutes les autres protéines, est dictée par la séquence d'ADN de leurs gènes. Notre espoir était de découvrir indirectement la séquence d'ADN des gènes du collagène ancien en déterminant l'ordre des acides aminés dans les fragments de protéine survivant dans les os de Robert. À plusieurs reprises, nous fîmes savoir par petites annonces que nous cherchions des assistants. Faute de réponse, il nous fallut retarder d'un an le lancement du projet. Quoique très irritant sur le moment, le retard allait être finalement une bénédiction. Entre-temps, tomba en effet la nouvelle d'une invention. Un chercheur américain de Californie, un certain Kary Mullis, avait imaginé un moyen d'amplifier en éprouvette de minuscules quantités d'ADN : dans des conditions parfaites, tout juste une seule et unique molécule.

Un vendredi soir, par temps chaud, il roulait le long de la côte sur la route 101. Ainsi qu'il le raconta plus tard, « l'air de la nuit était saturé d'humidité et embaumait les marronniers en fleur ». Son amie étant assise à côté de lui, il évoquait certaines idées qui l'occupaient dans son travail au sein d'une société locale de biotechnologie. Comme tout le monde, dans le secteur du génie génétique, il faisait des copies d'ADN en éprouvette. C'était un processus lent, parce qu'il fallait copier les molécules une par une. L'ADN ressemble à une longue ficelle : le copiage commençait à une extrémité pour s'achever à l'autre. Puis il fallait renouveler l'opération pour obtenir une deuxième copie. Kary parlait tout haut de ce problème quand, soudain, il comprit que si, au lieu de commencer le copiage par un seul bout, on s'y mettait par les deux bouts en même temps, on amorcerait en fait une réaction en chaîne que l'on pourrait entretenir. Au lieu de faire simplement des copies de l'original, on ferait désormais des copies de copies, doublant ainsi le nombre à chaque cycle. Au lieu de deux copies après deux cycles, ou de trois après trois cycles, on en aurait deux fois plus à chaque fois : deux, quatre, huit, seize, trente-deux, soixante-quatre copies en six cycles, plutôt qu'une, deux, trois, quatre, cinq, six. Au bout de vingt cycles, on n'aurait plus vingt copies seulement, mais un million. Eurêka ! Il se tourna vers son amie pour voir sa réaction. Elle s'était endormie.

Cette invention, qui en 1993 valut à Kary Mullis un prix Nobel de chimie justement mérité, a bel et bien révolutionné la pratique de la génétique. Fût-ce à partir du plus infime bout de tissu, on pouvait désormais obtenir une quantité infinie d'ADN. Il suffisait maintenant d'un seul cheveu, voire d'une seule cellule pour produire autant d'ADN qu'on voulait. S'agissant de notre projet de recherche sur les os, je décidai d'oublier le collagène — travail qui eût été d'une effroyable difficulté — pour employer la nouvelle technique afin de démultiplier ce qu'il pouvait rester d'ADN dans des ossements anciens. Si cela marchait, nous obtiendrions de l'ADN infiniment plus d'informations que nous n'aurions pu en attendre du collagène. Au lieu de l'inférer des acides aminés, nous nous attaquerions directement à la séquence d'ADN elle-même. Et, surtout, nous pourrions désormais étudier *n'importe quel* gène, pas simplement ceux qui contrôlaient le collagène.

Entre-temps, notre annonce finit par donner des résultats : une certaine Erika Hagelberg se porta candidate au poste d'assistante de recherche. Il allait de soi que nous n'allions pas trouver quelqu'un qui avait déjà travaillé sur de l'ADN ancien, parce que cela ne s'était encore jamais fait. Mais Erika était biochimiste et avait fait des recherches en homéopathie et sur l'histoire de la médecine ; tout son passé témoignait d'une solide formation scientifique et de centres d'intérêt très divers qui convenaient à notre projet. Qui plus est, elle était la seule candidate. Ce qu'il nous fallait maintenant, c'étaient des os très anciens.

En 1988, une dépêche tomba : des fouilles étaient en cours à Abingdon, à quelques kilomètres au sud d'Oxford. On construisait un nouveau marché et les pelleteuses mécaniques étaient tombées sur un cimetière médiéval. Le service local d'archéologie s'était vu accorder un délai de deux mois pour fouiller le chantier, après quoi les promoteurs reprendraient les travaux. Lorsque Erika et moi arrivâmes sur place, il régnait une activité fébrile. Il faisait un temps chaud et ensoleillé. Des dizaines de chercheurs, très légèrement vêtus, s'affairaient sur les lieux, grattant la terre avec des truelles, qui farfouillant dans des fosses profondes, qui pataugeant dans des tranchées remplies d'eau. À travers les châssis quadrillés employés pour le repérage, on apercevait plusieurs squelettes à demi exhumés.

À les voir ainsi, dans leur gangue de terre brune tirant sur l'orange, ce n'était guère prometteur. Pour travailler sur l'ADN depuis plusieurs années, j'étais habitué à le traiter avec respect. Les échantillons d'ADN étaient toujours congelés à 70° au-dessous de zéro. Et chaque fois qu'on sortait de l'ADN du congélateur, on prenait grand soin de le conserver dans un seau de glace. Si on négligeait cette précaution, et que la glace fondît, il fallait se débarrasser de l'ADN parce que, de l'aveu général, il n'aurait pas manqué de se dégrader et d'être détruit. Nul n'imaginait que, sur une table de manipulation, il survivrait plus que quelques minutes à température ambiante, a fortiori enfoui sous la terre depuis des centaines, voire des milliers d'années.

Ça valait quand même la peine d'essayer. L'autorisation nous fut donnée d'emporter trois fémurs. De retour au labo, il nous fallut décider comment extraire l'ADN et quelle section choisir pour la réaction d'amplification. La première décision était assez facile à prendre. Nous savions que s'il subsistait la moindre quantité d'ADN, elle serait probablement agglutinée avec le minéral osseux, l'hydroxyapatite. Dans le passé, on s'était servi de cette forme de calcium pour absorber l'ADN au cours du processus de purification. Il était donc vraisemblable que les choses se passaient de la même façon avec les ossements et que l'ADN serait collé à l'hydroxyapatite. Si tel était le cas, il fallait réfléchir à un moyen de dégager l'ADN du calcium. On commença par découper de petits segments d'os avec une scie à métaux avant de les congeler dans du nitrogène liquide puis de les réduire en poudre. Restait ensuite à imprégner la poudre d'une substance chimique qui, d'ici quelques jours, aurait retiré le calcium. Par chance, une fois le calcium éliminé, il restait encore quelque chose au fond du tube : un genre de vase grise. Sans doute des restes de collagène et d'autres protéines, des morceaux de cellules, peut-être de la graisse et, avec un peu de chance, quelques molécules d'ADN. On décida de se débarrasser de la protéine avec un enzyme. En biologie, on se sert des enzymes comme de catalyseurs : grâce à eux, les choses se produisent beaucoup plus vite que ce ne serait le cas autrement. Notre choix se porta sur un enzyme qui digère la protéine, un peu comme les enzymes gloutons des poudres à laver qui absorbent le sang et les taches. Pour la graisse, on employa du chloroforme, avant de nettoyer le reste avec du phénol, un liquide répugnant qui sert de base aux lotions phéniquées. Bien que le phénol et le chloroforme soient des produits agressifs, nous savions qu'ils n'attaquaient pas l'ADN. Restait alors une petite cuiller de fluide brun clair qui, en théorie tout au moins, devait contenir l'ADN, si ADN il y avait. Dans le meilleur des cas, il n'y aurait que quelques molécules. Il nous faudrait donc recourir à la nouvelle réaction d'amplification de l'ADN afin de démultiplier nos échantillons pour passer à la suite.

La réaction d'amplification consiste, au fond, à

adapter le système pour copier l'ADN qu'utilisent les cellules. Dans le tube entrent les matières premières de la construction de l'ADN. Il y a d'abord un autre enzyme, cette fois un enzyme utilisé pour copier l'ADN, la polymérase, et qui donne son nom à la réaction : la réaction en chaîne par polymérase, ou RCP. Puis on ajoute deux courts fragments d'ADN pour diriger l'enzyme polymérase vers le segment d'ADN original qu'il faut amplifier et faire abstraction de tout le reste. Pour finir sont introduites les matières premières nécessaires pour construire les nouvelles molécules d'ADN ainsi que quelques autres ingrédients, comme le magnésium, afin de faciliter les choses. Sans oublier, naturellement, le matériau qu'on veut amplifier : en l'occurrence, un extrait des os découverts à Abingdon contenant, nous l'espérions, quelques molécules d'ADN très ancien.

Il nous fallut alors décider quel gène amplifier. Parce que nous savions que, dans le meilleur des cas, il ne resterait pas beaucoup d'ADN dans l'extrait, la décision fut prise de maximiser nos chances en choisissant ce qu'on appelle l'ADN mitochondrial pour la simple et bonne raison que les cellules en ont plus de cent fois plus que tout autre gène. Qui plus est, on le verra, l'ADN mitochondrial présente des propriétés particulières qui le rendent absolument idéal pour reconstruire le passé. Mais si nous avons choisi d'en faire notre cible, c'est avant tout parce qu'il existe en bien plus grande quantité que les autres types d'ADN. S'il subsistait quoi que ce soit dans les os d'Abingdon, c'est là que nous avions la meilleure chance de le retrouver.

Dans la réaction entraient donc tous les ingrédients nécessaires pour amplifier l'ADN mitochondrial plus quelques gouttes du précieux extrait d'ossements. Pour amorcer la réaction dans le tube, il faut le faire bouillir, le refroidir, le réchauffer deux minutes, puis le faire bouillir, puis refroidir, puis réchauffer, et répéter le cycle au moins vingt fois. Les laboratoires de génétique modernes sont pleins de machines qui produisent automatiquement cette réaction. Mais tel n'était pas le cas à l'époque. Dans les années 80, l'unique machine disponible sur le marché coûtait une fortune et notre budget était insuffisant. La seule manière de provoquer la réaction était donc de nous poster avec un chronomètre devant trois bassines d'eau — une bouillante, une froide, et une chaude — et, toutes les trois minutes, de sortir l'éprouvette d'une bassine pour la plonger dans une autre, avant de répéter l'opération aussi souvent que nécessaire. Pendant trois heures et demie. Je n'ai essayé qu'une fois. La réaction ne s'est pas produite et je me suis mortellement ennuyé. Il devait y avoir une meilleure solution. Et si on utilisait une bouilloire électrique ? Je passai les trois semaines suivantes à trafiquer ma bouilloire avec des fils, des minuteurs, des thermostats, des relais, des tubes de cuivre et une soupape de machine à laver. Et je finis par mettre au point un appareil qui faisait tout à merveille. Il bouillait. Il refroidissait — très vite — quand la soupape s'ouvrait et laissait entrer dans les tubes de cuivre l'eau du robinet. Et il réchauffait. En un mot, il marchait. Je le baptisai *Genesmaid*, d'après le nom de cette théière électrique que les gens d'un certain âge tiennent pour un accessoire indispensable dans les chambres à coucher.

La réaction d'amplification s'était produite avec un échantillon d'ADN moderne mais aussi, très discrètement, avec un extrait des os d'Abingdon. En comparant sa séquence à celles publiées dans des articles scientifiques, il ne nous fallut pas longtemps pour prouver que c'était bien de l'ADN humain. Nous avions réussi. Nous avions sous les yeux l'ADN d'un homme mort voici plusieurs siècles. De l'ADN ressuscité, pour ainsi dire, d'outre-tombe.

Avec le recul, j'ai peine à croire aujourd'hui que la recherche amorcée par la récupération d'ADN sur les ossements du cimetière d'Abingdon — des os qui se désagrégeaient et qui m'avaient paru si peu prometteurs la première fois que je les avais vus, encore à moitié enfouis dans le sol — allait déboucher, dans les années suivantes, sur des conclusions d'une telle portée concernant l'histoire et l'âme de notre espèce. Au fil de mon propos, vous verrez que, comme la plupart des recherches scientifiques, ce ne fut pas une marche continue vers un objectif bien défini. Ce fut plutôt une succession de sauts de puce, au gré des occasions, des rencontres, des nécessités financières, voire des accidents, plutôt que le fruit d'une stratégie rationnelle. Aucune voie toute tracée ne devait me conduire à la découverte des sept filles d'Ève. La recherche progressa petit à petit, quand elle progressa. Sur la foi de ce que nous avions appris, mais ignorant ce qui nous attendait, nous cheminions à chaque fois vers un objectif que nous entrevoyions à peine.

C'était sans conteste un grand triomphe mais, assez étrangement, ce n'est pas ainsi que nous vécûmes la chose sur le moment. Erika et moi avions été par trop plongés dans les détails pour bien mesurer la portée de ce que nous avions réalisé. En outre, nous ne nous entendions pas très bien. Pour une raison ou une autre, la tension n'avait cessé de croître au fil des semaines. Ce n'est que beaucoup plus tard que j'ai commencé à entrevoir ce que notre percée pouvait signifier pour la science comme pour l'histoire. Mais tout cela viendrait en son temps. Pour l'heure, il y avait d'autres urgences.

J'avais appris par le téléphone arabe que d'autres équipes de chercheurs travaillaient elles aussi à extraire de l'ADN d'ossements anciens. Autrement dit, il nous fallait publier nos résultats au plus vite, sans quoi nous risquions fort de nous faire doubler. Ce qui compte, dans la science, ce n'est pas d'être le premier à faire une expérience, mais d'être le premier à en publier les résultats. Si quelqu'un d'autre nous devançait ne fût-ce que d'un jour, les lauriers seraient pour lui. Par chance, le rédacteur en chef de *Nature* se laissa persuader de publier notre article en un temps record. Il parut juste avant la Noël 1989.

Je n'étais pas du tout préparé à ce qui allait suivre. Si des revues locales et, par deux fois, nationales avaient fait état des résultats de mes recherches sur la fragilité osseuse constitutionnelle, on ne pouvait pas dire qu'ils avaient excité la curiosité des médias. Le lendemain, quand je retournai au travail, je devais vivre une expérience inédite. Le téléphone sonnait sans cesse : la presse voulait en savoir plus. Quelques années auparavant, j'avais passé trois mois à Londres comme journaliste pour l'ITN, qui dirige le service d'information pour les grandes chaînes de télévision commerciales au Royaume-Uni. Tout cela faisait partie d'un louable système de bourses créé par la Royal Society afin de combler le fossé existant entre la science et les médias. Je m'étais laissé séduire par les généreuses notes de frais avec lesquelles j'espérais couvrir mon découvert à la banque. En réalité, je finis plus endetté que je ne l'étais au départ à cause du temps que je passai dans les bars et les restaurants avec des professionnels aisés. Un soir, par exemple, j'eus l'étourderie d'offrir un verre à un présentateur bien connu. « Merci, mon garçon. Je prendrai une bouteille de Bollinger », répondit le grand homme. Je ne pus que m'exécuter.

Malgré mes déboires financiers, ces quelques mois m'auront beaucoup appris sur les médias — par exemple, à répondre aux questions des journalistes par les phrases simples qu'ils attendaient de moi. Après une matinée passée à répondre aux questions sur notre article scientifique, je commençai à me lasser d'expliquer en une seule phrase ce qu'était l'ADN, et ainsi de suite. Et lorsque le correspondant scientifique de l'*Observer* appela, cet ennui était devenu oppressant. Après les questions habituelles, il demanda à quoi pouvait donc servir l'ADN ainsi récupéré dans les restes archéologiques. Je répondis qu'il nous permettrait notamment de dire si, oui ou non, les hommes de Neandertal se sont éteints. Une réponse parfaitement raisonnable. Et, de fait, la prévision était juste. Puis je glissai : « Naturellement, nous pourrons aussi résoudre des questions qui intriguent les chercheurs depuis des siècles, du genre : Ramsès II était-il un homme ou une femme ? » Pour autant que je le sache, pas un seul chercheur n'avait envisagé cette possibilité ne fût-ce qu'une seconde. Personne n'avait jamais douté que le grand pharaon fût un homme. Le dimanche suivant, le journal publiait pourtant une reproduction accompagnée de cette légende : « Le roi ou la reine Ramsès II ».

Bien des années après, j'ai eu la chance d'être invité à l'inauguration de la nouvelle galerie d'égyptologie du British Museum de Londres. Le soir, un dîner nous fut servi dans la magnifique galerie des sculptures égyptiennes. Je me retrouvai juste en face de l'immense statue en granit de Ramsès. Il me considérait de son regard si doux et omniscient que c'en était troublant. Je sus tout de suite qu'il avait eu vent de ma blague à ses dépens et que j'allais avoir de gros ennuis dans l'au-delà.

L'une des plus grandes difficultés, quand on extrait de l'ADN ancien de vieux ossements, c'est que, à moins d'être extrêmement prudent, on risque d'amplifier l'ADN moderne, y compris le sien, plutôt que celui du fossile. Même quand il est présent, le vieil ADN est passablement abîmé. Des changements chimiques, résultant pour l'essentiel de l'oxygène, modifient lentement la structure de l'ADN qui commence alors à se briser en fragments de plus en plus petits. Qu'un infime morceau d'ADN moderne entre dans la réaction, les enzymes polymérases, qui ne comprennent pas que vous essayez d'amplifier les minables petits bouts d'ADN ancien, concentrent leurs efforts sur le matériau moderne et en produisent des millions de copies. On a donc l'impression que la réaction a parfaitement réussi. On met une goutte d'extrait de vieux ossements, et on se retrouve à la fin avec des masses d'ADN. Ce n'est qu'au moment de l'analyser qu'on s'aperçoit que cet ADN est le sien, non celui du fossile.

Tout en étant convaincus que tel n'était pas le cas avec les os d'Abingdon, nous songeâmes qu'un bon moyen de s'en assurer était de prélever de l'ADN sur des animaux anciens, plutôt que sur des ossements humains. Il serait alors très facile de dire si nous avions amplifié de l'ADN animal — comme nous le voulions — ou de l'ADN humain, qui l'aurait alors contaminé. L'épave du *Mary Rose* nous parut être la meilleure source pour nous procurer des os d'animaux. Ce magnifique galion avait sombré en 1545 sous les coups de canon de la flotte française, au large de Portsmouth. Dans l'équipage, très rares avaient été les survivants. Pendant plus de quatre cents ans, l'épave avait reposé dans la boue, à quatorze mètres de fond. Récupérée en 1982, elle était exposée depuis dans un musée de Portsmouth. On continue de l'imprégner d'une solution d'eau et d'antigel pour empêcher les bois de se gauchir. En même temps que les squelettes des malheureux matelots, on avait retiré de l'épave des centaines d'ossements d'animaux et de poissons. Le navire était chargé de provisions quand il avait coulé, notamment de quartiers de bœuf et de porc ainsi que de caques de morue salée. Parce qu'ils avaient passé le plus clair de leur vie posthume dans la vase sans oxygène du Solent, les quartiers de viande étaient en excellent état. Ce fut un jeu d'enfant que d'en extraire de l'ADN. Le résultat de l'analyse était formel : l'ADN en question venait d'un porc, non pas d'un homme.

Si je vous raconte tout cela, ce n'est pas pour vous régaler de toutes nos expériences, l'une après l'autre, mais pour vous faire comprendre les réactions le jour où les résultats furent publiés. Nouveaux coups de fil, nouveaux gros titres, dont celui de l'*Independent on Sunday*, qui reste mon préféré : *Pig brings home the bacon for DNA*. « L'ADN, un cochon décroche la timbale[1]. » On allait bien s'amuser.

1. Le jeu de mots est intraduisible : *bring home the bacon*, littéralement « rapporter du lard », est une expression idiomatique qui signifie « décrocher la timbale », « faire bouillir la marmite » ou « gagner son bifteck ». *(N.d.T.)*

CHAPITRE 2

L'ADN : qu'est-ce que c'est ? À quoi ça sert ?

Nous savons tous, comme tout le monde depuis des millénaires, que les enfants ressemblent souvent à leurs parents et que la naissance d'un enfant survient neuf mois après le rapport sexuel. En revanche, le mécanisme de l'hérédité était il y a très peu de temps encore un mystère, ce qui n'a pas empêché la profusion de théories en tout genre. La littérature grecque ancienne abonde en allusions aux airs de famille. S'interroger sur leurs raisons était un passe-temps familier des premiers philosophes. Aristote, autour de 335 avant notre ère, imagina que le père apportait le modèle de l'enfant à naître, tandis que la contribution de la mère se bornait à le nourrir au sein de la matrice puis après la naissance. L'idée s'accordait parfaitement avec les attitudes patriarcales de la civilisation occidentale à l'époque. Que le père, source de la richesse et du rang, fût aussi l'architecte de tous les traits et de la nature de ses rejetons semblait raisonnable. Pour autant, cela ne revenait pas à sous-estimer la nécessité de choisir une épouse adéquate. Après tout, les graines plantées dans une bonne terre donnent toujours de meilleurs résultats que celles confiées à une terre aride. Il y avait cependant un problème, qui devait longtemps hanter les femmes.

Si les enfants naissent sur le modèle de leurs pères,

comment se fait-il que les hommes aient des filles ? Aristote s'interrogea sur ce point tout au long de sa vie. Sa réponse était que tous les bébés seraient des copies conformes à tous égards de leurs pères, et seraient tous de sexe masculin, s'il n'y avait pas une forme ou une autre d'« interférence » dans la matrice. Celle-ci pouvait être relativement mineure : ainsi l'enfant aurait-il les cheveux roux, plutôt que les cheveux noirs de son père. Elle pouvait être aussi plus grave : en ce cas, l'enfant serait difforme, ou de sexe féminin. Cette attitude a été lourde de conséquences pour les femmes tout au long de l'histoire. Si elles ne donnaient naissance à des fils, les hommes les remplaçaient. Cette théorie antique a abouti à la notion d'*homoncule*, c'est-à-dire de minuscule être préformé inoculé dans le ventre de la femme lors des rapports sexuels. Au début du XVIIIe siècle, le pionnier de la microscopie, Antoine Van Leeuwenhoek, crut apercevoir de tout petits homoncules enroulés dans la tête des spermatozoïdes.

Hippocrate, que les jeunes médecins honorent en prêtant leur serment, avait un point de vue moins extrême qu'Aristote et reconnaissait un certain rôle aux femmes. Dans son esprit, les hommes aussi bien que les femmes produisaient un liquide séminal et c'étaient les parties des fluides qui prévalaient après leur mélange au cours de la copulation qui décidaient des caractéristiques du bébé. Ainsi un enfant pouvait-il avoir les yeux de son père ou le nez de sa mère. Si aucun fluide ne l'emportait pour une caractéristique particulière, l'enfant pouvait être « entre-deux » : ainsi la couleur de ses cheveux serait-elle à mi-chemin entre celle de ses parents.

Cette théorie avait un lien beaucoup plus évident avec l'expérience concrète. « C'est son père tout craché », ou « elle a le sourire de sa mère » et autres observations semblables sont répétées des millions de fois tous les jours à travers le monde. L'idée que les traits des parents se mêlent d'une manière ou d'une autre dans la progéniture a été le point de vue dominant chez les hommes de science jusqu'à la fin du XIXe siècle. Darwin n'avait assurément pas les idées plus claires, et c'est l'une des raisons pour lesquelles il ne put jamais trouver de mécanisme adéquat pour expliquer sa théorie de la sélection naturelle. À chaque génération, le mélange avait pour effet de diluer tous les éléments neufs et favorables. Alors même que les généticiens se moquent aujourd'hui de cette apparente ignorance de leurs prédécesseurs, je parierais volontiers que cette théorie du mélange est, encore de nos jours, une explication parfaitement satisfaisante de ce que la plupart des gens observent de leurs yeux.

Deux découvertes concrètes du XIXe siècle devaient enfin donner des indices concrets de la manière dont les choses se passent. La première fut la mise au point de nouvelles teintures chimiques pour l'industrie textile ; la seconde fut les progrès de la fabrication des lentilles de microscopes, qui en améliorèrent considérablement les performances. Ainsi les différentes cellules devinrent-elles aisément visibles, tandis que l'emploi de nouvelles teintures en révéla la structure interne. On put dès lors observer le processus de fécondation : la fusion d'un ovule et d'un spermatozoïde déterminé. Les cellules se divisant, on pouvait voir s'assembler puis se séparer également en deux nouvelles cellules d'étranges structures pareilles à un fil. Du fait de l'éclat des teintures employées, ces curieuses structures allaient recevoir le nom de *chromosomes* — littéralement « corps colorés » — des années avant qu'on eût la moindre idée du rôle qu'ils jouaient.

Au cours de la fécondation, un ensemble de ces étranges fils paraissait venir du sperme paternel, un autre de l'ovule maternel. C'est précisément ce qu'avait prévu l'homme universellement reconnu comme le père de la génétique, le moine Gregori Mendel. C'est dans les années 1860 à Brno, dans l'actuelle République tchèque, qu'il jeta les fondements de la génétique à partir de ses expériences sur les pois dans le jardin de son monastère. Il en conclut que ce qui déterminait l'hérédité se transmettait à part égale des deux parents à leurs rejetons. Malheureusement, il mourut avant d'avoir vu un chromosome. Mais il avait raison. À l'exception importante de l'ADN mitochondrial (sur lequel nous aurons l'occasion de revenir) et des chromosomes qui déterminent le sexe, les gènes — éléments spécifiques de codage génétique qui se trouvent dans les chromosomes — sont hérités à part égale des parents. Le rôle essentiel que jouent les chromosomes dans l'hérédité et le fait qu'ils doivent contenir en eux les secrets de l'hérédité étaient déjà bien établis en 1903. Mais il fallut encore cinquante ans pour découvrir de quoi étaient faits les chromosomes et comment ils opéraient en tant que messagers physiques de l'hérédité.

En 1953, deux jeunes chercheurs de Cambridge, James D. Watson et Francis Crick, mirent en évidence la structure moléculaire d'une substance que l'on connaissait depuis longtemps mais que l'on avait crue largement insignifiante. Comme pour en souligner l'obscurité, ils lui donnèrent un nom vraiment très long, l'acide désoxyribonucléique, aujourd'hui heureusement abrégé en ADN. Bien que quelques expériences eussent impliqué l'ADN dans le mécanisme de l'hérédité, le gros des moyens financiers était consacré aux protéines. Compliquées, sophistiquées et formées de vingt composantes (les acides aminés), elles pouvaient prendre des millions de formes. On pensait en effet qu'il fallait quelque chose de vraiment compliqué pour accomplir une tâche aussi monumentale que la fécondation d'un seul œuf et le faire se développer en un être humain pleinement formé et fonctionnel. Ce ne pouvait être l'effet de cet ADN et de ses quatre composantes. Il est vrai qu'il était au bon endroit, dans le noyau de la cellule, mais probablement avait-il une fonction insignifiante : par exemple, celle d'absorber l'eau, comme le son.

Malgré le désintérêt général de la plupart des chercheurs pour cette substance, Watson et Crick étaient certains de tenir la clé du mécanisme chimique de l'hérédité. Ils décidèrent d'essayer de tirer au clair cette structure moléculaire en utilisant une technique qui avait déjà été employée pour résoudre la structure des plus prestigieuses protéines. Ils fabriquèrent de longues fibres cristallines d'ADN purifié qu'ils bombardèrent de rayons X. Ceux-ci pénétrant dans l'ADN, la plupart le traversaient directement de part en part. Quelques-uns seulement se heurtaient aux atomes de la structure moléculaire et rebondissaient sur un côté où ils étaient détectés par les radiographies. C'est cette même technique qu'emploient de nos jours les radiologues pour obtenir l'image d'un os fracturé. Les rayons X ainsi détournés dessinaient sur la radio une structure de points régulière, dont les emplacements précis permirent ensuite de calculer la position des atomes au sein de l'ADN.

Au bout de longues semaines passées à construire différents modèles avec des tiges et des feuilles de carton et de métal pour représenter les atomes de l'ADN, Watson et Crick en découvrirent soudain un qui convenait parfaitement au dessin obtenu par rayons X. Tout à la fois simple et merveilleux, sa structure suggérait aussitôt le rôle qu'il pouvait jouer en tant que matériau génétique. Ainsi qu'ils l'expliquèrent avec une séduisante assurance dans l'article où ils annoncèrent leur découverte, « il n'a pas échappé à notre attention que les appariements spécifiques que nous avons postulés suggèrent d'emblée un possible mécanisme de copiage pour le matériau génétique ». Ils avaient parfaitement raison, ce qui leur valut en 1962 le prix Nobel de médecine et de physiologie.

L'un des impératifs essentiels était que le matériau génétique pût être recopié fidèlement à de nombreuses reprises de telle façon que, lorsqu'une cellule se divise en deux, les cellules filles comme on les appelle, chacune reçoive une part égale de chromosomes. À moins qu'il ne puisse être copié à chaque division cellulaire, le matériau génétique aurait tôt fait de s'épuiser. Et si le copiage n'était pas d'excellente qualité, les cellules ne fonctionneraient pas. Watson et Crick avaient découvert que chaque molécule d'ADN se compose de deux longs filaments, comme deux escaliers en spirale entremêlés : une « double hélice ». Quand l'heure vient de faire des copies, les deux escaliers en spirale de la double hélice se libèrent. L'ADN ne comporte que quatre éléments essentiels, lesquels sont toujours désignés par la première lettre de leur nom chimique : A pour l'adénine, C pour la cytosine, G pour la guanine et T pour la thymine. C'est ce qu'on appelle les bases de nucléotides ou, plus simplement, les « bases ». Vous pouvez maintenant oublier les noms chimiques et ne retenir que les quatre symboles, A, G, C et T.

La percée dans l'élucidation de la structure de l'ADN survint quand Watson et Crick s'aperçurent que les deux filaments de la double hélice ne peuvent s'ajuster parfaitement que si chaque A d'un filament s'imbrique au T qui lui fait face sur l'autre filament. Il en va de même qu'avec les pièces d'un puzzle : A cadrera parfaitement avec T, mais pas avec G ni avec C ni avec un autre A. De la même façon, C et G, sur des filaments opposés, s'ajustent l'un à l'autre, mais ni avec A ni avec T. Ainsi, les *deux* brins conservent leur information séquentielle codée complémentaire. Par exemple, la séquence ATTCAG d'un brin doit s'imbriquer à la séquence TAAGTC de l'autre. Quand la double hélice déroule cette section, la machinerie cellulaire construit une nouvelle séquence TAAGTC face à la séquence ATTCAG de l'un des anciens brins, et une séquence ATTCAG face à la séquence TAAGTC de l'autre. Il en résulte deux nouvelles hélices identiques à l'originale, deux copies parfaites à chaque fois. Tout au long de ce recopiage est conservée la séquence des quatre lettres chimiques. Et qu'est-ce que cette séquence en question ? Purement et simplement, de l'information. En lui-même, l'ADN ne fait rien. Il ne vous aide pas à respirer ni à digérer. Il donne simplement à d'autres éléments les instructions nécessaires pour le faire. Au cœur de la cellule, les « gestionnaires » qui reçoivent les instructions et font le travail sont, en fait, les protéines. Elles pouvaient bien paraître sophistiquées, et elles le sont, mais elles se plient aux instructions reçues de la salle des commandes, c'est-à-dire de l'ADN.

Malgré la complexité renversante des cellules, des tissus et des organismes, la manière dont sont écrites les instructions élémentaires de l'ADN est d'une étonnante simplicité. De même que dans les systèmes d'instructions plus familiers comme le langage, les chiffres et le code binaire des ordinateurs, ce qui importe, ce n'est pas tant les symboles eux-mêmes que l'ordre dans lequel ils apparaissent. « Niche » et « chien », par exemple, sont des anagrammes : les deux mots contiennent exactement les mêmes lettres, mais dans un ordre différent, si bien que les deux mots épelés n'ont pas du tout le même sens. Pareillement, 476 021 et 104 762 sont des nombres différents qui emploient les mêmes symboles disposés autrement. De même 001010 et 100100 ont des sens très différents dans le code binaire. Exactement de la même manière, l'ordre des quatre symboles chimiques de l'ADN exprime le message. ACGGTA et GACAGT sont des anagrammes en ADN qui signifient des choses entièrement différentes pour une cellule, de même que « niche » et « chien » ont pour nous des sens différents.

Comment le message est-il écrit ? Comment doit-on le lire ? L'ADN est confiné aux chromosomes, qui ne quittent jamais le noyau de la cellule. Ce sont donc les protéines qui font le véritable travail. Elles sont les organes exécutifs du corps. Ce sont les enzymes qui digèrent les aliments et dirigent le métabolisme, et les hormones qui coordonnent ce qui se passe dans les différentes parties du corps. Ce sont les collagènes de la peau et des os, et l'hémoglobine du sang. Ce sont les anticorps qui combattent l'infection. Autrement dit, elles font tout. Certaines sont d'énormes molécules, d'autres sont minuscules. Leur point commun, c'est qu'elles sont faites d'un cordon d'unités subalternes, les acides aminés, dont l'ordre précis leur dicte leur fonction. Les acides aminés d'une partie du cordon attirent les acides aminés d'une autre partie, et ce qui formait un bel alignement se froisse pour former une balle. Mais c'est une balle d'une forme très particulière qui permet alors à la protéine de faire ce pour quoi elle est faite : catalyser des réactions biologiques s'il s'agit d'un enzyme, faire des muscles si c'est une protéine musculaire, prendre au piège les bactéries qui s'immiscent si c'est un anticorps, et ainsi de suite.

Il existe au total vingt acides aminés, certains dont le nom est vaguement familier comme la lysine et la phénylalanine (l'un des ingrédients de l'aspartame) et d'autres inconnus de la plupart, comme la cystéine ou la tyrosine. L'ordre dans lequel ces acides aminés apparaissent dans la protéine détermine précisément sa forme finale et sa fonction, si bien que pour faire une protéine il suffit d'un ensemble d'instructions de l'ADN qui définissent cet ordre. D'une manière ou d'une autre, l'information codée contenue dans l'ADN au sein du noyau cellulaire doit être relayée jusqu'aux chaînes de production de protéines dans une autre partie de la cellule.

Si vous pouvez vous le permettre, arrachez-vous un cheveu. La boule translucide, à une extrémité, c'est la racine, ou follicule. Il y a en gros un million de cellules dans chaque follicule, et leur unique but dans la vie est de faire du cheveu, lequel se compose essentiellement d'une protéine qu'on appelle la kératine. Quand vous vous êtes arraché un cheveu, les cellules étaient encore en activité. Imaginez un instant que vous vous trouviez à l'intérieur de l'une de ces cellules. Chacune est affairée à fabriquer de la kératine. Mais comment savent-elles le faire ? La clé pour faire une protéine quelconque, y compris de la kératine, consiste simplement à s'assurer que les acides aminés sont mis dans le bon ordre. Mais qu'est-ce que le bon ordre ? Il suffit d'aller voir dans l'ADN qui est conservé sur les chromosomes dans le noyau de la cellule. Une cellule capillaire, comme toutes les cellules du corps, a toute une série d'instructions ADN, mais en l'occurrence, la seule chose qui vous intéresse c'est de savoir comment faire de la kératine. Les cellules capillaires ne se soucient pas de fabriquer de l'os ou du sang, si bien que toutes ces sections d'ADN sont fermées. En revanche, les instructions de la kératine, le *gène* de la kératine, est à la disposition de qui veut le consulter. C'est tout simplement la séquence des symboles de l'ADN spécifiant l'ordre des acides aminés dans la kératine.

La séquence d'ADN du gène de la kératine commence ainsi : ATGACCTCCTTC..., etc. Comme nous n'avons pas l'habitude de lire ce code, on a l'impression d'un arrangement aléatoire des quatre symboles de l'ADN. Il peut nous sembler inintelligible à nous, mais pas à la cellule capillaire. Ce n'est là qu'une petite partie du code de fabrication de la kératine, et sa traduction est une chose très simple. La cellule commence par lire le code en groupes de trois cellules : ATGACCTCCTTC devient ATG-ACC-TCC-TTC. Chacun de ces groupes de trois symboles, ou triplets, spécifie un acide aminé particulier. Le premier triplet, ATG, est le code d'un acide aminé donné, la méthionine ; ACC est celui de la thréonine, TCC de la sérine, TTC de la phénylalanine, et ainsi de suite. Tel est le code génétique employé par tous les gènes des noyaux cellulaires de toutes les espèces de plantes et d'animaux.

La cellule fabrique une copie temporaire de ce code, comme si elle photocopiait quelques pages d'un livre, puis l'expédie à la machinerie qui fabrique la protéine dans une autre partie de la cellule. Quand elle arrive ici, l'usine de production entre en action. Elle lit le premier triplet et le décode : il s'agit de la méthionine. Elle prend donc en réserve une molécule de méthionine. Elle lit le deuxième triplet, celui de la thréonine, prend une molécule de thréonine et l'associe à la méthionine. Le troisième triplet étant celui de la sérine, une molécule de sérine est associée à la thréonine. Le quatrième triplet, celui de la phénylalanine, conduit à ajouter une molécule de phénylalanine à celle de sérine. Nous avons alors les quatre acides aminés spécifiés par la séquence d'ADN du gène de la kératine, et ils sont assemblés dans le bon ordre : *méthionine-thréonine-sérine-phénylalanine*. Le triplet suivant étant lu, le cinquième acide aminé vient s'y ajouter et ainsi de suite. Ce processus de lecture, de décodage et d'ajout d'acides aminés dans le bon ordre se poursuit jusqu'à ce que toutes les instructions aient été lues. La nouvelle molécule de kératine est alors complète. Elle se détache et va rejoindre les centaines de millions d'autres pour former une partie des cheveux qui poussent sur votre cuir chevelu. Du moins est-ce ainsi que les choses se passeraient si vous ne vous étiez pas arraché le cheveu en question.

CHAPITRE 3

Des groupes sanguins aux gènes

CHAPITRE 3

Des groupes sanguins aux gènes

Il est peu de choses aussi personnelles que la chevelure. C'est l'un des tout premiers traits qui vient à l'esprit dans la description d'un enfant, d'un inconnu ou d'un criminel recherché. Cheveux bruns ou blonds, bouclés ou raides, épais ou fins : autant de possibilités qui entrent aussitôt dans le portrait que nous élaborons mentalement de quelqu'un que nous n'avons jamais rencontré. Assurément, nous savons changer de coiffure. Les salons ne désemplissent pas, où nous nous faisons couper les cheveux et faire des permanentes. Les rayons des pharmacies sont couverts de produits pour éclaircir ou foncer les cheveux, les raidir ou les faire boucler. Nous nous efforçons tous de tirer le meilleur parti des cheveux avec lesquels nous sommes nés, mais ce sont les gènes qui décident de la matière première. Entre une rousse et une blonde naturelles, la différence vient de leur ADN. Au sein des gènes de la kératine et des nombreux autres impliqués dans la pousse des cheveux, il y a de petites différences dans la séquence d'ADN. Ce sont elles qui donnent aux cheveux leurs couleurs et leurs textures différentes. Si la plupart de ces gènes ne sont pas encore identifiés, il est certain qu'ils sont hérités des parents, même si la transmission n'est pas nécessairement directe. De là vient qu'à la naissance d'un bébé on constate assez souvent que la couleur de ses cheveux n'est celle d'aucun de ses parents.

Si la chevelure est l'un des traits distinctifs les plus visibles, les différences héréditaires de loin les plus grandes entre nous sont invisibles. Elles demeurent cachées jusqu'à ce que quelque chose attire notre attention sur elles. La première à avoir été mise en évidence, ce sont les groupes sanguins. On ne saurait dire à première vue, ni en examinant une simple goutte de sang, à quel groupe appartient quelqu'un. Rien ne ressemble plus à une goutte de sang qu'une autre goutte de sang. Ce n'est que lorsqu'on se met à les mélanger que les différences commencent à apparaître. Et comme personne n'avait de raison de mélanger le sang d'une personne à celui d'une autre avant les transfusions sanguines, nos groupes sanguins sont restés cachés.

Les premières transfusions sanguines connues ont été effectuées en Italie en 1628. Mais les réactions de rejet étaient si souvent mortelles que cette pratique y fut interdite, de même qu'en France et en Angleterre. Certes, il y eut quelques transfusions expérimentales avec du sang d'agneau. Le médecin anglais Richard Lower en pratiqua dans les années 1660. Mais elles n'étaient pas plus sûres, et la pratique tomba en désuétude pendant près de deux siècles. Les transfusions de sang humain reprirent au milieu du XIXe siècle afin de combattre les hémorragies souvent fatales occasionnées par les couches. En 1875, on dénombrait déjà trois cent quarante-sept transfusions. Mais les réactions étaient encore beaucoup trop souvent fatales.

À cette époque, les chercheurs commençaient à découvrir les différences de types sanguins à l'origine du problème. C'est en 1875 que le physiologiste français Léonard Lalois découvrit la nature de la réaction d'un type sanguin avec un autre en mélangeant le sang d'animaux de différentes espèces. Il remarqua que les cellules sanguines se rassemblaient et, souvent, éclataient. Ce n'est pas avant 1900 que le biologiste Karl Landsteiner découvrit ce qui se passait et mit en évidence le premier système de classification des groupes sanguins humains : A, B, AB et O. Quand le groupe sanguin ABO du donneur correspond à celui du patient qui reçoit la transfusion, il n'y a pas de réaction néfaste. Si les deux groupes ne s'accordent pas, les cellules s'agglutinent et souvent explosent, provoquant ainsi une réaction sévère. Certains éléments historiques laissent penser que les Incas avaient pratiqué des transfusions avec succès. Comme nous savons aujourd'hui que la plupart des indigènes d'Amérique du Sud ont le même groupe sanguin (le groupe O), les transfusions devaient être beaucoup moins dangereuses qu'en Europe. Il y avait de très fortes chances pour que le donneur et le patient fussent du même groupe. Les deux sangs devaient parfaitement s'accorder.

Autant la génétique qui gouverne l'hérédité capillaire est compliquée et demeure mal comprise, autant les règles régissant l'hérédité des groupes sanguins se sont révélées en vérité fort simples. Du fait, précisément, que la transmission était directe et qu'il était facile de la suivre des parents à leur progéniture, on a longtemps recouru à l'analyse des groupes sanguins pour élucider les cas de paternité contestée. C'est tout récemment que ces examens ont été éclipsés par l'étude des empreintes génétiques, d'une précision beaucoup plus grande. Le rapport avec notre sujet est clair : ce sont les groupes sanguins qui ont introduit la génétique sur la scène mondiale de l'évolution. A ce propos, il nous faut remonter à la Première Guerre mondiale et à une étude scientifique présentée pour la première fois devant la Société médicale de Salonique, le 5 juin 1918, puis traduite et publiée l'année suivante dans la grande revue médicale britannique, *The Lancet*, sous le titre « Différences sérologiques entre les sangs des différentes races : résultats de recherches poursuivies sur le front macédonien ». Pour donner une idée du genre de choses que publiait *The Lancet* en ce temps-là, sachez que l'article parut entre un discours de l'éminent chirurgien sir John Bland-Sutton sur la troisième paupière des reptiles et un communiqué du War Office annonçant que les infirmiers cités à l'ordre du jour pour leur travail en Égypte ou en France allaient recevoir du roi un certificat exprimant sa reconnaissance.

L'article sur les groupes sanguins était signé d'un couple, Ludwik et Hanka Herschfeld, qui travaillaient au laboratoire central de test des groupes sanguins rattaché à l'Armée royale de Serbie engagée avec les Alliés contre les Allemands. La Première Guerre mondiale a largement contribué aux progrès de la transfusion sanguine moderne. Avant la guerre, un médecin dont un patient avait besoin d'une transfusion testait souvent les groupes sanguins d'amis ou de patients. Dès qu'il avait trouvé un sang compatible, il saignait le donneur et transfusait aussitôt le sang à son patient. Avec la forte demande de transfusions sur les champs de bataille en Europe, il fallut trouver le moyen de stocker le sang donné dans des banques du sang pour parer aux urgences. C'est ainsi que le groupe sanguin de tous les soldats fut testé et enregistré en sorte que, s'ils avaient besoin d'une transfusion urgente des suites d'une blessure grave, on pût aussitôt leur donner un sang compatible.

Quelques années auparavant, le même Ludwik Herschfeld avait déjà établi que les groupes sanguins A et B suivaient les règles génétiques de base énoncées par Gregori Mendel. Il n'était pas certain du sort à réserver au groupe O et préféra le laisser de côté, mais il fut démontré par la suite qu'il obéissait aux mêmes règles. La guerre lui parut être l'occasion d'en apprendre davantage sur les groupes et, notamment, de savoir s'ils étaient les mêmes partout dans le monde. Les Alliés levaient leurs troupes dans de nombreux pays différents, et les Herschfeld entreprirent de collationner les résultats des tests sanguins du plus grand nombre de nationalités possible. Un travail colossal, mais plus facile en temps de guerre qu'il ne l'eût été par la suite où la recherche, suivant leur propre expression, « eût nécessité de longues années de voyage ». Pour la simple raison qu'ils travaillaient dans un camp, ils n'avaient pas sous la main de données concernant les Allemands. Les chiffres publiés dans *The Lancet* étaient donc « cités de mémoire ».

Lorsque les Herschfeld dressèrent le bilan de leurs recherches, ils découvrirent de très grandes différences touchant la fréquence des groupes sanguins A et B chez les soldats appartenant à des « races » différentes, comme ils disaient. Pour les Européens, les « valeurs » étaient proches : environ 15 % de groupe A et 40 % de groupe B. La proportion de groupe B augmentait dans les troupes levées en Afrique et en Russie, pour atteindre un sommet de 50 % dans les régiments de l'armée indienne combattant aux côtés des Britanniques. À cette proportion croissante de groupe B correspondait une moindre fréquence de groupe A.

Au moment d'en tirer les conclusions, les Herschfeld n'hésitèrent pas à transposer leurs résultats sur grande échelle. Il existait deux grandes « races biochimiques », dont chacune avait sa propre origine : la race A, avec le groupe A, et la race B, avec le groupe B. La fréquence la plus forte du groupe B se trouvant chez les Indiens, ils en conclurent qu'il fallait « considérer l'Inde comme le berceau d'une partie de l'humanité ». Et, s'agissant de la diffusion des groupes sanguins et des populations, ils ajoutèrent : « Un grand flot d'Indiens s'est dirigé vers l'Indochine, à l'est, et vers l'ouest, et le débit n'a cessé de s'amenuiser jusqu'à pénétrer en Europe occidentale. » Incertains des origines de la race A, ils imaginaient qu'elle pouvait venir du nord ou du centre de l'Europe. Nous savons maintenant que leurs conclusions ne tiennent pas la route, mais elles montrent que, aujourd'hui comme alors, les généticiens n'hésitent jamais à se lancer dans de grandioses spéculations.

Derrière les inférences que les Herschfeld tirèrent des groupes sanguins en rapport avec l'évolution, se profile un principe élémentaire : les « races » ou les « populations » qui se caractérisent par des proportions semblables de groupes sanguins ont plus de chances d'être issues d'une histoire commune que celles dont les fréquences sont très différentes. Cela paraît tomber sous le sens et offrir une explication raisonnable de la similitude des valeurs dans les différentes armées européennes. Mais l'enquête révélait aussi quelques surprises. Par exemple, les fréquences des groupes sanguins chez les Malgaches et les Russes étaient presque identiques. Avaient-ils donc découvert les preuves génétiques d'une invasion russe ignorée de Madagascar ou, à l'inverse, d'une colonisation malgache massive de la Russie ? Mais ce n'était pas tout. Par les fréquences de groupes sanguins, les Sénégalais étaient presque aussi proches des Russes que les Anglais l'étaient des Grecs, ce qui était pour le moins intrigant. Le fond de l'affaire, c'est que, comme ils travaillaient sur un seul système génétique, le seul qu'ils eussent à leur disposition, certaines comparaisons entre populations paraissaient très raisonnables et d'autres pour le moins bizarres.

Au lendemain de la Première Guerre mondiale, le médecin américain William Boyd entreprit de compiler la masse de données sur les groupes sanguins en provenance des centres de transfusion du monde entier. Les incohérences révélées par les résultats de Herschfeld, comme dans le cas de la Russie et de Madagascar, avaient été si souvent confirmées que Boyd invita vivement les anthropologues à ne pas tenir compte des groupes sanguins. Il cite la lettre d'un correspondant dépité : « J'ai voulu voir ce que les groupes sanguins pouvaient m'apprendre de l'homme ancien et j'ai trouvé les résultats très décevants. » Malgré tout, les vains efforts pour expliquer les origines de l'homme à partir des groupes sanguins n'étaient pas sans bénéfices pour un esprit libéral comme Boyd : « Dans certaines parties du monde, un homme sera jugé inférieur s'il a, par exemple, la peau brune, mais nulle part au monde le groupe sanguin A n'exclut quiconque de la bonne société. »

Après la Seconde Guerre mondiale, William Boyd passa le relais à l'Anglais Arthur Mourant. Natif de l'île de Jersey, Mourant avait d'abord fait des études de géologie sans parvenir ensuite à en faire sa carrière. L'éducation méthodiste très stricte qu'il avait reçue à Jersey l'avait rendu si malheureux qu'il décida de s'en sortir en devenant psychanalyste. Dans ce but, il choisit d'entreprendre des études de médecine et, à un âge relativement avancé (34 ans), s'inscrivit à la St. Bartholomew's Medical School de Londres. C'était en 1939, à la veille de la Seconde Guerre mondiale. Pour éviter les raids aériens allemands sur la capitale, la faculté quitta Londres pour Cambridge. C'est là qu'il connut Fisher, le généticien le plus influent de son temps, membre de la Royal Academy. Travaillant sur la génétique des nouveaux groupes sanguins que l'on découvrait, Fisher était fasciné par l'hérédité particulièrement compliquée de l'un d'entre eux : le groupe Rhésus, découvert par Landsteiner et son collègue Alexander Wiener en 1940 après avoir mélangé du sang humain et du sang de lapin auxquels ils avaient injecté des cellules d'un singe, le Rhésus, d'où le nom donné au groupe sanguin.

Pour rendre compte de la manière dont les différents sous-types du groupe se transmettaient des parents à leurs enfants, Fisher avait élaboré une théorie compliquée, vivement critiquée par Wiener, qui en avait proposé une explication beaucoup plus simple. Imaginez le plaisir de Fisher lorsque le nouveau venu, Arthur Mourant, découvrit une famille de douze enfants qui apporta une confirmation concrète de sa théorie. Fisher lui trouva aussitôt un poste, et le méticuleux Mourant passa le restant de sa vie à compiler et à interpréter les cartes de distribution des fréquences de groupes sanguins les plus détaillées jamais élaborées. Il renonça à devenir psychanalyste.

Outre qu'ils lui valurent un poste, les groupes Rhésus allaient aussi jouer un rôle central dans la réflexion sur les origines des Européens modernes et dans l'identification de la population génétique la plus influente du continent : les Basques, farouchement indépendants, qui occupent le nord-ouest de l'Espagne et le sud-ouest de la France. Les Basques sont unis par une langue commune, l'euskara, qui est unique en Europe en ce qu'elle n'a de lien linguistique avec aucune autre langue vivante. Qu'elle survive face aux langues modernes rivales, comme le castillan et le français, est en soi assez remarquable. Mais voici un peu moins de deux mille ans, c'est l'effondrement de l'administration impériale romaine dans cette partie de l'Empire qui a épargné à l'euskara d'être entièrement submergée par le latin et de connaître ainsi le sort de la langue ibérique, désormais éteinte, de l'est de l'Espagne et du sud-ouest de la France. Ainsi doit-on aux Basques un précieux indice de l'histoire génétique de l'Europe entière, mais leur élévation à un statut génétique particulier n'a commencé que du jour où Arthur Mourant s'est penché de près sur les groupes Rhésus.

La plupart des gens ont entendu parler des groupes Rhésus en rapport avec le « syndrome du bébé bleu » ou « maladie hémolytique du nouveau-né », pour lui donner son nom médical complet. Cette maladie grave, et souvent mortelle, survient après une première grossesse chez les fœtus de mères de Rhésus négatif, c'est-à-dire celles qui ne possèdent pas l'antigène Rhésus à la surface de leurs globules rouges. Voici comment les choses se passent. Quand une mère de Rhésus positif porte les enfants d'un père de Rhésus négatif, la probabilité est grande que le bébé soit de Rhésus positif. Cela ne pose aucun problème pour le premier enfant mais, à la naissance, quelques hématies peuvent entrer dans la circulation de la mère. Le système immunitaire de la mère reconnaît des intruses dans ces cellules porteuses de l'antigène Rhésus et se met à fabriquer des anticorps. Cela ne devient un problème pour elle que si elle tombe de nouveau enceinte. Si le nouveau fœtus est lui aussi de Rhésus positif, il sera attaqué par ses anticorps anti-Rhésus qui passent à travers le placenta. Parfois, on parvenait à sauver par une transfusion les nouveau-nés dont la couleur bleue vient du manque d'oxygène dans leur sang. Mais le procédé était risqué. Par bonheur, le « syndrome du bébé bleu » n'est plus aujourd'hui un problème clinique grave. Toutes les mères de Rhésus négatif reçoivent une injection d'anticorps contre les hématies de Rhésus positif : si d'aucunes entraient dans le système sanguin de la mère au cours de la naissance de son premier enfant, elles seraient éliminées avant que son système immunitaire n'ait une chance de les trouver et de se mettre à fabriquer des anticorps.

Pour ce qui est de la préhistoire européenne, l'intérêt de tout ceci est clair. Mourant comprit en effet que la présence de deux groupes Rhésus dans une même population n'avait pas de sens en termes d'évolution. Les calculs les plus simples suffisaient à montrer que perdre autant de bébés n'était pas un arrangement stable. En revanche, que tout le monde eût le même type Rhésus, et il n'y avait pas de problème. Peu importait que ce fût le Rhésus positif ou le Rhésus négatif, du moment que tout le monde avait le même. Des problèmes gravissimes ne surgissaient qu'en cas de croisements entre personnes ayant des types Rhésus différents. Avant les transfusions sanguines et avant le traitement par anticorps des mères à Rhésus, nombreux furent sans doute les bébés morts de la maladie hémolytique. En termes d'évolution, tout cela constitue un fardeau très lourd, et le résultat attendu de cette situation déséquilibrée serait la disparition finale de l'un ou de l'autre des groupes Rhésus. C'est précisément ce qui s'est produit partout, sauf en Europe. Alors que le reste du monde est majoritairement Rhésus positif, l'Europe se singularise par une fréquence à peu près égale des deux types. Pour Mourant, c'était le signe que la population européenne était un mélange qui n'avait pas encore eu le temps de se fixer et d'éliminer l'un ou l'autre des types Rhésus. Pour lui, l'explication était que l'Europe moderne était sans doute une population hybride relativement récente, avec des porteurs de Rhésus positif venus du Proche-Orient, probablement les peuples qui apportèrent l'agriculture en Europe il y a environ huit mille ans, et les descendants d'une population plus ancienne de chasseurs et de cueilleurs porteurs du Rhésus négatif. Mais qui étaient les Rhésus négatifs ?

Mourant tomba sur le travail de l'anthropologue français H. V. Vallois, selon qui les squelettes des Basques contemporains étaient plus proches des fossiles humains d'il y a vingt mille ans que des populations modernes d'autres parties de l'Europe. Bien que les comparaisons de ce type aient été par la suite discréditées, elles catalysèrent assurément sa réflexion. On savait déjà que les Basques se distinguaient par la plus faible fréquence du groupe B en Europe. Pouvaient-ils également former l'ancien réservoir de Rhésus négatif ? En 1947, Mourant prit contact avec deux Basques installés à Londres pour essayer de former un gouvernement provisoire, et qui accueillaient avec enthousiasme tout ce qui tendait à démontrer leur singularité génétique. Comme la plupart des Basques, ils avaient soutenu la Résistance en France et s'opposaient viscéralement au régime de Franco en Espagne. Les deux hommes donnèrent des échantillons de sang : tous deux étaient de Rhésus négatif. Grâce à ces contacts, Mourant réunit un panel de Basques français et espagnols : comme il l'avait espéré, il se distinguait par une très forte fréquence de Rhésus négatif, en fait la plus forte du monde. Et il en conclut que les Basques descendaient des premiers habitants de l'Europe, tandis que tous les autres Européens étaient un mélange de la population originelle et d'arrivants plus récents, qui, dans son esprit, devaient être les premiers cultivateurs du Proche-Orient.

Dès lors, les Basques devinrent la population à l'aune de laquelle devaient et doivent encore être jugées toutes les idées sur la préhistoire génétique de l'Europe. Que, de tous les Européens de l'Ouest, ils fussent les seuls à parler une langue unique en Europe, et étrangère à la famille indo-européenne qui réunit toutes les autres langues de la région, ne pouvait que renforcer leur position particulière.

Le prochain grand bond en avant allait résulter de l'amalgame mathématique de l'énorme quantité de données accumulées depuis des décennies de recherche sur les systèmes individuels comme les différents groupes sanguins. Cela fut l'œuvre de l'homme qui a dominé le domaine au cours des trente dernières années : Luigi Luca Cavalli-Sforza. Nous le retrouverons plus tard. En collaboration avec Anthony Edwards, un statisticien de Cambridge, Cavalli-Sforza utilisa les tout premiers ordinateurs qui fonctionnaient avec des cartes perforées. En établissant la moyenne de plusieurs systèmes génétiques à la fois, ils parvinrent à éliminer la plupart des conclusions bizarres et contre-intuitives qui avaient discrédité les applications anthropologiques des groupes sanguins étudiés séparément. L'utilisation d'un seul système avait une faiblesse évidente : par le simple fait du hasard, plutôt qu'en raison d'ancêtres communs, deux populations comme les Russes et les Malgaches pouvaient se retrouver avec la même fréquence génétique. Les risques étaient beaucoup moins grands si l'on comparait plusieurs gènes parce que l'impact d'un résultat trompeur serait dilué par celui des autres. Il ne devait plus être question d'invasions russes de Madagascar.

Le principe sous-jacent demeurait néanmoins le même. Du point de vue de l'évolution, les populations ayant des fréquences génétiques similaires avaient plus de chances d'être proches parentes que les populations dont les fréquences génétiques étaient très différentes. Anthony Edwards exposa le fruit de sa réflexion en 1965 dans un article ingénieux de la revue *New Scientist*. Il imagine une tribu qui porte avec elle une perche le long de laquelle sont disposés cent disques noirs ou blancs. Chaque année, un disque, pris au hasard, est changé de couleur. Quand la tribu se sépare en deux groupes, chaque groupe prend une copie de la perche avec les disques dans l'ordre présent. L'année suivante, les deux groupes changent un disque au hasard. L'année suivante, ils recommencent, et ainsi de suite. Les changements auxquels ils procèdent étant complètement aléatoires, l'ordre des disques sur les deux perches diverge de plus en plus au fil des ans. Dès lors, en examinant les perches des deux tribus, on pourrait estimer, en termes relatifs, à quand remonte leur séparation à partir des différences intervenues dans l'ordre des disques. Donner une date absolue serait extrêmement difficile sur la foi des seules données relatives à la fréquence des gènes, mais la séparation relative entre les deux tribus, connue sous le nom de « distance génétique », est un indicateur utile de leur ascendance commune. Plus la distance génétique est grande, plus la séparation est ancienne.

C'était là une image habile du processus du changement génétique, de ce qu'on appelle la « dérive génétique », produite par la survie et l'extinction aléatoires des gènes à mesure qu'ils passent d'une génération à l'autre. Avec le temps, ce processus se traduit par des différences de plus en plus grandes touchant la fréquence des gènes. De même que l'ordre des disques dans l'analogie d'Edwards, on peut se servir des fréquences génétiques pour remonter dans le temps et savoir à quelle époque deux groupes formaient une seule et même population. Les groupes en question peuvent être des villages, des tribus ou des populations entières : il n'y a pas de limite au nombre des groupes que l'on peut analyser ainsi. Si on le fait pour le monde entier, on obtient un diagramme comme celui de la figure suivante (p. 58).

À droite, nous avons diverses populations (deux exemples pour chaque continent) ; en bas, la distance génétique. C'est ce qu'on appelle un « arbre des populations ». Les lignes, de gauche à droite, indiquent l'ordre dans lequel les « populations » auraient évolué et se seraient scindées tel qu'on peut le reconstruire à partir des fréquences assimilées de nombreux gènes différents. À première vue, nombre des regroupements

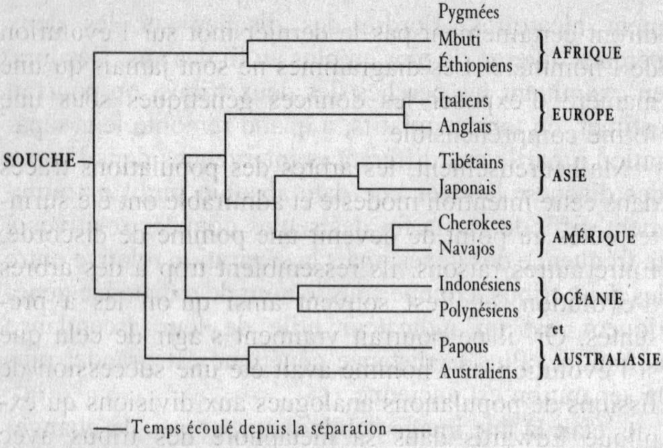

Figure 1. Arbre des populations

paraissent tout à fait raisonnables. Les deux populations européennes, les Anglais et les Italiens, sont assez proches sur deux petites branches de l'arbre. Les deux tribus indigènes d'Amérique sont liées à leurs proches parents d'Asie, comme on doit s'y attendre si les premiers Américains ont franchi le pont de terre du détroit de Béring pour passer de Sibérie en Alaska. Les deux populations africaines se trouvent sur une branche à part qui indique à juste titre la grande ancienneté de ce continent en tant que berceau de l'évolution humaine. Cet arbre paraît beaucoup plus raisonnable que celui que l'on pouvait tracer avec les informations sur les groupes sanguins de la Première Guerre mondiale et qui, en alliant la Russie et Madagascar, méconnaissait totalement l'importance de l'Afrique. La raison en est simple : les excentricités apparues de manière aléatoire avec l'usage d'un seul système comme les groupes sanguins ABO ont été aplanies en utilisant les résultats de plusieurs gènes différents. « Les arbres de l'évolution qui en résultent, admet néanmoins Edwards, ne diront certainement pas le dernier mot sur l'évolution de l'homme. » Les diagrammes ne sont jamais qu'une manière d'exposer les données génétiques sous une forme compréhensible.

Malheureusement, les arbres des populations tracés dans cette intention modeste et admirable ont été surinterprétés au point de devenir une pomme de discorde. Entre autres raisons, ils ressemblent trop à des arbres d'évolution, et c'est souvent ainsi qu'on les a présentés. Or, il ne pourrait vraiment s'agir de cela que si l'évolution de l'homme avait été une succession de fissions de populations analogues aux divisions qu'explique Edwards dans sa métaphore des tribus avec leurs perches et leurs disques. C'est alors, et alors seulement, que les nœuds, les points de l'arbre où deux traits divergent, représenteraient une entité véritable. Il s'agirait des populations ayant existé avant les divisions : les protopopulations. Mais est-ce bien ce qui est arrivé dans l'évolution humaine ? Dans la partie européenne de l'arbre, par exemple, a-t-il jamais existé une population proto-anglo-italienne qui se serait divisée, pour ne plus jamais se réunir et donner naissance aux habitants modernes de l'Angleterre et de l'Italie ? Ce serait concevable si les Anglais et les Italiens étaient devenus deux espèces différentes dès leur séparation, et qu'aucun mélange n'avait été désormais possible. Or, ils peuvent toujours se mélanger et n'ont jamais manqué de le faire. Ainsi qu'on le verra plus loin, l'évolution humaine n'a pas suivi ce cours.

L'objection la plus grave qu'on puisse faire à ces arbres est peut-être que leur construction exige que ce qui se trouve à leur extrémité, c'est-à-dire les populations, soit passible d'une définition objective. Ce processus, en soi, a pour effet de séparer les groupes de manière qu'ils tendent à perpétuer les classifications raciales. Il attribue une sorte de numéro génétique global à une chose qui n'existe pas vraiment. Il y a certainement des *individus* qui vivent au Japon et au Tibet, mais, d'un point de vue génétique, il n'y a pas de sens à parler de la *population* du Japon ou du Tibet comme d'un tout. Il n'existe tout simplement pas de races dont on puisse donner une définition objective. Arthur Mourant lui-même s'en rendit compte il y a près d'un demi-siècle : « L'étude des groupes sanguins fait plutôt apparaître l'hétérogénéité de la nation la plus fière et corrobore l'idée que les races actuelles ne sont que des intégrations temporaires dans le processus de [...] mélange incessant qui caractérise l'histoire de toute espèce vivante. » La tentation de classer l'espèce humaine en des catégories qui n'ont aucune base objective est une conséquence inévitable mais regrettable du système de fréquence génétique auquel on veut faire dire plus qu'il ne le peut. Plusieurs années durant, l'étude de la génétique s'est perdue dans un imbroglio intellectuellement absurde et moralement dangereux en voulant établir des constructions toujours plus détaillées des groupes de population.

Par chance, on a fini par sortir de cette impasse. La percée s'est faite avec la publication, en janvier 1987, dans la revue *Nature*, d'un article intitulé « L'ADN mitochondrial et l'évolution humaine », et signé par l'une des sommités américaines de la biochimie de l'évolution, le regretté Allan Wilson, et de deux de ses élèves, Rebecca Cann et Mark Stoneking. La pièce centrale de cet article était un diagramme qui, à première vue, ressemble aux arbres que je viens de critiquer. Je n'en ai retenu ici qu'une petite section avec seize individus seulement, plutôt que les cent trente-quatre de l'article original.

Il s'agit bel et bien d'un arbre de l'évolution, mais cette fois-ci le diagramme signifie quelque chose. À droite de l'arbre, les symboles situés à l'extrémité des

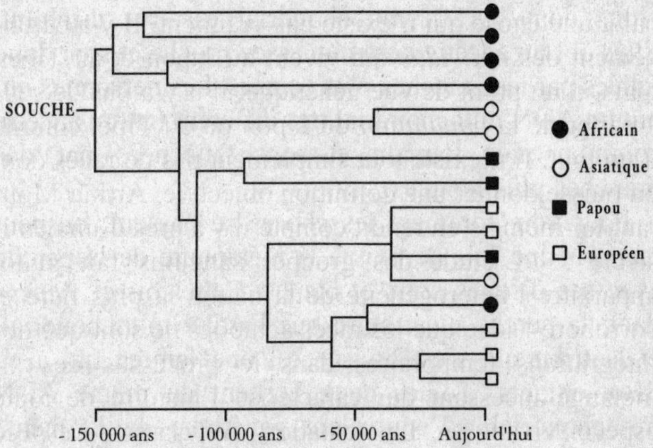

Figure 2. Arbre des gènes

branches représentent non pas des populations, mais les seize *individus* que j'ai retenus pour illustrer mon propos : seize personnes de quatre parties du monde — des Africains, des Asiatiques, des Européens et des Papous de Nouvelle-Guinée. Par rapport aux autres arbres, le premier progrès est que, contrairement aux *populations*, la question ne se pose pas de savoir si ces *gens* existent ou non. L'autre progrès est que les nœuds correspondent aussi à des gens réels, et ne sont plus quelque concept hypothétique comme une « protopopulation ». Ce sont les derniers ancêtres communs des deux individus qui se séparent à ce point. Les lignes qui rattachent les seize personnes du diagramme reflètent des différences génétiques touchant un gène très particulier — l'ADN mitochondrial — dont j'aurai sous peu l'occasion de préciser les propriétés inhabituelles et utiles. Pour des raisons que j'expliquerai dans le chapitre suivant, si deux personnes ont un ADN mitochondrial très proche, elles sont plus étroitement apparentées, pour ce qui est de ce gène, que deux individus dont l'ADN mitochondrial est très différent. Elles ont un ancêtre commun assez proche et sont donc reliées par les branches plus courtes. Les personnes qui ont un ADN mitochondrial très différent ont un ancêtre commun plus lointain et sont rattachées par des branches plus longues.

Pour voir comment les choses se passent, on peut recourir une fois de plus à la métaphore de la perche avec ses disques noirs et blancs. Cette fois-ci, cependant, la perche n'est autre que l'ADN mitochondrial, et la tribu qui s'est divisée est une femme qui a eu deux enfants. Toutes deux héritent du même ADN mitochondrial : l'équivalent génétique de la même séquence de disques sur la perche. Quand elles ont à leur tour des enfants, elles leur transmettent cet ADN mitochondrial, et ainsi de suite, de génération en génération. De manière très occasionnelle, des changements aléatoires, ce qu'on appelle des « mutations », se produisent dans l'ADN mitochondrial. Il en résulte alors un petit changement. Le temps passant, d'autres changements aléatoires affectent l'ADN mitochondrial. Conservés, ils sont à leur tour transmis aux générations suivantes. Avec l'apparition de mutations aléatoires, l'ADN mitochondrial des descendants de ce premier individu, de leur ancêtre commune, finit par diverger de plus en plus, mais le processus est très lent.

Les traits de l'arbre de la figure 2 sont donc des reconstructions. Ils représentent les relations entre les seize individus telles qu'on peut les établir à partir des différences touchant leur ADN mitochondrial, sur la nature duquel nous reviendrons bientôt. Pour l'heure, arrêtons-nous un instant sur l'arbre proprement dit. Le tronc le plus grand, tout en haut, a quatre Africains à ses extrémités. L'autre grand tronc réunit les individus du reste du monde *et* un autre Africain. Examinons maintenant ce tronc du « reste du monde » : il est des branches courtes qui rattachent des gens de la même partie du monde, comme les Asiatiques et les Papous tout en haut, ou les Européens, tout en bas. Mais il en est aussi qui rattachent les individus de régions différentes comme la branche près du milieu qui relie un Papou à un Asiatique et à deux Européens. Que se passe-t-il ? La coupure marquée entre le « tronc » exclusivement africain et le reste du monde confirme une fois de plus l'ancienneté de l'Afrique, qui apparaît aussi sur les arbres des populations. La confusion qui règne dans le tronc du « reste du monde » confirme très exactement ce à quoi pensait Arthur Mourant : le « mélange qui caractérise l'histoire de toute espèce vivante ». Il n'est guère étonnant que ce diagramme ait semé le trouble parmi les amateurs d'arbres des populations. Il montre que des individus génétiquement apparentés ont essaimé partout, dans des « populations » qui ne sont pas les leurs. Si les individus d'une population ont leurs plus proches parents dans une autre, l'idée fondamentale d'une population conçue comme une unité biologique et génétique distincte n'est plus défendable.

De surcroît, comme on le verra plus en détail par la suite en utilisant le processus de mutation décrit à l'instant, on peut aussi estimer le rythme auquel change l'ADN mitochondrial au fil du temps. En d'autres termes, on peut donner une idée des échelles chronologiques impliquées. Ainsi voit-on que toutes les branches et tous les troncs convergent vers un point unique, la « souche » de l'arbre, il y a quelque 150 000 ans. Autrement dit, l'espèce humaine considérée dans son ensemble est beaucoup plus jeune et plus étroitement apparentée que beaucoup ne l'ont cru.

L'impact de cet article consacré à « l'ADN mitochondrial et l'évolution humaine » a été spectaculaire. Dans la discussion sur une question fondamentale de l'évolution, il a clairement étayé le point de vue d'une école contre l'autre. Depuis de longues années faisait rage une controverse, avec des points de vue bien tranchés sur les origines des humains modernes, chaque camp en appelant à une interprétation différente des squelettes fossiles, et notamment des crânes. Les deux camps reconnaissaient que l'*Homo sapiens* moderne, l'espèce à laquelle nous appartenons tous, trouvait ses lointaines origines en Afrique. Tous admettaient également qu'un type humain antérieur, l'*Homo erectus*, a été, dans l'évolution, une étape intermédiaire entre nous et des fossiles beaucoup plus anciens et plus proches des singes. L'*Homo erectus* est apparu en Afrique voici environ deux millions d'années, sinon plus tôt, et a essaimé en direction des parties plus chaudes du Vieux Monde. On a retrouvé des fossiles d'*Homo erectus* depuis l'Europe jusqu'à la Chine.

Tels étaient les seuls points d'entente entre les deux camps. Ce qui les séparait, c'était la question de savoir s'il y avait eu ou non une propagation beaucoup plus récente des humains modernes depuis l'Afrique. L'école *Out of Africa* en était convaincue. Cela se serait produit il y a environ 100 000 ans, et ces nouveaux humains, l'*Homo sapiens* tel que nous le connaissons, auraient alors complètement remplacé l'*Homo erectus*. L'école adverse, celle des multirégionalistes, se fondait sur les fossiles et en concluait que l'*Homo sapiens* avait directement évolué depuis les diverses populations locales d'*Homo erectus*. Les Chinois modernes, par exemple, descendraient directement de l'*Homo erectus* chinois ; de même, les Européens modernes auraient pour ancêtre l'*Homo erectus* européen, plutôt qu'ils ne descendraient d'un *Homo sapiens* émigré d'Afrique. Dans le schéma multirégional, un Européen moderne et un Chinois moderne auraient eu un dernier ancêtre commun voici au moins un million d'années. Suivant le scénario *Out of Africa*, en revanche, ils étaient encore liés dans un passé beaucoup plus récent.

Le mérite de l'arbre des gènes fondé sur l'étude de la mitochondrie est d'avoir pour la première fois introduit dans l'équation une échelle chronologique objective. Il a établi très clairement que l'ancêtre mitochondriale commune de *tous* les humains modernes vivait il y a quelque 150 000 ans seulement. Cela cadrait parfaitement avec les tenants de la théorie de l'école *Out of Africa*, qui se sont réjouis de cette découverte. En revanche, le choc a été rude pour les multirégionalistes. Si l'on peut rattacher tous les humains modernes à une ancêtre commune d'il y a 150 000 ans seulement, ils ne sauraient avoir évolué dans les diverses parties du monde à partir des populations locales d'*Homo erectus* présentes depuis plus d'un million d'années. Bien que les multirégionalistes, eux-mêmes profondément modernes, ne veuillent pas s'avouer vaincus, l'arbre génétique leur a infligé un coup fatal dont ils ne se sont pas encore remis.

Pour nous, ce fut une nouvelle sensationnelle. Cette controverse a eu pour effet de catapulter l'ADN mitochondrial au rang de premier interprète moléculaire du passé humain. Tout cela promettait de mettre en ébullition les laboratoires de la Terre entière. Il n'allait pas manquer de données à comparer à nos propres résultats. Et si l'on voulait situer dans un contexte moderne les résultats tirés de l'analyse des ossements anciens, on ne pouvait mieux faire que d'étudier l'ADN mitochondrial.

[illegible]

… du métabolisme aérobique. C'est là que le carburant que nous absorbons sous forme de nourriture est brûlé en un océan d'oxygène. Bien entendu, il n'y a pas de flammes et tout l'oxygène est dissous, mais la combustion est tout à fait comparable à celle d'un feu à gaz ou d'un moteur d'automobile. Le mélange de carburant et d'oxygène produit de l'énergie. Les feux et les moteurs produisent leur énergie sous forme de chaleur et de lumière. Les mitochondries ne donnent pas de lumière quand elles brûlent leur carburant, mais elles nous chauffent. Le principal produit est cependant

CHAPITRE 4

Le messager spécial

Les mitochondries sont de toutes petites structures à l'intérieur de chaque cellule. Elles se trouvent non pas dans le noyau de la cellule, le minuscule sac situé au milieu des cellules et qui contient les chromosomes, mais à l'extérieur, dans ce qu'on appelle le cytoplasme. Leur fonction est d'aider les cellules à utiliser l'oxygène pour produire de l'énergie. Plus la cellule est vigoureuse, plus elle a besoin d'énergie, et plus elle contient de mitochondries. Les cellules de tissus tels que les muscles, les nerfs et le cerveau contiennent jusqu'à mille mitochondries chacune.

Chaque mitochondrie est enfermée dans une membrane. À l'intérieur de celle-ci, formant une structure élaborée, se trouvent tous les enzymes nécessaires au stade ultime du métabolisme aérobique. C'est là que le carburant que nous absorbons sous forme de nourriture est brûlé en un océan d'oxygène. Bien entendu, il n'y a pas de flammes et tout l'oxygène est dissous, mais la combustion est tout à fait comparable à celle d'un four à gaz ou d'un moteur d'automobile. Le mélange de carburant et d'oxygène produit de l'énergie. Les feux et les moteurs produisent leur énergie sous forme de chaleur et de lumière. Les mitochondries ne donnent pas de lumière quand elles brûlent leur carburant, mais elles nous chauffent. Le principal produit est cependant une molécule de haute énergie, la molécule ATP, dont le corps se sert pour diriger pratiquement tout, de la contraction des muscles du cœur jusqu'aux nerfs de la rétine qui lit cette page, ou aux cellules de votre cerveau qui l'interprète.

Au milieu de chaque mitochondrie se trouve un minuscule brin d'ADN, un minichromosome de seize mille cinq cents bases de long seulement. C'est tout petit en comparaison des trois milliards de bases des chromosomes du noyau. Cette découverte de l'ADN dans les mitochondries a été une grande surprise. Qui plus est, cet ADN est très singulier. Pour commencer, la double hélice de cet ADN forme un cercle. Les bactéries et les autres micro-organismes ont des chromosomes circulaires, mais tel n'est pas le cas des organismes multicellulaires complexes et a fortiori des humains. L'autre surprise fut de constater que le code génétique de l'ADN mitochondrial est légèrement différent de celui des chromosomes nucléaires. Les gènes mitochondriaux détiennent le code des enzymes qui captent l'oxygène et permettent aux mitochondries de remplir leur fonction. Toutefois, de nombreux gènes qui régissent le travail des mitochondries se trouvent dans les chromosomes du noyau.

Comment en est-on arrivé là ? L'explication actuelle est renversante. On pense que les mitochondries étaient jadis des bactéries vivant en liberté et qui, voici plusieurs centaines de millions d'années, auraient envahi des cellules plus avancées pour s'y installer. Libre à vous de parler de parasites ou de qualifier leur relation avec les cellules de symbiotique, car les cellules et les mitochondries font quelque chose les unes pour les autres. La possibilité d'utiliser l'oxygène donne une grande énergie aux cellules. Grâce à l'oxygène, une cellule peut produire beaucoup plus d'ATP de haute énergie avec la même quantité de carburant. Quant aux mitochondries, vivre à l'intérieur des cellules leur a paru beaucoup plus confortable que la vie à l'extérieur. Très lentement, au fil de millions d'années, certains gènes mitochondriaux ont été transférés au noyau, où ils demeurent. Autrement dit, les mitochondries sont maintenant piégées dans les cellules et, même si elles le voulaient, elles ne pourraient regagner le monde extérieur. Sur le plan génétique, on peut dire qu'elles se sont institutionnalisées. Aujourd'hui encore, on peut voir les traces de transferts génétiques ratés entre les mitochondries et le noyau. Les chromosomes nucléaires sont jonchés de bris de gènes mitochondriaux qui ont progressé vers le noyau au cours de l'évolution. N'étant pas intacts, ils ne peuvent rien faire. Ils traînent là, comme des fossiles moléculaires, vestiges des transferts ratés du passé.

Mais telles ne sont pas les seules singularités des mitochondries. Contrairement à l'ADN des chromosomes du noyau qui est hérité des deux parents, on ne reçoit les mitochondries que d'un seul parent : la mère. Le cytoplasme d'une cellule de l'œuf humain compte deux cent cinquante mille mitochondries. En comparaison, le sperme possède fort peu de mitochondries, juste assez pour fournir l'énergie de nager vers l'utérus pour se loger dans l'ovule. Une fois que le spermatozoïde a réussi à pénétrer dans l'ovule pour livrer son lot de chromosomes nucléaires, il n'a plus rien à faire des mitochondries, dont il se déleste en même temps que de sa queue. Seule pénètre l'ovule la tête du spermatozoïde avec son lot d'ADN nucléaire. Rebondi, l'œuf fécondé contient désormais l'ADN nucléaire des deux parents, mais les seules mitochondries sont celles qui n'ont jamais quitté le cytoplasme, et toutes viennent de la mère. Pour cette raison toute simple, l'ADN mitochondrial est toujours hérité de la mère.

L'œuf fécondé connaît ensuite toute une série de

divisions, pour former d'abord un embryon, puis un fœtus, qui devient ensuite un bébé et, pour finir, un adulte. Tout au long de ce processus, les seules mitochondries que l'on trouve sont des copies des originaux de l'œuf maternel. Bien que les deux sexes aient des mitochondries dans leurs cellules, seules les femmes les transmettent à leur progéniture parce qu'elles seules produisent des œufs. Les pères transmettent l'ADN mitochondrial à la génération suivante, mais leur ADN mitochondrial ne va pas plus loin.

Les changements touchant l'ADN des mitochondries comme du noyau surviennent spontanément au gré des erreurs de copie qui accompagnent la division cellulaire. Les cellules ont des mécanismes de contrôle des copies qui corrigent la plupart des erreurs, mais quelques-unes échappent à la surveillance et passent. Si les mutations se produisent dans des cellules qui vont produire des ovules ou du sperme, c'est-à-dire dans des cellules *germinales*, elles peuvent être transmises à la génération suivante. Tel n'est pas le cas des mutations qui interviennent dans les autres cellules du corps, ou cellules *somatiques*. La plupart des mutations de l'ADN n'ont donc aucun effet. Ce n'est que très rarement que l'on s'en apercevra : quand elles frappent et invalident un gène important particulier. Dans les cas les pires, ces mutations se traduiront par de graves maladies génétiques. Nous aurons l'occasion d'y revenir. La plupart sont cependant inoffensives.

Le rythme auquel ces mutations se produisent dans l'ADN nucléaire est extrêmement lent : en gros une base sur un milliard mutera à chaque division cellulaire. Les mitochondries, en revanche, ne sont pas aussi vigilantes dans leur contrôle des erreurs et laissent passer vingt fois plus de mutations. Autrement dit, on trouvera beaucoup plus de changements dans l'ADN des mitochondries que dans la section équivalente d'ADN nucléaire. L'horloge moléculaire, grâce à laquelle nous pouvons calculer l'écoulement du temps à travers l'ADN, bat beaucoup plus vite dans les mitochondries que dans le noyau. De ce fait, les mitochondries sont un outil d'autant plus séduisant pour étudier l'évolution humaine. Si les mutations étaient très lentes, beaucoup trop de gens auraient exactement le même ADN mitochondrial et la diversité ne serait pas suffisante pour nous éclairer sur l'évolution au fil du temps.

Il est encore un autre avantage. Bien que l'on trouve des mutations sur tout le cercle de l'ADN mitochondrial étudié par Allan Wilson et ses élèves, il existe une partie de l'ADN où les mutations sont particulièrement fréquentes. Cette section, d'environ cinq cents bases de long, a reçu le nom de « région de contrôle ». Si les mutations ont pu ainsi s'y multiplier, c'est que, à la différence du reste de l'ADN mitochondrial, il ne code rien de particulier. Dans le cas contraire, nombre des mutations affecteraient le travail des enzymes mitochondriaux. Cela arrive parfois quand des mutations touchent d'autres parties de l'ADN mitochondrial hors de la région de contrôle. Il existe ainsi de rares maladies neurologiques causées par des mutations génétiques qui affectent des parties essentielles de la machinerie mitochondriale. Les dommages sont tels que ces mitochondries survivent mal et ne sont que très rarement transmises à la génération suivante. Ainsi les mutations disparaissent-elles progressivement. Les mutations de la région de contrôle, en revanche, ne sont pas éliminées pour la simple raison que la région en question n'a pas de fonction spécifique. Elles sont neutres. Il semble que cette section d'ADN doive être là pour que les mitochondries se divisent convenablement, mais sa séquence précise est apparemment sans importance.

La situation est idéale pour nos recherches. Une courte section d'ADN truffée de mutations neutres. Il serait beaucoup plus rapide et bien moins coûteux de lire la séquence de la région de contrôle, juste cinq cents bases, que de lire toute la séquence d'ADN mitochondrial sur plus de seize mille bases. Mais la région de contrôle allait-elle se révéler suffisamment stable pour être utile dans l'étude de l'évolution humaine ? Si la région de contrôle mutait dans un sens ou dans un autre à une grande vitesse à chaque génération, il serait extrêmement difficile de mettre en évidence des modèles cohérents sur de longues périodes. Par les travaux d'Allan Wilson, nous savions déjà qu'il fallait couvrir au moins 150 000 ans d'évolution humaine, soit six mille générations à raison de vingt-cinq ans par génération. Si les mutations de la région de contrôle étaient trop précipitées ou erratiques, il serait difficile, voire impossible, de distinguer au bout de quelques générations les signaux importants de tout le bruit environnant. Il nous fallait trouver le moyen de nous en assurer avant de consacrer beaucoup de temps et d'argent à une grande étude des populations humaines. Quelle était la meilleure façon de s'y prendre ?

Dans l'idéal, je voulais trouver un grand nombre de vivants dont on pût prouver qu'ils descendaient par la lignée féminine d'une seule femme. Dans le cadre de mes recherches de médecine génétique sur les maladies héréditaires des os, j'avais travaillé sur plusieurs grandes familles et je ressortis donc les graphiques de leurs ascendants. Bien que l'on pût remonter ainsi sur plusieurs générations, il y avait malheureusement fort peu de lignées maternelles continues reliant les membres vivants de ces familles. J'aurais pu leur demander de me mettre en contact avec des parents qui ne figuraient pas sur ces arbres, mais c'eût été une longue affaire. Apparemment, il n'y avait pas d'autre solution, et je me mis en quête de leurs noms et de leurs adresses. Ce soir-là, je rentrai chez moi en pensant à autre chose quand, soudain, je me souvins du hamster doré. Ce fut l'un de ces rares instants où une idée surgit du fond de la tête, Dieu sait comment, et où l'on sait en un millième de seconde que c'est la réponse, alors même qu'on n'a pas eu le temps de se demander pourquoi.

Quand j'étais petit, j'avais lu dans une encyclopédie pour enfants que tous les hamsters dorés du monde descendaient d'une seule femelle. Je peux vous assurer que je n'y avais plus pensé depuis des décennies. Et voici que l'idée refit surface ! Je me souviens m'être dit, à l'époque, que ce n'était pas possible. Mais si ça l'était ? Ce serait la solution idéale pour tester la stabilité de la région de contrôle. Tous les hamsters dorés du monde auraient la même lignée maternelle qui remonterait directement à la « mère de tous les hamsters ». De ce fait, ils auraient aussi hérité d'elle leur ADN mitochondrial, puisque chez les hamsters comme chez les humains il se transmet par les femelles. Il me suffisait donc de recueillir l'ADN de hamsters vivants et de comparer les séquences des régions de contrôle. Je n'avais pas besoin du pedigree exact parce que, s'il n'y avait en vérité qu'une seule femelle au départ, elles devaient certainement toutes conduire à elle. Si la région de contrôle était suffisamment stable pour nous être utile, sa séquence devrait être la même, ou très proche, chez tous les hamsters vivants.

Chris Tomkins, un étudiant, venait de commencer son projet de génétique de dernière année dans mon laboratoire. Dans le courant de l'été 1990, je lui demandai de réunir tout ce que l'on pouvait savoir du hamster doré, ou hamster de Syrie. Chris ne manquait pas d'initiative. Il fila tout de suite à la bibliothèque d'Oxford et en revint avec de bonnes nouvelles. Il avait découvert l'existence d'un National Syrian Hamster

Council of Great Britain. Il appela la secrétaire : le lendemain, nous avions rendez-vous à Ealing, dans le quartier ouest de Londres.

Le regretté Roy Robinson, secrétaire du Syrian Hamster Club, nous y accueillit d'un air soupçonneux. M. Robinson était le produit d'un âge révolu : un scientifique amateur et autodidacte d'une grande qualité. Son bureau faiblement éclairé était bourré de livres de génétique animale, pour beaucoup écrits par lui. Il sortit son livre sur le hamster de Syrie. Sa vue était si faible que, malgré ses lunettes à verres très épais, il lui fallait coller son nez sur les pages.

Il confirma ce que j'avais lu enfant. En 1930, semble-t-il, une expédition zoologique avait capturé quatre petits rongeurs brun-or, une femelle et trois mâles, dans les environs d'Alep, au nord-ouest de la Syrie, et les avait rapportés à l'Université hébraïque de Jérusalem. Ils avaient été mis dans la même cage et bientôt la femelle avait eu une portée. Visiblement, il n'y aurait aucune difficulté à les élever en captivité. L'université se mit à en distribuer à tous les instituts de recherche du monde où ils ont largement remplacé les rats et les souris habituels, bien qu'ils soient des animaux de laboratoire retors : ils ne sont actifs que la nuit, ils ont un sale caractère et mordent souvent ceux qui les manipulent. Bien fait pour eux ! L'institut du Medical Research Council de Mill Hill, dans le nord de Londres, fut le premier à recevoir des hamsters avant d'en donner au zoo de Londres. En 1938, les premiers hamsters dorés avaient atteint les États-Unis.

Comme cela arrive parfois, des membres du personnel rapportèrent à la maison les animaux de laboratoire qui n'étaient plus nécessaires et les élevèrent comme des animaux domestiques. Avec le temps, ceux-ci se diffusèrent d'un foyer à l'autre jusqu'au jour où, devant leur popularité croissante, les éleveurs commerciaux les ajoutèrent à leur catalogue. Bientôt se formèrent des groupes d'amateurs. En 1947, l'apparition d'un hamster pie dans un élevage fut le premier exemple de toute une série de nouvelles couleurs provoquées par des mutations spontanées des gènes de la couleur du pelage à la faveur des croisements qui se produisent dans l'élevage. Accoupler les mutants les uns avec les autres pour produire une race de pur-sang était un jeu d'enfant. Au cours des années suivantes, les éleveurs n'eurent de cesse de trouver de nouvelles couleurs et découvrirent de nombreux mutants de couleur crème, cannelle, satin et écaille de tortue, etc., avec lesquels on créa des lignées de pur-sang. Les hamsters sont de bons animaux domestiques et la disponibilité de souches aux pelages différents ne fit qu'accroître l'intérêt. Ainsi commença l'explosion démographique qui a abouti aux quelque trois millions de hamsters aujourd'hui élevés à travers le monde comme animaux de compagnie.

M. Robinson vivait dans une ancienne pépinière. Quand nous l'avons visitée, elle était en pleine décrépitude. Un long rectangle entouré de murs en belles briques anciennes, avec des plates-bandes de fleurs montées en graines et quelques serres aux carreaux fêlés ou brisés, ainsi que deux remises. Nous nous dirigeâmes vers celle de gauche. M. Robinson tourna la clé pour nous faire entrer. Découvrant l'intérieur, nous n'en croyions pas nos yeux. Il y avait rangée de cages sur rangée de cages, toutes étiquetées et numérotées, chacune avec sa famille de hamsters. M. Robinson s'était procuré un spécimen de chaque variété de pelage et procédait à des croisements pour démêler la génétique de l'espèce. Il y avait des hamsters blancs comme neige, des hamsters lilas, des hamsters foncés à poil court et des hamsters angoras. M. Robinson était si connu dans le monde des hamsters de Syrie que chaque fois qu'on découvrait un nouveau mutant, on en envoyait un couple à Ealing. Pour couronner le tout, il ouvrit une vieille boîte de *Quality Street* dans laquelle étaient soigneusement rangées les peaux séchées des animaux qui lui avaient été envoyés. Martin Richards, qui nous avait accompagnés, Chris et moi, fut tellement captivé qu'au retour il s'arrêta dans une boutique pour acheter deux hamsters. Il les garda dans son appartement deux années durant, jusqu'à leur mort. Dans l'immédiat, le plus intéressant pour nous était que M. Robinson nous confia quelques poils de chacune des peaux.

M. Robinson nous avait aussi donné les coordonnées des clubs d'éleveurs et de propriétaires de hamsters de Syrie à travers le monde, et Chris était sur le point de leur écrire pour leur demander des échantillons de poils quand il nous vint à l'idée que cela risquait fort de ne pas suffire. Nous nous étions déjà rendu compte qu'il fallait beaucoup de poils pour extraire l'ADN. Les poils de hamster étaient très fins et avaient tendance à se casser au-dessus de la racine. Si les animaux n'avaient que faire qu'on leur prélevât quelques poils, ils ne l'entendraient pas de cette oreille, et leurs propriétaires non plus, si nous réclamions de grosses touffes. C'est ainsi que nous comprîmes qu'il nous fallait une autre source d'ADN et que germa en nous une idée qui nous parut au départ complètement saugrenue. Nous savions que la réaction d'amplification de l'ADN était extrêmement sensible, et c'est bien pourquoi elle avait marché avec l'ADN extrait des ossements récupérés sur des chantiers de fouilles archéologiques. Ne pouvait-on trouver dans leurs déjections suffisamment de cellules venues des parois de leur gros intestin ? Le plus passionné des propriétaires ne verrait certainement pas d'inconvénient à se séparer de quelques crottes pour les besoins de la science. Mais cela allait-il marcher ? Il n'y avait qu'une seule façon de s'en assurer : le lendemain, Martin revint avec des déjections de ses nouveaux pensionnaires. Elles étaient sèches et rabougries, comme des déjections de souris. Rien de plus inoffensif. Chris n'en prit pas moins des pinces à épiler pour les placer dans une éprouvette. Il les fit bouillir quelques minutes, fit décanter le sédiment dans une centrifugeuse et préleva une goutte du liquide clair pour amorcer la réaction d'amplification de l'ADN. Tout se passa à merveille.

Tout l'été, nous arrivèrent du monde entier de petits paquets expédiés par les amateurs de hamsters. Rien qu'au bruit, on savait aussitôt de quoi il s'agissait. On finit par avoir de l'ADN de trente-cinq hamsters, dont Chris eut tôt fait de séquencer la région de contrôle mitochondriale. Chez tous, ellc était absolument identique. L'histoire que j'avais lue était donc vraie. Tous les hamsters domestiques du monde venaient réellement d'une seule femelle. Mais le plus important pour nous, c'est que la région de contrôle était restée complètement stable. De ce tout premier hamster capturé dans le désert de Syrie à ses millions d'arrière, arrière, arrière... petits-enfants de tous les coins du monde, l'ADN de la région de contrôle avait été recopié sans la moindre erreur. Stupéfiant !

Les hamsters peuvent donner jusqu'à quatre ou cinq générations par an. À ce rythme, il y avait place pour au moins deux cent cinquante générations de hamsters depuis 1930. Alors même que nos trente-cinq hamsters n'avaient trahi aucune lignée maternelle indépendante depuis 1930, l'absence de toute différence des séquences d'ADN entre eux était la preuve que ma crainte que les mutations dans la région de contrôle ne pussent survenir trop rapidement n'était pas fondée, bien au contraire. Tout compte fait, c'était une région d'ADN très fiable, pas du tout sujette à des mutations capricieuses qui interdiraient de suivre la trace des centaines de générations et plus que nous voulions explorer chez nos ancêtres humains. Naturellement il subsistait un risque : alors même qu'elle était stable chez les hamsters, il était possible que cette région de contrôle ne le fût pas chez les humains. Compte tenu de la nature fondamentale même des mitochondries, je ne le croyais pas probable, et j'étais disposé à courir le risque.

Je n'étais pas seul à m'y intéresser. Il apparut vite que d'autres chercheurs s'étaient fait les mêmes réflexions et avaient compris en quoi ce segment très particulier d'ADN pouvait éclairer non seulement les grandes lignes de l'évolution humaine, mais aussi des mystères beaucoup plus récents.

CHAPITRE 5

Le tsar et moi

En juillet 1991, dans les bois de bouleaux des environs de Iekaterinbourg, l'ancienne Sverdlovsk, en Oural, on exhuma d'une tombe peu profonde les restes de neuf corps. Cette exhumation fut le couronnement d'années de recherche obstinée du géologue russe Alexandre Avdonine. Celui-ci pensait avoir découvert la tombe des derniers des Romanov, la famille impériale russe. Le dernier tsar, Nicolas II, sa femme, la tsarine Alexandra, et leurs cinq enfants avaient été exécutés — ou assassinés, suivant le point de vue — en même temps que leur médecin et trois serviteurs dans le sous-sol de la maison où les bolcheviks les retenaient prisonniers. Cela se passait dans la nuit du 16 juillet 1918, dans les bouleversements de la Russie révolutionnaire : plutôt que de courir le risque que les prisonniers royaux fussent libérés par les Russes blancs qui cernaient la ville, la décision avait été prise, au plus haut niveau, de les tuer.

Selon un récit contemporain, toute la famille était déjà au lit quand les derniers éléments du plan furent mis à exécution. Un télégramme fut adressé à Lénine, alors à Moscou, pour lui demander son accord. Par suite de différents retards, il n'arriva au Kremlin qu'à 23 heures passées. Son feu vert arriva le lendemain matin à 1 heure. À 1 h 30, un camion se rangea à côté de la maison pour emporter les corps. Le tsar et les siens furent tirés du lit : du fait de l'action militaire dont la ville était le théâtre, les informa-t-on, ils devaient passer le reste de la nuit dans le sous-sol où ils seraient plus en sécurité. Depuis quinze jours, il ne s'était pas passé une seule nuit sans que les Romanov eussent entendu les tirs de l'artillerie au loin, et ils ne virent rien de particulièrement menaçant à ce qu'on les priât de descendre à la cave. Tous descendirent sans crainte les escaliers.

Dans la cave, ils ne s'effrayèrent pas de voir que plusieurs gardes les avaient rejoints. Même lorsqu'on leur demanda de se regrouper, ils ne se méfièrent pas. Le chef du peloton d'exécution s'approcha du tsar et retira un bout de papier de sa poche tout en gardant l'autre main posée sur son revolver. Il lut rapidement l'arrêt de mort. Déconcerté, le tsar se tourna vers les siens, puis vers les gardes, qui dégainèrent leurs armes. Les filles se mirent à hurler. Les soldats ouvrirent le feu. Le tsar fut le premier touché et s'affala sur le sol. Les hurlements des victimes résonnèrent dans la cave, se mêlant au bruit des coups de feu et des balles qui ricochaient sur les murs. Dans ce charivari, la pièce eut tôt fait d'être envahie par la fumée, au point même qu'il devint plus difficile aux membres du peloton d'atteindre leurs cibles, qui, prises de panique, couraient dans tous les sens. Ordre fut alors donné de cesser le feu. Les victimes furent achevées à coups de baïonnette et de crosse. Il avait fallu moins de trois minutes pour éliminer une dynastie qui dirigeait la Russie depuis trois siècles.

La maison a disparu. Elle a été démolie en 1977 sur ordre du premier secrétaire de la région de Sverdlovsk, le jeune Boris Eltsine. Mais le sort des Romanov eux-mêmes est demeuré auréolé de mystère. Dans l'atmosphère d'incertitude et de désinformation qui régnait dans la Russie bolchevique, le simple fait qu'il y eût un rapport officiel sur des événements, même aussi historiques et infâmes que l'« exécution » des Romanov, ne voulait pas dire que les événements décrits avaient réellement eu lieu. Il y eut des rumeurs persistantes, que la propagande soviétique de l'époque entretint activement : les Romanov avaient été mis en lieu sûr afin de les protéger. Suivant une autre rumeur, la tsarine et les enfants avaient pu rejoindre l'Allemagne. D'après une autre rumeur encore, le tsar se trouvait au Kremlin où Lénine s'apprêtait à restaurer la monarchie dès que la bourgeoisie aurait été éliminée et que le tsar aurait retrouvé le contact avec son peuple.

La découverte des squelettes promettait au moins d'introduire dans le débat des éléments de preuve objectifs si l'on parvenait à montrer que les restes exhumés de la fosse étaient bien ceux des Romanov. L'emplacement correspondait au moins à certains témoignages contemporains, faisant état du chargement des corps dans un camion qui s'était enfoncé dans les bois à la lisière de la ville. Lorsque leur camion s'était embourbé, les bourreaux avaient paniqué et jeté les corps dans une fosse creusée à la hâte avant de les arroser d'acide sulfurique pour essayer vainement d'effacer tout ce qui pourrait servir à les identifier.

Quand on eut assemblé tous les os retrouvés, il apparut clairement qu'il s'agissait des restes de neuf corps seulement, deux de moins qu'il n'y en aurait eu si toutes les victimes du massacre avaient été enfouies dans la même fosse. Après le travail long et pénible d'ajustement de plus de huit cents os et de reconstitution des crânes défoncés à coups de crosse, on en conclut que les corps étaient ceux du tsar et de la tsarine, de trois de leurs cinq enfants — Maria, Tatiana et Olga —, de leur médecin, le docteur Evgueni Botkine, et de leurs trois serviteurs : Alexeï Trupp, le valet de chambre, Ivan Kharitonov, le cuisinier, et Anna Demidova, la servante de la tsarine. Il n'y avait pas trace des corps d'Anastasia, la fille cadette, ni du prince héritier, le tsarévitch Alexeï. Ces reconstructions mises à part, à quels autres tests pouvait-on procéder sur les restes pour confirmer leur identité ?

En 1989, nous avions déjà publié nos résultats sur l'extraction d'ADN d'ossements beaucoup plus anciens. Dès lors, il était tout naturel d'essayer de retirer de l'ADN des restes exhumés à Iekaterinbourg dans l'espoir de confirmer qu'il s'agissait bien des Romanov. Le travail fut confié à l'Académie russe des Sciences et au British Forensic Science Service. Ils commencèrent par identifier le sexe des squelettes à partir des empreintes génétiques suivant une pratique courante en médecine légale : il apparut qu'il s'agissait bien de deux parents et de trois enfants. L'ADN des restes censés être ceux du docteur Botkine et des domestiques montra qu'ils étaient sans lien avec la famille et qu'ils n'étaient pas non plus apparentés les uns aux autres. Tout cadrait parfaitement avec les conclusions des spécialistes des os.

Les scientifiques parvinrent aussi à prélever de l'ADN mitochondrial sur les os et mirent en évidence, pour le groupe familial, deux séries de séquences. L'adulte, la tsarine présumée, et les trois enfants avaient la même séquence d'ADN mitochondrial. L'homme, le tsar présumé, avait une séquence différente. Exactement comme on l'attendrait d'une même famille. Les trois enfants avaient hérité de la séquence d'ADN mitochondrial de leur mère, tandis que le père, qui tenait le sien de sa mère, ne l'avait transmise à aucun de ses enfants. Toutefois, extraire l'ADN mitochondrial et le séquencer ne suffisait pas en soi à prouver qu'on avait affaire aux Romanov. Dans n'importe quelle famille, on retrouverait la même identité entre la mère et ses enfants, le père ayant pour sa part une séquence différente. La seule façon de prouver quelle était cette famille était de retrouver des parents vivants du tsar et de la tsarine liés aux défunts par des liens exclusivement maternels. On n'avait pas nécessairement besoin de parents particulièrement proches. La vraie force de l'ADN mitochondrial est qu'il ne se dilue pas avec la distance. Tant que les liens sont exclusivement maternels, et qu'ils ne sont pas interrompus par un maillon père-enfant, l'ADN mitochondrial sera identique.

Par chance, le tsar et la tsarine avaient tous deux des parents maternels directs. Par un lien maternel ininterrompu passant par sa grand-mère Louise de Hesse-Cassel, la reine du Danemark, le tsar était apparenté au comte Nicolas Troubetskoï, alors âgé de soixante-dix ans. Après avoir dirigé une banque d'affaires, il coulait des jours paisibles sur la Côte d'Azur. Pour ce qui est de la tsarine, il existait aussi un lien maternel direct passant par sa sœur, la princesse Victoria de Hesse, et menant à Son Altesse royale, le prince Philip, duc d'Édimbourg et mari de la reine Élisabeth II. Au terme d'une négociation discrète, les deux hommes consentirent à donner un petit échantillon de sang pour extraire leur ADN.

Qu'en est-il ressorti ? Pour comparer des séquences d'ADN mitochondrial, tout le monde emploie la même notation : on indique les différences par rapport à une séquence de référence donnée, en fait le tout premier ADN mitochondrial qui ait été entièrement séquencé par une équipe de Cambridge en 1981. Suivant cette notation, une séquence d'ADN qui diffère de la séquence de référence à la quinzième et à la centième position dans le segment de la région de contrôle de cinq cents bases est abrégée de la manière suivante : *15, 100*. D'après cette notation, la séquence du duc d'Édimbourg était de *111, 357*. Sur les quatre cent quatre-vingt-dix-huit autres positions du segment de cinq cents bases, la séquence du duc était exactement la même que la séquence de référence.

Il est toujours beaucoup plus difficile d'obtenir une séquence complète d'un seul coup à partir d'ADN ancien qu'à partir d'un échantillon moderne. Le vieillissement fragmente les brins, si bien que même le segment relativement court de cinq cents bases de la région de contrôle doit être reconstruit par étapes successives d'une centaine de bases. Au terme d'un processus laborieux, on finit cependant par établir les séquences de la tsarine présumée et de ses trois enfants. Tous avaient exactement la même séquence de *111, 357*. Elle correspondait parfaitement à celle du duc d'Édimbourg.

Tel n'était cependant pas le cas pour le tsar présumé. La correspondance avec le comte Troubetskoï n'était pas parfaite. Tandis que la séquence du comte Troubetskoï était de *126, 169, 294, 296*, l'ADN du tsar présumé n'avait des mutations qu'en *126, 294* et *296*. Très proches, mais pas identiques. Le revers était clair. De nombreuses circonstances entourant les corps concordaient avec les Romanov, et la correspondance entre les femmes et le duc d'Édimbourg était parfaite. Mais il ne rime à rien de faire des tests génétiques si l'on ne tient pas compte du résultat. Une concordance approximative n'est pas une concordance exacte. Et si le lien maternel au fil de six générations avec le comte Troubetskoï était ininterrompu, la concordance serait parfaite.

Y avait-il une chance que le comte ne fût pas vraiment un parent du tsar contrairement à ce qu'assurait l'arbre généalogique ? Cela signifierait que la lignée qui menait du tsar au comte Troubetskoï en passant par Louise de Hesse-Cassel avait été interrompue. Autrement dit, cela voudrait dire que l'une des personnes de la lignée n'était pas de la mère indiquée dans l'arbre généalogique. Il y avait toujours une possibilité. Il avait pu y avoir une adoption ou une confusion à la naissance. Mais ce n'étaient que des vagues éventualités. S'il est concevable que le père biologique ne soit pas le mari de la mère, il est beaucoup plus invraisemblable que la mère biologique diffère de la mère officielle. Après tout, la mère et le bébé sont forcément présents à la naissance. La seule conclusion formelle était qu'il ne s'agissait pas du tsar. Et, comme les empreintes génétiques traditionnelles avaient déjà établi que l'homme était bien le père des trois enfants découverts dans la tombe, il ne s'agissait pas, finalement, de la tombe des Romanov.

Alors même que les séquences d'ADN mitochondrial de Troubetskoï et du squelette d'homme n'étaient pas exactement identiques, elles étaient très proches. Toutes deux partageaient trois mutations aux points *126, 294* et *296.* Troubetskoï en avait une autre à la position *169.* Avait-on commis une erreur en lisant la séquence d'ADN mitochondrial du « tsar » ? L'équipe se pencha à nouveau sur la trace originale de la machine à séquencer et étudia très attentivement les lectures à la position *169* dans l'échantillon du « tsar ». La trace elle-même ressemble à quatre traits superposés de couleurs différentes, chacun représentant ce qui a été lu à partir des quatre canaux séparés qui détectent les quatre bases d'ADN : rouge pour T, noir pour G, bleu pour C et vert pour A. Alors que la trace de Troubetskoï indiquait clairement un pic rouge à la position *169*, correspondant à la mutation T, la trace du « tsar » à la même position indiquait un pic bleu pour C, comme dans la séquence de référence. Sous le pic bleu, cependant, apparaissait une petite anomalie rouge. Était-il concevable que l'ADN du « tsar » fût un mélange de deux séquences d'ADN mitochondrial, la principale avec la séquence *126, 294, 296*, et une autre, beaucoup plus petite, avec la même séquence plus une mutation à la position *169* ? Il n'y avait qu'une façon de s'en assurer, c'était de le cloner.

Le clonage est le seul moyen de séparer les différentes molécules d'ADN d'un mélange. Pour dire les choses brièvement, il s'agit de ruser pour amener les bactéries à accepter une seule molécule d'ADN, puis de copier celui-ci comme s'il était le leur. Faire entrer de l'ADN dans des bactéries est un processus très hasardeux : une sur un million seulement l'accepte. Si l'on parvient à persuader deux douzaines de bactéries de faire entrer l'ADN, on peut les traiter de telle façon que les seules bactéries à survivre et à croître en culture soient celles avec l'ADN supplémentaire. On peut alors les sélectionner et procéder à un séquençage ADN. Au sein de chaque colonie, tout l'ADN sera des copies de la molécule originale qui a été acceptée. Si on a au départ un mélange de deux molécules différentes d'ADN, certaines colonies auront un type, et certaines l'autre. Les chercheurs ont ainsi réussi à créer vingt-huit clones contenant de l'ADN mitochondrial du « tsar ». Le séquençage individuel révéla que vingt et un contenaient la séquence dominante *126, 294, 296* lue à partir de la trace d'origine, sans la mutation à la 169e position. Mais l'ADN de sept clones contenait la mutation *169* supplémentaire : autrement dit, il était absolument identique à celui du comte Troubetskoï.

Les chercheurs étaient en fait tombés sur un état très rare, celui où une nouvelle mutation, en l'occurrence à la 169e position, est en passe de s'imposer. Cet état, baptisé *hétéroplasmie*, n'avait guère été observé jusque-là et restait très mal compris. Ainsi qu'on le verra par la suite, on le connaît beaucoup mieux aujourd'hui. En 1994, toutefois, lorsque fut publié l'article sur les Romanov, c'était une nouveauté. Mais il sortit les chercheurs d'un mauvais pas. Ils tenaient la preuve dont ils avaient besoin : il existait bel et bien un lien maternel continu entre les os du « tsar » de Iekaterinbourg et un parent de Nicolas II encore en vie.

La concordance de l'ADN mitochondrial était certainement un bon indice que les ossements étaient bien ceux des Romanov. Mais était-ce vraiment une preuve ? Il n'est jamais de preuve absolue. Il n'y a que des preuves relatives. Dans le cas des Romanov, on pouvait exprimer ce degré de certitude sous une forme mathématique en fonction de la fréquence de ces séquences mitochondriales en Europe. À cette époque, nous ne connaissions pas beaucoup de séquences européennes, et il était donc difficile d'apprécier la valeur de cette preuve. Nous disposons désormais de séquences bien plus nombreuses et nous savons que celle du duc d'Édimbourg *(111, 357)* est en vérité extrêmement rare. On n'en a jamais retrouvé de semblable parmi plus de six mille Européens. Faute de l'avoir trouvée ailleurs, on ne saurait en estimer exactement la fréquence, mais il est fort peu probable qu'elle soit supérieure à un pour mille. Autrement dit, il y a au plus une chance sur mille que la séquence d'ADN mitochondrial d'un Européen pris au hasard corresponde à celle du duc d'Édimbourg. Il y avait donc une chance infime que les os de Iekaterinbourg fussent ceux non pas de la tsarine et de ses enfants, mais d'une autre famille qui, par le fait du hasard, aurait le même ADN mitochondrial que le duc. La séquence de Troubetskoï *(126, 169, 294, 296)* reste très rare et on ne l'a pas retrouvée chez six mille Européens modernes. La séquence dominante du tsar *(126, 294, 296)* est cependant beaucoup plus fréquente et se retrouve chez tout juste un peu moins de 1 % des Européens. Encore une fois, il y avait donc une possibilité mince, mais réelle, que les os de l'homme adulte fussent ceux non pas du tsar, mais d'un autre homme.

Bien qu'on soit déjà parvenu ainsi à un degré de certitude assez grand, il est un autre niveau à considérer. Nous n'avons pas encore examiné le fait que les deux séquences correspondantes avaient été retrouvées dans la même tombe et venaient des parents des trois enfants suivant les empreintes génétiques. En quoi le résultat en est-il affecté ? Il ne fait que rehausser le degré de certitude. La probabilité qu'on obtienne des correspondances pour les *deux* séries de séquences d'ADN mitochondrial par l'effet d'un pur hasard est le produit mathématique de probabilités individuelles. En multipliant une chance sur mille par une sur cent, on arrive à une toute petite probabilité d'une sur cent mille. Si l'on ajoute à cela les circonstances de la découverte de la tombe et les traces de blessures par balles, le degré de certitude approche des 100 %.

Un mystère n'en demeurait pas moins. On avait retrouvé les corps de cinq Romanov seulement : deux adultes et trois filles. D'un point de vue formel, cela tendait à infirmer l'idée que les restes fussent bien ceux des Romanov. En revanche, cela cadrait avec des rumeurs persistantes : certains enfants auraient échappé à l'exécution. D'après un communiqué soviétique, seul le tsar était mort, tandis que le reste de la famille avait été placé en lieu sûr. Aussitôt se multiplièrent les impostures. Pendant un temps, chaque ville de Sibérie, encore aux mains des Russes blancs, prétendit avoir ses grandes-duchesses ou son prince héritier. Le plus souvent la supercherie était flagrante, mais d'aucuns parvinrent un temps à donner le change. Un homme d'affaires entreprenant monta même une société d'exportation, persuadant des millionnaires locaux de le financer pour l'aider à faire passer les réfugiés impériaux à l'étranger. Sa complice, se faisant passer pour l'une ou l'autre des grandes-duchesses, autorisa même ses « sponsors » en transe à lui baiser la main alors qu'elle faisait ses adieux larmoyants à leur pays bien-aimé.

La mère du tsar, l'impératrice douairière Maria Fedorovna, exilée à Copenhague, fit plus que quiconque pour perpétuer le mythe que sa famille avait survécu. Jusqu'à sa mort, en 1928, elle refusa de croire à leur disparition. Tout le restant de sa vie, elle fut mise au défi de reconnaître les titres des nombreux prétendants qui se faisaient passer pour ses petits-enfants. La plus obstinée fut une femme connue sous le nom d'Anna Anderson. Tout commença en février 1919, sept mois après le massacre de Iekaterinbourg, lorsqu'une jeune femme sauta d'un pont dans le canal de la Landwehr, à Berlin. Sauvée, elle refusa résolument de décliner son identité et fut internée dans un hôpital psychiatrique sous le nom de Fräulein Unbekannt : la demoiselle inconnue. Ayant lu le récit du massacre dans un journal berlinois, une autre patiente, Clara Peuthert, acquit la conviction que cette femme réservée et murée dans son silence n'était autre que la grande-duchesse Tatiana, la deuxième des quatre filles du tsar. Lorsqu'elle fut sortie de l'asile, Clara Peuthert s'efforça de plaider sa cause auprès des émigrés russes blancs de Berlin. Profitant de ces contacts, elle organisa la visite de l'ancienne dame d'honneur de la tsarine, la baronne Buxhoeveden. Ce fut la première des nombreuses visites, souvent désastreuses, de gens soucieux d'établir la véritable identité de la « survivante » et qui continuèrent jusqu'à la fin de sa vie. Cette fois-ci, Fräulein Unbekannt se cacha sous ses draps. La redoutable baronne arracha les draps et la tira du lit. Ce ne pouvait être Tatiana, s'exclama-t-elle. Elle était beaucoup trop petite. Devant cette déclaration formelle, Fräulein Unbekannt se contenta de déclarer qu'elle n'avait jamais prétendu être Tatiana, qui était effectivement la plus grande des filles du tsar. Avec son un mètre cinquante-sept, sa taille était beaucoup plus proche de celle d'Anastasia. Jusqu'à la fin de ses jours, elle se fit passer pour elle, abrégeant son nom en Anna et ajoutant Anderson de longues années plus tard pour tromper les journalistes lors d'un séjour dans un hôtel de Long Island, à New York.

Jusqu'à sa mort en 1984, près de Charlottesville en Virginie, Anna Anderson partagea sa vie pathétique entre les hôpitaux et le domicile de ses partisans. S'il s'agissait vraiment d'Anastasia, elle aurait eu quatre-vingt-trois ans. Elle se trouva entraînée dans les batailles juridiques sans fin opposant ses partisans à ceux qui contestaient ses titres. On accusait ses adversaires de vouloir prouver la mort de toute la famille du tsar afin de pouvoir disposer de l'argent que les Romanov avaient déposé sur des comptes en banque à l'étranger. On reprochait pareillement à ses partisans de convoiter eux-mêmes cette fortune. Quant à Anna Anderson, elle ne mit jamais beaucoup d'ardeur à faire valoir ses titres. Chaque fois qu'une occasion se présenta de se faire reconnaître d'un parent du tsar qui s'était laissé persuader à contrecœur de lui rendre visite, elle resta sur sa réserve, refusant de répondre aux questions et préférant souvent se tapir dans sa chambre. Si cette conduite était la preuve de la supercherie aux yeux de ses détracteurs, c'est sa répugnance à faire valoir ses droits et sa certitude absolue d'être la grande-duchesse Anastasia qui emportaient la conviction de ses partisans.

L'affaire ne trouva jamais de conclusion satisfaisante de son vivant, et elle mourut sans que ses prétentions eussent jamais été confirmées ou infirmées. Par chance pour elle, elle disparut avant que les généticiens ne pussent se pencher d'un œil froid sur son cas. Eût-elle vécu quelques années de plus comme la reine mère Elizabeth, qui a passé les cent ans, que la supercherie eût été implacablement démasquée.

Au terme d'un travail de détective fascinant, on a pu en effet récupérer de l'ADN mitochondrial à partir d'une biopsie effectuée alors qu'Anna Anderson avait été hospitalisée à la suite d'une obstruction intestinale, en 1979. La séquence n'avait rien à voir avec celle de la tsarine. Anna Anderson ne pouvait en aucun cas être Anastasia. Un test qui avait demandé au plus un mois avait démoli d'un coup l'une des plus longues sagas romantiques, qui avait tenu le monde en haleine pendant près d'un siècle. L'ADN a ainsi le pouvoir de dissiper les mythes, même ceux auxquels nous voudrions croire.

La séquence de la biopsie d'Anna Anderson fit cependant apparaître qu'elle correspondait à celle d'une parente maternelle vivante d'une dénommée Franziska Schanzkowska, patiente d'un hôpital psychiatrique de Berlin disparue en 1919, peu avant qu'« Anastasia » ne fît son apparition dans cette même ville. Les détracteurs d'Anna Anderson avaient toujours soupçonné qu'elle était Franziska Schanzkowska, plutôt qu'Anastasia comme elle le prétendait. L'ADN leur donna raison.

Ainsi, le mystère d'Anastasia persiste. Plus d'une fois, notre laboratoire s'est vu prier d'examiner l'ADN d'autres prétendantes. Aucune, hélas, n'a franchi avec succès le test de l'ADN. Dans un film de 1956, *Anastasia*, écrit comme une fiction romantique plutôt qu'un récit véridique, l'impératrice douairière Maria Fedorovna fait passer à Anastasia, jouée par Ingrid Bergman, toute une série de tests afin de prouver qu'elle est sa petite-fille. Elle finit par accepter la jeune femme. Tout est bien qui finit bien. Tel n'eût pas été le cas si l'on avait pu examiner l'ADN. Mais le film fit aussi les affaires d'Anna Anderson, qui toucha une partie des royalties.

Si Anna Anderson, la plus convaincante des prétendantes, n'était pas Anastasia, peut-être la grande-duchesse avait-elle péri avec ses sœurs. La fosse contenait les corps de trois filles seulement. Deux corps, ceux d'une grande-duchesse et du tsarévitch Alexeï, le prince héritier, n'ont toujours pas été retrouvés. Ce dernier inspira lui aussi les usurpateurs. Un marin soviétique, Nikolaï Dalski, persista à prétendre à la couronne impériale, ce qui témoignait d'un bel aplomb dans la Russie soviétique. À sa mort, en 1965, son fils « Nikolaï Romanov » hérita des prétentions de son père et parle de son fils Vladimir comme du tsarévitch. La triste vérité est, cependant, que toute la famille a très certainement été tuée. Des témoignages écrits, qui valent ce qu'ils valent, rapportent que les hommes chargés de se débarrasser des corps ont d'abord essayé de les brûler dans les bois près du site de la fosse où l'on a retrouvé les restes. Ils firent un bûcher, y placèrent le corps le plus petit, celui d'Alexeï, puis celui de l'une des grandes-duchesses, et les aspergèrent d'essence avant d'y mettre le feu. Les flammes ne devaient pas tout consumer : on a retrouvé des dents et des fragments d'os près du bûcher. Les hommes changèrent alors de plan et jetèrent les corps dans la fosse. Si cette version des événements est exacte, les derniers restes d'Alexeï et d'Anastasia se trouvent non pas dans la fosse des prétendants, mais carbonisés, sous les feuilles mortes, au cœur d'un bois de l'Oural.

Autant j'aime la vodka, autant je ne me suis jamais pris pour un Romanov, alors même que je n'ai pas pu ne pas remarquer que ma séquence d'ADN correspond à celle du tsar Nicolas II. Si nous faisons pour l'instant abstraction de la composante mineure de l'ADN du tsar introduite par l'hétéroplasmie à la 169ᵉ position, nous avons l'un et l'autre la notation *126, 294, 296.* Ma grand-mère eût-elle décidé de se faire passer pour Anastasia (chose pour le moins invraisemblable puisqu'elle venait du Norfolk et n'avait jamais mis les pieds en Russie), ses prétentions n'auraient pu être infirmées par le même test d'ADN qui finit par démasquer Anna Anderson. Est-ce à dire que je suis apparenté aux Romanov, fût-ce de loin ? La réponse est stupéfiante : c'est « oui ».

Il est temps de s'arrêter sur un fait parfaitement logique et néanmoins absolument extraordinaire qui est au cœur d'une bonne partie de ce livre. Si deux personnes, quelles qu'elles soient, remontent leur lignée maternelle — la mère, la grand-mère, l'arrière-grand-mère, et ainsi de suite —, les deux lignées finiront toujours par converger vers une seule femme. Si ce sont des frères ou des sœurs, les choses sont simples : leurs lignées maternelles se rejoignent dans leur mère. Si ce sont des cousins, les enfants de deux sœurs, les lignées convergent sur leur grand-mère maternelle commune. Alors même que la plupart des gens qui n'ont pas établi leur arbre généalogique auront tôt fait de se perdre, le principe vaut aussi loin que l'on remonte dans son passé. Deux personnes, quelles qu'elles soient, prises dans votre famille, dans votre ville, dans votre pays, voire dans le monde, sont toujours liées par leur mère et les mères de leur mère à une ancêtre maternelle commune. Toute la différence porte sur un point : à quelle époque cette femme a-t-elle vécu ?

Au-delà de quelques générations, les traces écrites de la plupart des liens de parenté maternels se perdent totalement, au point qu'il nous est impossible de répondre à cette question. Mais l'ADN n'oublie pas. Parce qu'il ne se transmet que par les femmes, l'ADN mitochondrial permet cette remontée dans le temps. Et parce que la séquence d'ADN mitochondrial change très lentement, du fait de mutations aléatoires, nous pouvons nous en servir comme d'une horloge. Si deux personnes ont eu une ancêtre maternelle commune dans un passé récent, leur ADN mitochondrial n'aura pas eu le temps de changer du fait d'une mutation. Comme chez les hamsters, leurs séquences d'ADN mitochondrial seront exactement les mêmes. Si l'ancêtre commune a vécu à une époque plus lointaine, il y a une chance qu'une mutation se soit produite quelque part dans l'une des deux lignées qui conduisent jusqu'à elle. Si elle a vécu encore plus tôt, il pourrait y avoir deux mutations ou plus. En dénombrant les différences entre les deux séquences, on peut ainsi estimer la longueur du lien maternel entre deux habitants de la planète, quels qu'ils soient. Pour donner des dates, il nous faut connaître le rythme de mutation de l'ADN mitochondrial. Nous reviendrons plus loin sur la façon dont on procède. En gros, on peut dire d'ores et déjà que si deux personnes ont eu une ancêtre commune il y a dix mille ans, on n'observera qu'une seule différence dans les séquences de leur région de contrôle. Si l'ancêtre commune remonte à vingt mille ans, il faut s'attendre à deux mutations.

Bien entendu, il n'y a pas la moindre chance de savoir par une source écrite que deux personnes sont apparentées par leurs lignées maternelles à une femme qui a vécu il y a vingt mille ans. Il faut donc s'y prendre autrement. Si deux personnes ont exactement la même séquence, leur ancêtre commune aura vécu, en moyenne, au cours des dix mille dernières années. Le tsar et moi avons la même séquence pour la région de contrôle. Notre ascendance maternelle — de mon côté en passant par ma mère, Irene Clifford, et sa mère à elle, Elizabeth Smith ; du côté du tsar, en passant par sa mère, l'impératrice douairière Maria Fedorovna, et sa mère à elle, Louise de Hesse-Cassel, reine du Danemark — converge très probablement vers une ancêtre commune qui a vécu au cours des dix mille dernières années. Le lien de parenté n'est pas assez proche, je crois, pour me permettre de revendiquer la fortune des Romanov.

Mesurer les liens ancestraux en dizaines de milliers d'années peut paraître trop grossier pour être intéressant. Toutefois, bien que le rythme de mutation mitochondriale paraisse incroyablement lent, il est idéal pour étudier l'évolution humaine au cours des cent mille dernières années où s'est joué l'essentiel. Le rythme de mutation eût-il été plus rapide, les relations auraient été plus difficiles à suivre. Eût-il été beaucoup plus lent, les différences auraient été trop peu nombreuses pour voir se dessiner la moindre tendance. Nous en arrivons tout logiquement à l'étape suivante : si deux personnes, quelles qu'elles soient, peuvent remonter à une ancêtre maternelle commune, il en va de même pour n'importe quel *groupe*. J'ai peu à peu pris conscience que nous avions entre les mains les moyens de reconstruire la généalogie maternelle de la terre entière. Ce n'est pas tout à fait la domination du monde, mais je suis certain que mon lointain cousin, Nicolas Alexandrovitch, tsar de toutes les Russies, en aurait convenu. Toute la question était donc de savoir par où commencer.

[illegible]

[illegible] Air New Zealand [illegible] Los Angeles [illegible]

[illegible] époque où les premiers navires européens commencèrent à explorer le Pacifique, toutes ces îles avaient été découvertes et colonisées par les plus grands explorateurs maritimes que le monde ait jamais connus : les Polynésiens.

Comment pouvoir raconter que ma décision de travailler en Polynésie a été le fruit d'une préparation minutieuse, d'une comparaison des avantages scientifiques de l'étude des populations insulaires avec les difficultés et le coût de la poursuite de mon travail à l'autre

CHAPITRE 6

L'énigme du Pacifique

À 21 h 15, tous les jours, un NZI d'Air New Zealand décolle de l'aéroport international de Los Angeles. En trente secondes, il a franchi la courte bande de terre sèche qui sépare la fin de la piste de l'océan. Nul besoin de ralentir la vitesse des moteurs pour réduire le niveau de nuisance sonore. Le NZI survole le Pacifique et il n'y aura plus la moindre terre en vue avant qu'il ne franchisse la péninsule de Coromandel, au nord de la Nouvelle-Zélande, aux abords d'Auckland. Pour l'instant, il y a encore plus de onze mille kilomètres à parcourir et quatorze heures de vol. D'ici là, il n'y a que l'océan. Le Pacifique. Dans cette immensité, il y a bien quelques milliers d'îles éparses, mais elles sont si petites qu'on n'a pratiquement aucune chance de les apercevoir d'avion. Et pourtant, à l'époque où les premiers navires européens commencèrent à explorer le Pacifique, toutes ces îles avaient été découvertes et colonisées par les plus grands explorateurs maritimes que le monde ait jamais connus : les Polynésiens.

J'aimerais pouvoir raconter que ma décision de travailler en Polynésie a été le fruit d'une préparation soigneuse, d'une comparaison des avantages scientifiques de l'étude des populations insulaires avec les difficultés et le coût de la poursuite de mon travail à l'autre bout du monde. Je voudrais bien, mais la vérité est que tout a été le fruit d'un accident. Dans le courant de l'automne 1990, je bénéficiai d'un congé sabbatique, et j'avais prévu de partager mon temps entre l'université de Washington, à Seattle, et Melbourne, en Australie. Pour ce faire, il me fallait traverser le Pacifique. Comme je n'avais encore jamais vu d'île tropicale, je décidai de faire escale à Hawaii et à Rarotonga, dans les îles Cook. Je n'avais jamais entendu parler de Rarotonga et à peine des îles Cook, mais, sur le plan des horaires, ce choix paraissait plus pratique que Tahiti ou les Fidji.

En comparaison, elle avait aussi davantage à offrir. Hawaii est certainement une île tropicale, fort belle au demeurant. Mais à Oahu, tout au moins autour de la capitale, Honolulu, il n'est pas douteux qu'on se trouve encore largement en Amérique, avec les gratte-ciel, les pizzerias et les cimetières d'animaux domestiques. Atterrir à Rarotonga est une expérience culturelle très différente. Il n'y a pas de tapis roulant à bagages. On récupère son sac entassé parmi les autres. Un homme à la guitare chante une chanson de bienvenue, ce qui ne laisse pas de surprendre à quatre heures du matin. Et puis il y a Malcolm. Malcolm Laxton-Blinkhorn est un Anglais enjoué et au visage rougeaud, mais il est loin d'être aussi pompeux que son nom pourrait le laisser croire. Malcolm a eu ce qu'on pourrait appeler une vie mouvementée : ancien membre d'un commando de la marine, il a été éleveur de moutons, producteur de télévision... puis hôtelier à Rarotonga après avoir épousé une fille du pays. Bien que son hôtel se trouve sur la plage, de l'autre côté d'une île de quarante kilomètres de périphérie seulement, le trajet est rapide. Il fait encore nuit, mais qui résisterait à la tentation d'aller s'asseoir au bord de l'eau ? Peu à peu, je me rends compte que ce n'est pas aussi paisible que ça devrait l'être. On entend un vrombissement lointain mais persistant, comme celui d'une autoroute à deux ou trois kilomètres. Or il n'y a pratiquement pas de voitures sur l'île et certainement pas d'autoroute. Ce bruit, c'est celui de l'océan. Le jour se levant, j'aperçois une mince ligne blanche à l'horizon. C'est là que la houle, même par temps calme comme ce jour-là, se brise sur le récif de corail qui entoure l'île et la protège.

Je comptais passer quelques jours à peine à Rarotonga avant de filer à Melbourne pour continuer mes recherches. Comme la plupart des visiteurs, je louai un cyclomoteur, passai mon permis de conduire, qui consiste à faire cinquante mètres sur la route et à revenir au poste de police, reçus mon brevet et filai. Droit sur un palmier. Épaule cassée. Impossible de quitter l'île avant d'être rétabli. Quelques semaines, me dit-on. Je m'installai donc pour un long séjour.

Rarotonga est la plus grande des îles méridionales, ou Southern Cooks, archipel très dispersé qui se trouve à plus de 1 100 kilomètres à l'ouest de Tahiti. Ces îles doivent leur nom au capitaine James Cook, navigateur anglais du XVIIIe siècle, dont le portrait (apparemment toujours le même) est omniprésent sur l'île, vous fixant de son regard impénétrable pendant que vous descendez votre bouteille de *lager* (bière blonde). Alors même que Cook explora de nombreuses îles, il manqua inexplicablement Rarotonga, qui est pourtant la plus grande avec un point culminant à 650 mètres. L'honneur d'être les premiers à débarquer à Rarotonga revint aux mutins du *Bounty*, qui, en 1789, y firent escale avant de rejoindre l'île encore plus lointaine de Pitcairn alors qu'ils cherchaient à échapper à la flotte britannique.

Les îles Cook sont désormais autonomes, mais alliées à la Nouvelle-Zélande pour les affaires étrangères et la défense. Autrefois protectorat britannique,

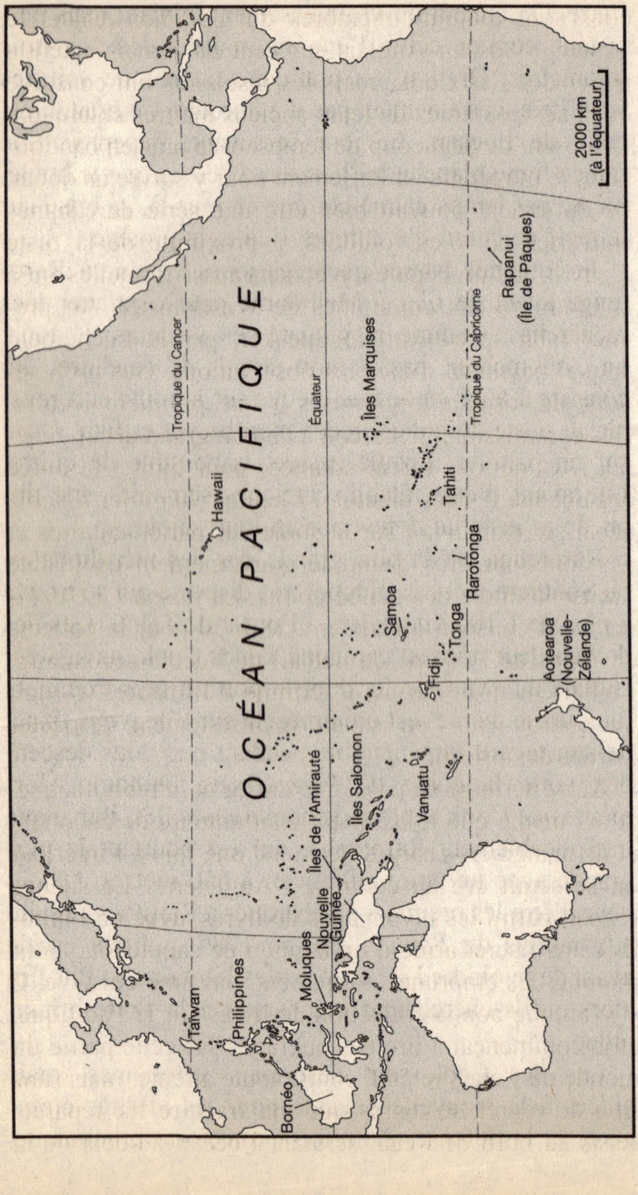
OCÉAN PACIFIQUE
Tropique du Cancer
Équateur
Tropique du Capricorne
2000 km
(à l'équateur)
Taïwan
Philippines
Bornéo
Moluques
Nouvelle Guinée
Îles de l'Amirauté
Îles Salomon
Vanuatu
Fidji
Tonga
Samoa
Rarotonga
Tahiti
Îles Marquises
Hawaii
Rapanui
(île de Pâques)
Aotearoa
(Nouvelle-
Zélande)

elles sont toujours membres du Commonwealth. Je doute fort qu'un Anglais sur cent ait jamais entendu parler des îles Cook, mais les insulaires ont conservé quelques coutumes de leurs anciens maîtres coloniaux. Disposant de beaucoup de temps, et le bras en bandoulière, je me rendis au Parlement pour y suivre un débat. Le Parlement pouvait bien être une série de cabanes couvertes de tôles rouillées, à proximité de la piste d'envol, les procédures y étaient aussi formelles qu'à la Chambre des communes de Westminster. Au premier rang se trouvait le Speaker, par le truchement duquel passaient toutes les observations. Des propositions de loi furent soumises à une première lecture. Des commissions siégèrent, avant un grand débat général. Des motions furent adoptées pour limiter la durée des débats. Il était bientôt 17 heures ; un interminable débat se poursuivait sur la solde des parlementaires et des fonctionnaires quand le gouvernement décida de limiter la durée des délibérations. La raison ? Le cabinet avait consenti à chanter à 18 h 30 pour la collecte de fonds de l'équipe de netball de l'école secondaire. Le Parlement devait avoir terminé à 18 heures. C'était un endroit où l'on savait manifestement respecter l'ordre des priorités.

Autre héritage du passé : le musée et la bibliothèque. Alors même que le bâtiment était entouré de cocotiers et de manguiers chargés de fruits, une fois à l'intérieur on se serait cru au cœur de l'Angleterre. Le silence régnait parmi les rayonnages de livres, avec un bibliothécaire discret armé d'un tampon de caoutchouc pour marquer les emprunts. Autrement, pas âme qui vive. Il y avait une bonne collection de livres sur le Pacifique, et je commençai à lire des ouvrages sur cette partie du monde où j'étais retenu, contre toute attente, mais sans trop de regret, le temps que ma fracture fût réparée. Assis au bord de l'eau, scrutant l'océan au-delà de la ligne où les vagues se brisaient sur les récifs coralliens, me sachant entouré de tous côtés par les flots sur plusieurs milliers de kilomètres, une question ne devait plus me quitter. Comment les Polynésiens avaient-ils découvert et colonisé cette île ? D'où venaient-ils ?

S'il ne fut en aucune façon le premier, le capitaine Cook fut de beaucoup le navigateur le plus expérimenté à avoir jamais exploré le Pacifique. Après d'humbles débuts dans le Yorkshire et avide de prendre la mer dès que possible, il embarqua sur un navire du port de Whitby. C'était une époque où des origines aristocratiques étaient presque indispensables pour faire carrière dans la Royal Navy. Par ses seuls talents de navigateur, il franchit les divers grades jusqu'à commander son propre navire. Au cours de la guerre contre les Français, au Québec, il s'illustra si bien sur le Saint-Laurent, fleuve réputé difficile, que c'est lui qui fut choisi pour commander le *HMS Endeavour* et conduire une délégation scientifique de la Royal Society pour observer le passage de Vénus sur le disque solaire. Fixer le moment précis de cet instant rare était important pour calculer la distance de la Terre au Soleil, et le meilleur poste d'observation du passage de 1769 était Tahiti. Cette mission accomplie, Cook se lança dans de nouvelles explorations du Pacifique qui le conduisirent, cette fois-ci et lors de ses deux autres voyages, jusqu'en Nouvelle-Zélande, en Australie et sur la côte nord-ouest de l'Amérique, puis par le détroit de Béring et, enfin, à Hawaii, où il se fit tuer par des indigènes en 1779, le jour de la Saint-Valentin, dans la baie de Kealakekua, sur la Big Island.

Étant lui-même navigateur, Cook s'intéressait à la question des origines du peuple rencontré sur ces îles lointaines et éparses. Au cours de ses trois voyages, il eut l'occasion d'observer les similitudes, de physiologie comme de langage, entre les habitants d'îles aussi éloignées que Hawaii, Tahiti et la Nouvelle-Zélande, et il en déduisit qu'ils devaient avoir une origine commune. Mais où la situer ? La tradition polynésienne parle elle aussi d'un pays ancestral, Havaiiki, mais sans en préciser la localisation. Il est cependant une chose que Cook ne savait que trop bien : les vents et les courants balaient le Pacifique d'est en ouest, des Amériques vers l'Asie. Si les Polynésiens étaient originaires d'Asie, il leur aurait fallu braver les vents et les courants ; en revanche, s'ils étaient originaires des Amériques, ces mêmes forces naturelles les auraient aidés dans leur périple. Et elles étaient puissantes. Les navigateurs espagnols furent les premiers Européens à explorer le Pacifique, et ils n'y réussirent que dans un sens, d'est en ouest. Lorsqu'ils quittèrent leurs bases d'Amérique centrale à destination des Philippines, ils ne purent revenir par où ils étaient venus et ils n'eurent d'autre solution que de rentrer par la route du Grand Cercle, c'est-à-dire de remonter au nord par le Japon et l'Alaska avant de redescendre vers le sud dans le Pacifique en longeant la côte de l'Amérique du Nord. Si les galions espagnols, avec leurs voilures et leur système de navigation élaboré, ne pouvaient triompher des vents et des courants, comment les embarcations beaucoup plus petites des indigènes polynésiens auraient-elles pu le faire ?

Un groupe d'anthropologues occidentaux particulièrement condescendants en était convaincu : les insulaires polynésiens étaient par trop incompétents pour organiser ne fût-ce qu'un semblant d'exploration, surtout s'il fallait pour cela naviguer contre le vent. Pour leur part, ils n'avaient pas besoin d'autres preuves de leurs origines américaines. Dans leur esprit, ces primitifs n'avaient pu atteindre les îles qu'en se perdant au cours d'une sortie en mer pour pêcher, à moins qu'ils ne se fussent laissé emporter par les courants. Qu'ils fussent allés pêcher avec toute la famille, du bétail et quelques plants de taro ne les tracassait pas outre mesure. Aujourd'hui encore, nombreux sont les Polynésiens qui s'offusquent de cet héritage consternant des attitudes coloniales des Blancs. Une origine asiatique allait certainement réduire à néant ces sottises et révéler que leurs ancêtres avaient été les maîtres suprêmes de la mer.

Chez les Européens, la controverse autour des origines des Polynésiens durait depuis deux cents ans. D'un côté, les données de l'archéologie et du langage, les types d'animaux et de plantes domestiqués découverts en Polynésie, qui tous plaident pour une origine du Sud-Est asiatique. De l'autre, une tradition persistante, récemment ressuscitée par l'anthropologue norvégien Thor Heyerdahl, selon laquelle les premiers Polynésiens seraient originaires des Amériques. Parmi les diverses « preuves » d'une origine américaine, la plus probante est la culture généralisée à travers la Polynésie de la patate douce, ou *kumara*, dont nul ne doute qu'elle ne provienne des Andes, en Amérique du Sud. Dans ses ouvrages, Heyerdahl établit d'autres liens linguistiques, mythologiques, voire archéologiques comme les visages de pierre de l'île de Pâques, dont la ressemblance est frappante avec le style des Incas. Mais son élément de preuve le plus célèbre est le voyage du *Kon-Tiki*, le radeau de balsa dont il se servit pour faire voile, ou plutôt pour dériver, des côtes d'Amérique du Sud jusqu'aux îles Tuamotu, non loin de Tahiti, à six mille quatre cents kilomètres de là. Naturellement, démontrer que la chose est possible n'est pas prouver que les choses se sont passées ainsi. Reste que l'odyssée du *Kon-Tiki* demeure aujourd'hui encore pour beaucoup un élément convaincant.

Irrités par ce « coup d'épate » d'Heyerdahl, les anthropologues dignes de ce nom, qui avaient laborieusement rassemblé les preuves d'une origine asiatique, ne cachent pas leurs sentiments dans leurs publications. Installé dans la bibliothèque de Rarotonga, je fus choqué par les toxines qui suintaient des pages chaque fois qu'il était question des théories d'Heyerdahl. Sans doute ces idées n'avaient-elles pas trouvé grand soutien parmi les anthropologues patentés, mais, aux yeux d'un nouveau venu ignorant tout de la question, ses arguments semblaient à première vue posséder au moins quelque mérite. Il me paraissait bien étrange que ces spécialistes par ailleurs savants et posés perdissent soudain leur sang-froid dès que l'on mentionnait son nom.

Attablé dans le café de Lucy à Avarua, la capitale (en fait, la seule ville) de Rarotonga, je savourais une glace en regardant les passants. Avaient-ils l'air plutôt asiatiques ou plutôt américains ? Ce n'était pas bien clair à mes yeux. Je me souviens précisément d'une fillette qui aurait pu fort bien sortir tout droit d'un reportage du *National Geographic* sur les forêts tropicales amazoniennes. Si seulement je pouvais tester l'ADN mitochondrial des gens du café, je pourrais dire, à n'en pas douter, s'ils avaient des liens génétiques plus étroits avec l'Asie ou avec l'Amérique. Lorsque je me rendis de nouveau à l'hôpital pour faire examiner ma fracture, j'expliquai que j'étais généticien et ce que j'avais dans la tête. Je parvins tant bien que mal à persuader l'hôpital de me céder les restes de trente-cinq prélèvements sanguins effectués pour mesurer le glucose. Le diabète est une maladie très répandue à Rarotonga, et l'on fait donc de nombreux tests pour mesurer le niveau de glucose. Je stockai les échantillons dans le freezer de l'hôtel. Rétabli un peu plus vite que je ne l'aurais cru, j'emportai ces précieux échantillons en Australie, où je faillis me les faire confisquer par les douanes, pour finalement les rapporter en Angleterre.

Le lendemain de mon retour, je déballai les échantillons. Il y avait du sang partout. Les tubes avaient pris des coups mais, par chance, tous n'avaient pas été brisés. Vingt étaient encore intacts. J'entrepris le séquençage de leur ADN mitochondrial. De nos jours, cela se fait automatiquement grâce à des appareils terriblement onéreux, mais au début des années 90 c'était une opération manuelle qui nécessitait de marquer des fragments d'ADN avec des isotopes modérément radioactifs et de les séparer dans un champ électrique. À la fin de ce long processus, vient un moment où la radio qui enregistre la configuration des bandes radioactives révélant la séquence sort de la machine à développer. C'est toujours un moment de grande tension. Y aura-t-il la bonne série de bandes ? Y aura-t-il la moindre bande ? Si celles-ci sont trop faibles, voire carrément absentes, quelque chose s'est mal passé. On en est quitte pour trois jours de travail supplémentaires.

Cette fois-ci, cependant, avec les dix premiers échantillons, tout s'était bien passé. Sur la radio, apparaissaient quatre grandes colonnes de bandes sombres, comme des codes-barres là où la faible radioactivité avait noirci l'émulsion photographique. Les quatre colonnes étaient chacune divisée en dix pistes, une pour chaque échantillon. Chacune des quatre colonnes indiquait la séquence d'une base si bien qu'il suffisait de les assembler pour obtenir la séquence complète. J'avais disposé les choses ainsi, avec les dix échantillons côte à côte en sorte que l'on pût voir au premier coup d'œil s'il y avait des différences d'un individu à l'autre. C'est cela qui m'intéressait : les différences, plutôt que les similitudes. Une ligne droite en travers des dix pistes signifiait que les dix échantillons étaient tous identiques à cette base, mais une ligne interrompue était le signe que certains échantillons étaient différents à cette position.

Au labo, nous avions procédé à un séquençage sur nous-mêmes et quelques amis, pour la plupart européens, et dans chaque lot de dix échantillons, deux douzaines de lignes indiquaient habituellement ces interruptions révélatrices. Quand la radio rarotongaise sortit du développeur, il n'y avait pas une seule interruption. Toutes les bandes étaient exactement pareilles. Avais-je commis une erreur ? Aurais-je, par inadvertance, mélangé les échantillons ? Il me fallait développer la seconde radio des échantillons onze à vingt pour m'en assurer. Quand elle sortit, je crus au départ avoir réellement fait une erreur. Rien que des lignes droites. Mais c'est alors que j'aperçus une seule piste — un individu — différente de toutes les autres. Très différente. Et trois autres pistes avaient une seule ligne interrompue. Il n'y avait donc pas eu de mélange. C'étaient les bons résultats. Je compris aussitôt qu'ils étaient stupéfiants et que nous aurions sous peu la réponse à la question de l'origine des Polynésiens.

Lisant les séquences plus attentivement et les comparant à la séquence européenne de référence, je m'aperçus que la séquence majeure que partageaient seize des vingt Polynésiens différait en quatre positions : *189, 217, 247* et *261*. La séquence semblable que partageaient trois individus sur la deuxième radio ne différait de celle-ci que par l'absence de la variante à la 247e position. Sans quoi leur ADN mitochondrial était identique et devait être très étroitement apparenté aux seize premiers. En revanche, le vingtième échantillon était très différent. Il comptait neuf variantes par rapport à la séquence de référence, dans la région de contrôle, et aucune que partageât le groupe rarotongais dominant. Les échantillons de sang venant de l'hôpital de jour d'Avarua, rien ne garantissait qu'ils fussent d'indigènes de Rarotonga, et j'imaginai que cette séquence inhabituelle était celle d'un touriste ou d'un visiteur d'une autre partie du monde. Étant donné le tout petit nombre de séquences mitochondriales publiées en 1991, il n'y avait pas moyen de dire de quelle région du globe il pouvait s'agir.

Je me concentrai sur le résultat principal : l'étonnante similitude de dix-neuf échantillons sur vingt. Il devait s'agir de l'ADN mitochondrial des Polynésiens d'origine. Pour résoudre la question polynésienne, il suffisait désormais d'aller voir en Asie du Sud-Est et en Amérique du Sud. Si nous trouvions des correspondances avec l'ADN des Chiliens ou des Péruviens, voire des populations des côtes d'Amérique du Nord, c'est que Thor Heyerdahl avait raison. Si la concordance était avec l'Asie du Sud-Est, il avait tort. S'il n'y avait de concordance ni dans un cas ni dans l'autre, c'est que tout le monde se trompait. Quoi qu'il advienne, une chose était certaine : on allait trancher une fois pour toutes un débat qui faisait rage depuis plus de deux cents ans. Je commençai à préparer mon prochain voyage.

Peut-être objecterez-vous : « Si vraiment c'était aussi facile que cela, les groupes sanguins n'auraient-ils pas apporté la réponse depuis belle lurette ? » La raison n'est certainement pas que les groupes sanguins de Polynésie n'auraient jamais été étudiés : les premiers résultats concernant Samoa, en Polynésie centrale, avaient été en effet publiés en 1924, cinq ans seulement après que l'article publié par les Herschfeld dans *Lancet* eut suggéré l'usage que l'anthropologie pouvait faire des groupes sanguins. Le Pacifique Sud, je m'en rendais compte tous les jours, était de longue date un terrain d'élection de la recherche scientifique. Cependant, alors qu'ils plaidaient pour une origine du Sud-Est asiatique, des décennies de travail sur les groupes sanguins et d'autres systèmes génétiques classiques n'avaient apporté aucune réponse définitive à l'énigme, d'abord parce qu'ils n'étaient pas assez variables, et ensuite parce que les relations évolutives entre les types demeuraient inconnues. Par exemple, les Polynésiens, les indigènes d'Amérique du Sud et les Asiatiques du Sud-Est se distinguent tous par une forte fréquence du groupe O. Les Polynésiens se caractérisent aussi par une fréquence élevée du groupe A, quasiment absent en Amérique du Sud. En revanche, la faible fréquence du groupe B est très commune en Asie du Sud-Est. Que peut-on en déduire ? Quelle théorie s'en trouve-t-elle corroborée ?

Les partisans d'une origine asiatique plaideraient que l'extrême rareté du groupe A parmi les indigènes d'Amérique du Sud signifie que le groupe A polynésien ne peut venir de là. Les tenants d'une origine sud-américaine pourraient légitimement répondre, comme l'a suggéré Arthur Mourant en 1976, que le groupe A polynésien est venu non pas de l'Asie, mais des Européens à la faveur des mariages mixtes des trois derniers siècles. Et, de toute façon, où se trouve le groupe B qui aurait dû venir d'Asie ? Si l'on ajoute à cette incertitude que tous les indigènes d'Amérique sont originaires d'Asie par l'intermédiaire des colons qui ont franchi le pont de terre de Béring des milliers d'années auparavant, la confusion est totale. Le groupe O aurait pu atteindre la Polynésie directement par l'Asie ou via les Amériques. Il n'y a pas moyen de savoir. Avec trois gènes de groupe sanguin seulement — A, B et O —, on ne saurait avoir la moindre certitude.

D'autres marqueurs génétiques classiques sont plus variables, et aucun ne l'est plus que celui qui contrôle le système des tissus, important dans les transplantations d'organes. De même qu'il faut s'assurer de la compatibilité du sang avant une transfusion pour éviter une réaction de rejet fatale, il faut s'assurer de la compatibilité des types de tissus entre donneur et bénéficiaire lorsqu'on transplante un cœur ou un rein, ou qu'on effectue une greffe de moelle épinière. On n'entend jamais parler de gens qui attendent une transfusion de sang faute de trouver un donneur compatible, alors qu'il est tristement banal de trouver des patients qui attendent des mois, voire des années, un donneur de cœur ou de rein compatible, et qui souvent meurent avant de l'avoir trouvé. La raison en est simple : alors qu'il n'y a que quatre groupes sanguins (A, B, AB et O), il y a quantité de types de tissus différents.

Je dois ici confesser une grave faiblesse personnelle. Face à la déroutante diversité des types de tissus, j'ai un blocage absolu. Quelques-uns de mes meilleurs amis sont des spécialistes d'immunologie cellulaire, dont les types de tissu accaparent toute la vie. L'Institut dans lequel je travaille en est plein. Quand ils se mettent à décrire les divers types, mon cerveau décroche. Tous les types commencent par les lettres HLA, auxquelles on accroche ensuite des chiffres et des lettres : HLA-DRB1, HLA-DPB2, HLA-B27 et ainsi de suite. Il m'arrive souvent de suivre des séminaires dont le point de départ est une diapo ou un tableau résumant cet horrible mélange alphanumérique. Des années durant, j'ai persisté, dans l'idée que ça finirait par entrer. Après tout, c'est une matière qu'il me faut enseigner dans mes cours de génétique. Mais rien n'y fait. J'en conclus à contrecœur que je suis génétiquement incapable de comprendre les types de tissus au-delà du simple constat qu'ils sont effroyablement nombreux. Ce qui, par chance, est la seule chose qu'il vous suffise de savoir également. Comme il y en a quantité et qu'on dispose d'une masse de données venant de Polynésie, d'Amérique du Sud et d'Asie du Sud-Est, il est relativement facile de les suivre à la trace : sans nul doute, la plupart des liens rattachent la Polynésie et l'Asie. Mais pas tous. Un type baptisé HLA-Bw48 est partout très rare, sauf parmi les Polynésiens, les Inuits et les indigènes d'Amérique du Nord.

Malgré la multitude des variations, on ne savait rien du lien évolutif entre les différents types. Par exemple, on ne pouvait dire si HLA-Bw48, le type découvert également en Amérique du Nord, était étroitement apparenté ou non aux autres types polynésiens. Avec l'ADN mitochondrial de Rarotonga, la situation est tout autre. Nous savons qu'il y a trois types, mais nous savons aussi que deux d'entre eux sont étroitement apparentés l'un à l'autre, tandis que tel n'est pas le cas du troisième. Ce qui, nous le verrons, est d'une aide considérable. Nous pouvons explorer d'autres contrées à la recherche des types mitochondriaux polynésiens eux-mêmes, mais aussi des types qui leur sont étroitement apparentés.

Alors que je m'apprêtais à y retourner et que j'avais persuadé la Royal Society de financer mon voyage — comme elle avait financé le premier voyage de Cook à Tahiti, fis-je valoir dans ma demande —, les résultats d'autres chercheurs sur les indigènes d'Amérique du Nord et du Sud avaient commencé à circuler. De même qu'il y avait un seul groupe dans l'échantillon rarotongais (si nous associons en un seul et même groupe les deux types étroitement apparentés et oublions l'unique séquence du « touriste »), il y avait quatre grands groupes aux Amériques. Trois d'entre eux avaient des séquences d'ADN mitochondrial très différentes, mais le quatrième semblait très proche de la principale séquence rarotongaise — *189, 217, 247, 261* — avec des variantes aux 189e et 217e positions seulement. C'était très intéressant. De surcroît, l'ADN des indigènes d'Amérique et celle des Rarotongais partageaient un autre trait unique. Du côté opposé au cercle d'ADN mitochondrial de la région de contrôle que nous avions séquencé, manquait un petit morceau d'ADN, de neuf bases de long seulement. Ce qui accroissait singulièrement les chances que les types américain et polynésien fussent liés. La situation semblait tourner à l'avantage d'Heyerdahl.

J'avais appris que Rebecca Cann, à Hawaii, l'un des auteurs avec Allan Wilson du premier article de 1987 sur l'ADN mitochondrial, étudiait l'ADN des indigènes hawaiiens. Ce n'était pas facile parce que, contrairement aux Rarotongais, il en reste très peu. Deux siècles d'immigration, essentiellement d'Asie et d'Amérique, ont fait des indigènes hawaiiens une population résiduelle, souvent marginale. C'est là un héritage du colonialisme qui n'est que trop familier, mais des programmes récemment mis en place accordent des crédits spéciaux et des bourses d'études à ceux qui peuvent faire preuve d'ascendants hawaiiens. Les tests d'ADN sont bien sûr une façon de prouver cette ascendance, si bien qu'il y avait là une incitation supplémentaire à étudier la génétique mitochondriale des indigènes hawaiiens.

Lorsque je retournai à Rarotonga, je pris rendez-vous avec Becky Cann, à Hawaii. En compagnie de son élève, Koji Lum, nous nous retrouvâmes dans son laboratoire pour comparer les résultats. Il ne nous fallut pas longtemps pour nous apercevoir que nous avions tous deux découvert le même grand type polynésien avec le même effacement et les mêmes variantes dans la région de contrôle. Ce constat très excitant confirmait le lien entre la population d'Hawaii et celle de Rarotonga, à quatre mille huit cents kilomètres au sud. Je pensais déjà à l'immense distance qui séparait les deux groupes d'îles et les voyages fantastiques par lesquels ces gènes avaient traversé l'océan. Quand bien même ce n'était pas inattendu, compte tenu de la masse des éléments recueillis depuis le capitaine Cook attestant l'ascendance commune de tous les Polynésiens, le simple fait d'en voir la preuve était saisissant. À contrecœur, Becky nous quitta pour préparer un séminaire, me laissant dans le bureau avec Koji, partageant notre admiration pour les voyages des Polynésiens qui avaient transporté ces gènes jusqu'à Rarotonga et Hawaii.

Suivit alors l'un des rares moments, dans la science, où se révèle une chose qu'on n'avait encore jamais vue. J'étais sur le point de rassembler mes documents quand je me souvins de la séquence rarotongaise inhabituelle que j'avais imputée à un touriste et plus ou moins oubliée. Me tournant vers Koji, je lui demandai s'il avait jamais rien vu de semblable à Hawaii. Il accepta d'y jeter un coup d'œil et ouvrit ses dossiers. Parmi ses feuilles de résultats, il en était une qui sortait du lot. Ce n'était pas encore l'époque des ordinateurs portables. J'étalai ma propre feuille, un peu comme un rouleau de papier peint, sur laquelle figuraient les séquences des Rarotongais et indiquai aussitôt la séquence inhabituelle. Au début, les séquences de Koji et les miennes nous semblèrent entièrement différentes, puis nous nous aperçûmes que nous ne les lisions pas dans le même sens. Je retournai ma feuille et commençai à parcourir la séquence rarotongaise. Je lus à partir de la gauche. La première variante se trouvait à la 144e position.

— Vous avez quelque chose à la *144* ? demandai-je.

— Oui, répondit Koji.

Je passai en revue les quatre bases suivantes et arrivai à la *148*.

— Quelque chose à la *148* ?

— Oui, dans le même échantillon.

Je ressentis le frisson de la découverte. Je continuai :

— *223* ?

— Oui.

— *241* ?

— Oui.

J'accélérai :

— *293* ?

— Oui.

— *362* ?

— Oui.

Les deux échantillons étaient identiques. On releva tous les deux la tête au même moment. Nos regards se croisèrent. Un large sourire illuminait nos visages. Ce n'était pas l'ADN d'un touriste. Si l'on écartait la vague possibilité que je fusse tombé par accident sur un échantillon de sang d'un indigène hawaiien en vacances à Rarotonga, il devait s'agir d'un second type d'ADN authentiquement polynésien qui s'était propagé dans le Pacifique jusqu'aux îles Cook et à Hawaii. Mais d'où venait-il ? Il nous faudrait attendre encore six mois pour le découvrir.

Je partis pour Rarotonga plus convaincu que jamais que la solution du mystère entourant les origines des Polynésiens était à notre portée. Sur place, Malcolm, chez qui j'étais descendu lors de mon premier séjour, m'arrangea un rendez-vous avec le directeur de cabinet du Premier ministre. Dans la plupart des pays, ce serait absolument impossible. À Rarotonga, cela se fit sur la plage, lors de la veillée de Noël organisée par Malcolm. J'eus la chance de pouvoir m'entretenir avec Tere Tangiiti en tout début de soirée. Pour le reste, le souvenir que je conservai de cette veillée n'était pas celui d'une rencontre diplomatique décisive, mais se résumait à la couleur bleu. Le bleu du curaçao qui, mélangé avec du champagne, donne le cocktail Blue Lagoon. Le Blue Lagoon et les omelettes de fruits de mer ne me réussissent pas. Je devais bientôt faire une découverte scientifique intéressante : quel que soit le produit qu'ils utilisent pour colorer le curaçao, l'estomac humain ne le détruit pas. Dix ans après, j'en ai encore la nausée rien que d'y penser.

J'avais besoin de l'autorisation du cabinet et de la coopération de George Koteka, du ministère de la Santé, pour recueillir d'importants échantillons à Rarotonga et sur les autres îles. Je retrouvai le cabinet dans les services du Premier ministre, au-dessus du bureau de poste. Ils n'auraient pu se montrer plus serviables. En quelques semaines, je pus recueillir cinq cents échantillons de Rarotonga, Atiu, Aitutaki, Mangaia, Pukapuka, Rakahangha, Manihiki et même du minuscule atoll de Palmerston avec ses soixante-six habitants. Je les emballai soigneusement dans la glace et les rapportai à Oxford.

documents scientifiques précis, tels qu'on peut [illegible] produit ou les utiliser pour [illegible] une humain [illegible] qui [illegible] montré la [illegible] rien que d'y penser.

J'avais besoin de l'autorisation du [illegible] de la coopération de [illegible] du ministère de la Santé pour [illegible] autorisation [illegible] [illegible] les autres [illegible] les services [illegible] le [illegible]

En quelques semaines, je [illegible] cinq [illegible] [illegible] [illegible] [illegible] Depuis vingt-cinq ans, [illegible] sur les maladies héréditaires du sang, en particulier celles impliquant la principale composante des globules rouges, l'hémoglobine. Ces maladies ne sont pas particulièrement répandues sous nos latitudes, mais elles ont un effet [illegible] dévastateur sur la santé publique dans certaines parties d'Afrique, d'Asie ou d'Europe méditerranéenne. Les [illegible] la drépanocytose en Afrique, la [illegible] et la thalassémie en Asie et en Europe méditerranéenne, [illegible] des centaines de milliers d'enfants. La cause de toute cette misère est une minuscule mutation touchant les gènes de l'hémoglobine, qui affecte très légèrement les propriétés des globules rouges dans leur rôle de porteurs d'oxygène. Dans la drépanocytose, les globules rouges habituellement circulaires changent visiblement de forme pour devenir falciformes ; du fait de leur forme de faucille, ils ne peuvent plus circuler librement dans les vaisseaux sanguins les plus étroits, ce qui bloque l'arrivée du sang dans des tissus vitaux. Dans la thalassémie, l'hémoglobine forme des amas dans les globules rouges qui sont alors détruits dans la

CHAPITRE 7

Les plus grands voyageurs

L'Institut de médecine moléculaire, où se trouve mon laboratoire, est tout entier organisé autour des recherches pionnières de son premier directeur, le professeur David Weatherall. Depuis vingt-cinq ans, ses recherches portent sur les maladies héréditaires du sang, en particulier celles impliquant la principale composante des globules rouges : l'hémoglobine. Ces maladies ne sont pas particulièrement répandues sous nos latitudes, mais elles ont un effet tout à fait dévastateur sur la santé publique dans certaines parties d'Afrique, d'Asie et d'Europe méditerranéenne. Les principales maladies, la drépanocytose en Afrique subsaharienne et la thalassémie en Asie et en Europe, tuent chaque année des centaines de milliers d'enfants. La cause de toute cette misère est une minuscule mutation touchant les gènes de l'hémoglobine, qui affecte très légèrement les propriétés des globules rouges dans leur rôle de porteurs d'oxygène. Dans la drépanocytose, les globules rouges habituellement circulaires changent visiblement de forme pour devenir falciformes : du fait de leur forme de faucille, ils ne peuvent plus circuler librement dans les vaisseaux sanguins les plus étroits, ce qui bloque l'arrivée du sang dans des tissus vitaux. Dans la thalassémie, l'hémoglobine forme des amas dans les globules rouges qui sont alors détruits dans la rate. Dans les deux cas, les anémies peuvent être mortelles si elles ne sont pas traitées, mais le seul remède efficace demeure des transfusions sanguines à répétition qui, indépendamment des effets pervers que cela implique du fait de la surcharge de fer dans l'organisme, dépassent les moyens des budgets de la santé publique de la plupart des régions touchées.

Mais pourquoi ces maladies surviennent-elles dans certaines régions et pas ailleurs ? La réponse est la malaria. La drépanocytose et la thalassémie se trouvent principalement dans les régions du monde où la malaria sévit ou a sévi de manière endémique. Pour se développer, les deux maladies nécessitaient une double dose de gènes mutants de l'hémoglobine, un de chaque parent. De nombreuses maladies héréditaires suivent le même schéma : la mieux connue des Européens est la mucoviscidose, où les parents sont porteurs d'une copie du gène mutant sans pour autant présenter les symptômes de la maladie. Pour une raison qui aujourd'hui encore n'est pas entièrement claire, le parasite qui cause la malaria a du mal à infecter les globules rouges des porteurs de cellules falciformes et des malades souffrant de thalassémie, qui deviennent alors partiellement résistants à la maladie. Au fil des générations, cette résistance se solde par une propagation des mutations de l'hémoglobine aux régions où sévit la malaria à travers les forces de la sélection naturelle. Toutefois, alors que les mutations sont bonnes pour les porteurs, cela ne va pas sans graves inconvénients pour les enfants parce que certains enfants de parents porteurs héritent d'une double dose de mutants de l'hémoglobine et développent des anémies potentiellement fatales. Si la malaria n'est pas la cause directe de ces maladies, elle permet, voire encourage la survie et l'essor des mutations de l'hémoglobine qui en sont la cause véritable. Si on élimine la malaria, on n'élimine pas du même coup ces maladies. Dans l'Europe méditerranéenne — en Sardaigne, en Italie, en Grèce, à Chypre et en Turquie —, les programmes d'éradication des moustiques porteurs du parasite de la malaria ont quasiment éliminé cette maladie, mais pas la thalassémie. Des dizaines de milliers de personnes sont encore porteuses des mutations de l'hémoglobine et seul réduit l'incidence de la maladie un programme entièrement différent fondé sur des tests génétiques destinés à voir si les futurs parents en sont ou non porteurs.

De nombreux Méditerranéens ont émigré vers différentes parties du monde, en particulier aux États-Unis et au Canada, en Australie et en Grande-Bretagne. Avec eux, en eux, voyagent aussi les gènes de la thalassémie si bien que l'on trouve aussi la maladie dans ces communautés. Pour la même raison, l'immigration forcée sur les navires négriers d'Afrique occidentale a introduit le gène de la cellule falciforme en Amérique du Nord si bien que, même si la malaria a disparu, la drépanocytose est toujours là. Au fil des générations, elle finira par disparaître de ces populations avec l'élimination de ces mutations par des programmes de conseil actif ou, tout simplement, par la mort des porteurs de la maladie. À défaut de la malaria pour l'aider à se propager, elle connaîtra le destin ultime de tous les gènes de maladie : l'extinction par la sélection naturelle.

L'élucidation des sources de la drépanocytose et de la thalassémie a eu une grande influence sur la génétique. On peut dire sans exagération que sans l'exemple de ces deux maladies pour guider les chercheurs, bien des progrès accomplis depuis le milieu des années 80 dans la découverte des causes des maladies génétiques eussent été impossibles. C'est l'étude de ces anémies héréditaires qui a apporté aux chercheurs et aux médecins la certitude que de simples mutations génétiques pouvaient produire des maladies.

Pour moi, cependant, la quête des origines des Polynésiens présentait des avantages beaucoup plus prosaïques. C'est grâce au travail de terrain dans ces îles, essentiellement en Papouasie-Nouvelle-Guinée, à Vanuatu (anciennes Nouvelles-Hébrides) et en Indonésie, que l'on a pu finalement établir le lien entre la thalassémie et la malaria. On ne trouva en effet les gènes de la thalassémie que dans les zones basses et marécageuses près de la côte, où la malaria était répandue, tandis que dans les régions montagneuses de l'intérieur, où les moustiques ne pouvaient survivre en haute altitude, les gènes en question étaient quasiment absents. Des suites de ces recherches, les congélateurs de l'Institut de médecine moléculaire étaient pleins d'échantillons d'ADN des îles d'Asie du Sud-Est et d'Océanie. Avec mes propres échantillons de Polynésie, je n'avais pas besoin d'aller chercher plus loin que dans les congélateurs du premier étage de l'Institut pour disposer d'une fabuleuse collection qui couvrait plus ou moins toute la route, de l'Asie du Sud-Est jusqu'au Pacifique le plus lointain. Si les Polynésiens avaient suivi cette voie, nous trouverions certainement l'ADN mitochondrial épars tout au long de cette route.

L'été suivant, en 1992, je procédai au séquençage de plus de mille deux cents échantillons d'ADN mitochondrial. La première chose à faire était de voir si nous pouvions en trouver un avec le petit segment effacé. Ce minuscule segment manquait sur dix-neuf des vingt échantillons rarotongais, et le test était on ne peut plus facile. De fait, ce petit segment était très répandu à Samoa et à Tonga, moins fréquent plus à l'ouest, dans l'archipel de Vanuatu et sur la côte de Nouvelle-Guinée. L'effacement était encore moins fréquent à Bornéo et aux Philippines, mais on en trouvait quand même à l'ouest jusque chez les indigènes de Taiwan. Apparemment, c'était une bonne preuve de l'origine asiatique. Mais, ne l'oubliez pas, nous savions par des publications que le même minuscule effacement se retrouvait aussi en Amérique du Nord et du Sud. Allions-nous nous retrouver dans la même situation de frustration que tous ceux qui avaient essayé de recourir à la génétique pour résoudre l'énigme, incapables de faire la différence entre un gène arrivé directement d'Asie en Polynésie et un gène arrivé indirectement, importé via le pont de terre vers l'Amérique ? Il ne restait qu'un seul espoir : que la séquence de la région de contrôle elle-même pût établir cette différence.

La séquence commune à Rarotonga et au labo d'Hawaii avait des variantes aux positions *189, 217, 247* et *261* aussi bien que le minuscule effacement. Moins fréquente mais manifestement apparentée, l'autre séquence avait des variantes aux positions *189, 217* et *261*, mais pas en *247*. Les radios sortant l'une après l'autre de la machine à développer au cours des semaines suivantes, j'excellai à reconnaître la configuration particulière de bandes signifiant que nous avions trouvé les séquences polynésiennes. Elles suivaient le chapelet d'îles jusqu'à la Polynésie. Plus on allait vers l'ouest, se rapprochant ainsi du continent asiatique, plus rare se faisait la séquence complète avec *247* tandis que commençait à apparaître un nouveau type avec simplement *189* et *217*, la plus forte concentration se trouvant chez les Ami, les Bunum, les Atayal et les Paiwan de Taiwan. On avait sous les yeux les traces de ce stupéfiant voyage. J'appelai tous les gens susceptibles d'avoir de nouvelles séquences mitochondriales des indigènes d'Amérique. Je devais m'assurer que *247*, la variante propre à l'ADN mitochondrial polynésien, n'était pas abondante aux Amériques. Personne ne l'avait vue. Pas même une fois. Heyerdahl avait tort.

Je ne pouvais me défendre d'une pointe de déception de n'avoir pu donner raison à l'homme qui avait inspiré toute une génération par son voyage du *Kon-Tiki*. Mais c'était ainsi. Sa théorie n'avait pas résisté aux coups de projecteurs implacables de la génétique. L'opinion majoritaire s'était révélée exacte. Les Polynésiens étaient venus non pas d'Amérique, mais d'Asie. Je n'ai jamais su ce que Heyerdahl lui-même en pensait. Je suis certain que, à quatre-vingt-trois ans, il avait mieux à faire que de se défendre contre le pouvoir imposant de la génétique moderne. L'establishment des anthropologues ne manqua pas d'applaudir à la publication de nos résultats, mais ils étaient déjà tellement sûrs d'eux et de la valeur des preuves d'une origine asiatique que ces éléments nouveaux ne leur procurèrent pas une grande excitation. S'accorder avec le consensus dominant, c'est être certain de ne pas faire de vagues. Qu'on s'y oppose, comme j'allais bientôt m'en rendre compte dans une tout autre partie du monde, et c'en est fini de cette sérénité.

La piste génétique dans les îles éparpillées du Pacifique était désormais claire comme de l'eau de roche. Les ancêtres des Polynésiens commencèrent leur épopée sur les côtes de la Chine ou à Taiwan. C'est là qu'on trouve encore les plus fortes fréquences de ce qui est, peut-on présumer sans risque, la séquence d'ADN mitochondrial ancestrale de la plupart des Polynésiens avec les variantes en *189* et *217* et le petit effacement. À Taiwan, nous avons également trouvé d'autres séquences avec des variantes supplémentaires en plus de *189, 217*, mais à des positions qu'on ne retrouve pas dans d'autres parties de la région. Ce sont les mutations qui se sont produites à Taiwan depuis qu'en sont partis les ancêtres des Polynésiens. En dénombrant les mutations pour multiplier le résultat par le rythme des mutations, on peut estimer à quelle époque la séquence ancestrale elle-même est d'abord arrivée à Taiwan. Ainsi que nous le verrons en explorant le paysage génétique de l'Europe, c'est là un domaine controversé dans les recherches contemporaines. D'après la grande diversité des variations sur le thème fondamental du *189, 217* à Taiwan, il était néanmoins fort clair que les séquences étaient là depuis fort longtemps, probablement depuis vingt ou trente mille ans.

On a de nombreux signaux archéologiques d'une expansion démographique très soudaine dans les îles du Sud-Est asiatique il y a trois ou quatre mille ans. Il existe ainsi toute une gamme d'artefacts associés à une économie agricole, le plus significatif étant la poterie de style Lapita avec son glacis rouge et ses décorations dentelées imprimées dans l'argile en lignes horizontales. Pour les archéologues, découvrir des poteries au style identifiable est un atout supplémentaire. Elle survit des milliers d'années dans la terre et une céramique de même style permet de rattacher des colonies de peuplement géographiquement très éloignées les unes des autres. Cela ne signifie pas automatiquement que les populations en question étaient biologiquement apparentées, mais c'est un signe certain de contact. En l'espace de cinq siècles seulement, entre – 3 500 et – 3 000 ans, des populations Lapita sont apparues sur les côtes de nombreuses îles du Pacifique occidental, des îles de l'Amirauté, au nord de la Nouvelle-Guinée, jusqu'à Samoa, en Polynésie occidentale. Les tenants de la thèse des origines asiatiques des Polynésiens avaient toujours associé cette expansion rapide, impliquant des talents de navigateur très poussés, au peuple qui finit par coloniser toute la Polynésie. Et pour expliquer la mystérieuse absence de poterie Lapita sur les îles situées à l'est de Samoa, on invoquait l'absence d'argile. Maintenant que la génétique avait confirmé l'origine asiatique plutôt qu'américaine des Polynésiens, pouvait-on dire quelque chose de plus sur le point de départ de cette remarquable expansion de la population et de la poterie ?

En premier lieu, du fait de l'absence totale de variation à la 247e position à Taiwan, il était fort peu probable qu'elle eût commencé là. Dans le cas contraire, j'y aurais découvert quantité de variantes *247*. Or je ne l'ai jamais retrouvée à l'ouest de Bornéo. L'expansion rapide de la poterie Lapita n'est donc confirmée par la génétique que si elle a commencé quelque part à l'est de Bornéo. J'ai retrouvé la variante *247* dans les Moluques, groupe d'îles faisant partie de l'Indonésie, et elle y a séjourné depuis assez longtemps pour accumuler des variations supplémentaires. Si je devais me prononcer sur l'origine la plus probable de ces remarquables Polynésiens Lapita, ce serait quelque part dans ce groupe d'îles. De là, la piste mitochondriale nous conduit dans le Pacifique, jusqu'à Hawaii au nord, à Rapanui (l'île de Pâques) à l'est, et à Aotearoa (la Nouvelle-Zélande) dans l'extrême sud.

Tout ceci ressort clairement du principal type polynésien. Mais qu'en est-il de cette séquence rare et étrange que j'ai découverte dans le sang d'un seul patient de l'hôpital d'Avarua, et que Koji Lum a découverte chez un seul indigène hawaiien ? Pourrait-il s'agir d'un vague écho des Polynésiens américains d'Heyerdahl ? Nous avions assurément retrouvé cette séquence dans toute la Polynésie au terme d'un échantillonnage systématique, mais elle n'était nulle part répandue. En revanche, aucun de mes contacts n'avait jamais rien vu de tel en Amérique du Nord ou du Sud. Nous en avons ensuite découvert un exemple à Vanuatu et deux autres sur la côte nord de la Papouasie-Nouvelle-Guinée. Ce n'est qu'en me penchant sur de vieux échantillons provenant des montagnes de l'intérieur de la Nouvelle-Guinée que j'ai trouvé cette séquence en abondance. C'était l'ADN mitochondrial transmis par les tout premiers habitants de cette île immense. D'après la datation des premiers sites archéologiques, ils y étaient arrivés il y a au moins quarante mille ans au cours de la même migration qui avait conduit les premiers Australiens vers cet immense continent. L'ancêtre maternelle directe du mystérieux patient de l'hôpital d'Avarua avait donc séjourné près de quarante mille ans sur l'île de Nouvelle-Guinée avant de monter dans un canoë Lapita mettant le cap sur l'Est, vers l'inconnu.

Depuis la côte nord de la Nouvelle-Guinée, une chaîne d'îles assez proches les unes des autres s'étend dans le Pacifique jusqu'aux îles Salomon. Ce sont des îles hautes, avec des sommets montagneux que l'on peut voir à l'horizon, soit avant de partir, soit, à tout le moins, avant de perdre de vue son point de départ. Cette technique de navigation relativement sûre avait déjà été, il y a trente mille ans, celle des tout premiers habitants de la Nouvelle-Guinée, par-delà la Nouvelle-Bretagne et la Nouvelle-Irlande, d'un côté, et le long de la grande chaîne des îles Salomon jusqu'à San Cristobal, de l'autre. Mais la chaîne s'arrêtait là. Au-delà s'étendait l'océan à perte de vue, la terre la plus proche étant celle des îles Santa Cruz, à encore trois cents kilomètres de là, par-delà l'horizon. Il n'existe aucune trace archéologique de quelque peuplement que ce soit au-delà des Salomon jusqu'à l'arrivée de la population Lapita vingt-sept mille ans plus tard.

Deux innovations cruciales permirent à la nouvelle vague de colons de se lancer dans l'inconnu. La première fut la création de canoës à deux coques, magnifiques embarcations de proportions parfois considérables. Les premiers Européens à atteindre la Polynésie virent des canoës de plus de trente mètres de long, tandis qu'il en existe aujourd'hui encore des versions plus petites. La petite coque empêche de chavirer de même que sur un catamaran. Ces embarcations avaient une proue à chaque extrémité et pouvaient affronter les vents puis revenir sans avoir à faire demi-tour. Ce sont elles qui ont conduit les Polynésiens dans le Pacifique, même s'il leur fallut pour cela un autre atout complémentaire et tout aussi crucial : des talents de navigateurs hors pair. Tandis que les tout premiers colons avaient réussi à gagner l'Australie, la Nouvelle-Guinée et les îles Salomon en mettant le cap sur des objectifs visibles, les Polynésiens firent voile dans l'inconnu : sans aucune terre en vue, et sans même savoir s'il y en avait une. La datation des sites archéologiques permet de suivre leur progression. Ils s'installèrent très vite à Santa Cruz et dans l'archipel de Vanuatu, puis s'arrêtèrent avant de franchir les 750 kilomètres qui les séparaient des îles Fidji et de poursuivre vers Samoa et Tonga ; après une nouvelle pause, ils poussèrent jusqu'aux limites de la Polynésie. Ils atteignirent l'île de Pâques et Hawaii il y a environ mille cinq cents ans, puis, pour finir, la Nouvelle-Zélande voici mille deux cents ans environ. En un peu plus de deux mille ans, ils avaient atteint toutes les îles de cet immense océan. Comment ont-ils fait ?

Bien approvisionnés en vivres et en eau, les canoës affrontèrent le vent dominant. Sans doute cela a-t-il pu paraître rude au départ, mais au moins cela assurait-il un retour relativement sûr vers leur port d'attache en se guidant sur les astres. Il est assez facile de suivre une latitude en maintenant chaque nuit le canoë à la même position par rapport à un astre qui se lève ou se couche. Quand l'heure vient de rentrer au port, c'est un jeu d'enfant que de faire voile dans le sens inverse, dos au vent, en se guidant sur les mêmes astres. Sur le papier, tout cela paraît simple. En pratique, les dangers sont grands. Il ne devait être que trop facile de s'écarter de la route, de passer à côté de l'île de départ, surtout de nuit ou dans la tempête. Il dut y avoir de lourdes pertes.

Plus remarquables encore sont les signes utilisés par les Polynésiens pour détecter la présence de terres invisibles. Les formations de nuages au-dessus des reliefs trahissent la présence d'îles à l'horizon. Dans de bonnes conditions, le bleu-vert opalescent des atolls peu profonds se reflète dans les nuages. Le vol des oiseaux qui nichent à terre donne des indices de la direction à suivre. Les débris flottants montrent qu'il y a la terre du côté du vent. Ce sont là autant de signes visibles. Mais les tout premiers voyageurs ne se contentaient pas de voir, ils sentaient. Aujourd'hui encore, les navigateurs traditionnels sentent les changements de la mer. La houle de fond balaye l'océan, mais elle est renvoyée depuis les îles comme les rides que dessine une pierre jetée dans un étang rebondissent sur le bord. Même à cent milles de la terre, un navigateur chevronné se servira de ses pieds pour repérer l'interférence de deux houles de fond.

Tout cela nous dit *comment* les Polynésiens ont fait, mais pas *pourquoi*. Ce qui est à l'origine des tours de force de ces explorateurs demeure un mystère. On ne saurait répondre qu'il leur fallait se déplacer sans cesse pour satisfaire les besoins économiques d'une population croissante. De nombreuses îles de cette route du Pacifique sont grandes et fertiles, et aujourd'hui encore ont une faible densité de population. Peut-être était-ce le besoin inextinguible d'explorer l'inconnu. Il leur a très certainement fallu franchir le Pacifique pour rejoindre l'Amérique du Sud. Nous le savons par la patate douce, ou *kumara*, qui était et est toujours cultivée dans toute la Polynésie. Nul ne conteste que la patate douce soit une authentique culture andine, ce qui signifie qu'il a dû y avoir au moins quelques contacts entre les indigènes d'Amérique du Sud et les Polynésiens. La génétique infirme l'explication de Thor Heyerdahl, à savoir qu'elle aurait été introduite dans le Pacifique par la population qui, croyait-il, avait colonisé la Polynésie depuis l'Amérique du Sud. Nous avons prouvé sans l'ombre d'un doute que la colonisation du Pacifique s'est faite dans la direction opposée. Autrement dit, pour que la patate douce ait été importée d'Amérique du Sud, il faut bien que les Polynésiens aient trouvé le moyen de traverser le Pacifique dans l'autre sens. En revanche, ils n'ont laissé aucune trace génétique visible en Amérique du Sud. À ma connaissance, on n'a jamais trouvé là-bas un seul ADN mitochondrial polynésien. À Tahiti, j'ai cependant trouvé deux séquences mitochondriales correspondant à des séquences publiées du Chili. J'aime à penser qu'on a là un lointain écho des femmes qui accompagnèrent les Polynésiens retournant d'Amérique du Sud dans les îles du Pacifique mais je ne peux le prouver.

Les Polynésiens ont découvert et peuplé Aotearoa, le pays du long nuage blanc, que nous connaissons aujourd'hui sous le nom de Nouvelle-Zélande. La génétique en apporte aussi la preuve formelle. Les Maoris d'Aotearoa ont exactement le même ADN mitochondrial que leurs cousins de Polynésie. Ce qui s'accorde parfaitement avec la tradition orale des Maoris qui parle d'une flotte de huit à dix canoës partis de Polynésie centrale, peut-être même de Rarotonga, et qui finirent par atteindre Aotearoa. Ils y trouvèrent un pays étrange mais fertile, sans aucun habitant. Il regorgeait de créatures qu'ils n'avaient encore jamais rencontrées, dont le moa géant, oiseau coureur apparenté à l'autruche et qui devait finalement s'éteindre à force d'être chassé.

S'aventurant si loin dans le sud, les voyageurs ne se laissaient guère d'espoir de rentrer un jour s'ils n'avaient découvert une terre. Pour se rendre à Aotearoa, il ne s'agissait pas seulement de faire voile dans le vent le long d'une latitude donnée tout en sachant que, si l'on ne trouvait pas de terre, il suffisait de revenir en arrière en suivant le même trajet avec le vent dans le dos. Le voyage vers Aotearoa les fit changer de latitude et les conduisit très loin au sud des alizés fiables, jusque dans une partie de l'océan où les vents étaient beaucoup moins prévisibles. Il s'agissait d'une exploration maritime d'un tout autre niveau, d'une maturité et d'une audace telles que les Polynésiens, j'en suis certain, ont dû aussi atteindre les côtes australiennes tant l'océan n'avait plus de secrets pour eux. S'ils y ont débarqué, ils n'ont pas laissé de traces. Peut-être se sont-ils trouvés mal à l'aise dans ces terres inhabitées. Ont-ils pu poursuivre au sud de l'Australie et traverser l'océan Indien jusqu'à Madagascar, alors non peuplée et de nos jours au moins partiellement habitée par une population de langue semblable ? En auraient-ils été capables ? J'en suis certain. L'ont-ils fait ? Un jour, les gènes nous le diront.

Quand je pense au travail accompli en Polynésie, j'en éprouve encore une certaine excitation. Je m'étais retrouvé sur une île au milieu du Pacifique, scrutant l'océan, par-delà le récif, dévoré de curiosité et brûlant de répondre à une question. Je tenais vraiment à savoir d'où venaient les Polynésiens. À cette interrogation née de la pure curiosité, j'avais obtenu une réponse, claire, sans équivoque, en un peu plus de trois ans. Ayant constaté avec quelle autorité l'ADN mitochondrial avait tranché la question des origines polynésiennes, j'étais assuré qu'il permettrait de résoudre des questions plus épineuses encore dans un domaine beaucoup plus proche de nous.

CHAPITRE 8

Les premiers Européens

Les dix années de fouilles dans la carrière de Boxgrove, près de la ville épiscopale de Chichester dans le Sussex (en Angleterre), n'avaient rien produit de spectaculaire. Boxgrove est aujourd'hui une carrière, mais il y a un demi-million d'années c'était une étroite plaine côtière entre les falaises de craie actuellement exploitées et la mer. Le sable et le gravier ont été rejetés là par les inondations provoquées plus tard par la fonte catastrophique du dernier Âge glaciaire. Au fil des ans, on y avait retrouvé des outils de silex et des os d'animaux avec des entailles, preuve que les carcasses avaient été délibérément découpées avec des pierres tranchantes. Si vous doutez de leur tranchant, essayez donc de faire voler un éclat d'un gros silex. C'est tout à fait suffisant pour se raser de près. Les pierres taillées et les os étaient des signes on ne peut plus évidents d'une occupation humaine, mais il n'y avait pas trace des hommes eux-mêmes. English Heritage, l'organisme public qui finançait les fouilles, avait déjà fait savoir qu'il couperait les crédits pour le travail de terrain. Au début du mois de novembre 1993, à quelques semaines seulement de l'abandon définitif des fouilles, les archéologues responsables marquèrent une dernière tranchée et Roger Pedersen commença à creuser.

Roger faisait partie de cette armée de volontaires qui

sont le moteur des fouilles archéologiques. Il commença à travailler à la truelle. Deux semaines plus tard, il en était arrivé aux couches de sable et s'appliquait à noter l'orientation de chaque artefact : travail long et laborieux, que le froid, le vent et la pluie ne facilitaient guère. Le vendredi 13 novembre 1993, juste après le déjeuner, il tomba sur un os. Le tibia d'un homme très ancien. Il avait découvert un fragment de l'Homme de Boxgrove. Et, par la même occasion, il avait sauvé le chantier.

J'eus l'occasion d'examiner l'os peu après sa découverte. Sans être expert, je pus moi-même mesurer combien les parois autour de la moelle étaient épaisses en comparaison d'un os moderne. C'était un tibia d'homme massif et fortement charpenté. Mais était-ce l'os d'un ancêtre ? Cette question directe va au cœur même de la controverse sur les origines de l'homme pour une raison toute simple. Alors que chaque être humain vivant (mais cela vaut aussi pour un mammifère ou un oiseau) a des ancêtres, il ne s'ensuit pas automatiquement que tout fossile humain a eu des descendants. L'Homme de Boxgrove pouvait être un ancêtre de l'homme du XXIe siècle ou appartenir, au contraire, à une espèce désormais éteinte.

La même question se pose pour chaque fossile humain. Il ne manque pas en Europe, en Asie et surtout en Afrique, de sites très anciens qui ont donné des signes indubitables d'activité humaine. Ce sont pour l'essentiel des restes d'outils de pierre taillée qui, de toute évidence, survivent fort bien. À l'occasion, comme à Boxgrove, on trouve des ossements d'animaux avec des entailles. Et très rarement des os humains. Depuis des décennies, les paléontologues étudient ces spécimens terriblement rares et célèbres et discutent de leur signification. Leurs noms — *Homo habilis*, *Homo erectus*, *Homo heidelbergensis*, *Homo neandertalensis* — sont l'expression des efforts tâtonnants pour leur assigner une place dans différentes espèces. Il s'agit cependant d'espèces définies sur la base des traits anatomiques préservés dans les squelettes, en particulier les crânes, et non pas au sens biologique d'espèces différentes, génétiquement isolées, et incapables de se croiser les unes avec les autres. Il s'agit d'une classification opératoire sans conséquences en termes d'évolution. À partir de la seule forme des os, il est impossible de savoir si les humains (par quoi j'entends tous les spécimens du genre *Homo*) des différentes parties du monde pouvaient se croiser. S'ils le pouvaient, cela ouvre la possibilité d'un échange de gènes et d'une propagation des mutations. Tous relèveraient du même pool génétique. Mais dès lors que les différents types d'humains deviennent incapables de se croiser, ils ne sauraient plus échanger de gènes. Ils deviennent des espèces biologiques différentes avec des pools génétiques isolés. Leurs trajectoires évolutives se séparent irréversiblement, s'engageant dans des directions différentes sans retour en arrière possible. Que deux de ces espèces ou plus entrent ensuite en conflit, qu'elles se disputent l'espace ou les ressources, et une espèce finira par s'éteindre à moins qu'elles ne trouvent un compromis.

Telle est la question qui se profile derrière l'une des controverses les plus anciennes et les plus vives touchant à l'évolution de l'homme. Les différentes espèces telles que les définissent les paléontologues — *Homo erectus, Homo neandertalensis* et *Homo sapiens*, c'est-à-dire nous — font-elles ou non partie du même pool génétique ? Pour dire les choses autrement, les humains modernes descendent-ils directement des fossiles découverts dans leur partie du monde ou nombre d'entre eux sont-ils les restes d'espèces humaines génétiquement séparées et désormais éteintes ?

Que tous les êtres humains aujourd'hui vivants soient membres de la même espèce, l'*Homo sapiens*, nul ne peut sérieusement en douter. À la faveur des événements historiques des quelques derniers siècles, les populations des différentes parties du monde se sont mélangées, témoignant abondamment de la réussite de tous les croisements possibles et imaginables. Je le dis sans être absolument sûr que *toutes* les combinaisons possibles aient eu autant de chances d'être essayées, mais je suis certain que, si tel avait été le cas, il n'y aurait eu aucune barrière génétique à leur réussite.

L'histoire des fossiles humains, si incomplète et parcellaire soit-elle, converge systématiquement vers l'Afrique, qui apparaît ainsi comme le berceau de l'humanité. En Afrique, et en Afrique seulement, on observe une progression sensible des fossiles au cours des trois derniers millions d'années, avec des formes intermédiaires menant du singe à l'homme. Si l'on en juge d'après les fossiles, il fallut attendre encore au moins un million d'années pour que les premiers humains s'aventurent au-delà. Les restes de Java et de Chine ressemblent aux fossiles beaucoup plus anciens d'*Homo erectus* africain dans leur physionomie générale comme par les types d'outils de pierre découverts sur les sites. L'*Homo erectus* était certainement humain ; parfaitement droit, il avait un gros cerveau et était capable de fabriquer et d'utiliser des outils de pierre raffinés. Mais, hors de l'Afrique, on n'a pas trace de fossiles intermédiaires, plus primitifs. Cependant, si le témoignage des fossiles montre sans ambiguïté que l'Afrique est bien le berceau de l'humanité, il ne faut pas perdre de vue les limites de ce témoignage. On n'a pas retrouvé le moindre fossile humain en Afrique occidentale, par exemple. Cela signifie non pas que les humains n'y sont arrivés que récemment, mais uniquement que les forêts tropicales ne sont pas un endroit idéal pour transformer un mort en fossile. On n'a jamais retrouvé le moindre fossile de grand singe — gorille, chimpanzé ou orang-outan. Si l'on s'en tient aux fossiles, ils n'ont jamais existé même si nos yeux sont là pour nous indiquer le contraire.

Bien que les fragments de l'Homme de Boxgrove et une poignée d'autres soient les seuls aperçus que nous ayons des tout premiers humains européens d'il y a un demi-million d'années, l'histoire plus récente de l'Europe est inextricablement liée à une forme dominante : les hommes de Neandertal. En 1856, des tailleurs de pierre travaillant dans une carrière de calcaire de la vallée du Neander, près de Düsseldorf, venaient de faire sauter une petite grotte dont ils débarrassaient les débris lorsqu'ils tombèrent sur un morceau de crâne, puis des fémurs, des côtes, des os de bras et d'épaules. Au départ, ils crurent être tombés sur les restes d'un ours des cavernes, espèce disparue : découverte presque routinière dans cette partie de l'Europe. Par le plus grand des hasards, ils firent part de leur découverte à un instituteur du pays, par ailleurs fervent naturaliste, Johann Karl Fuhlrott, qui comprit aussitôt que ces os n'avaient rien à voir avec ceux d'un ours. La controverse autour de leur nature exacte se prolongea des années durant. Si le crâne n'était pas celui d'un singe, il n'était pas exactement humain non plus avec ses arcades sourcilières massives. Et pour commencer, quel âge lui donner ?

Les os de l'homme de Neandertal furent découverts à une époque où les géologues, qui ne pouvaient accepter que le monde eût quelques milliers d'années seulement, s'attaquaient au récit biblique de la création. Trois ans plus tard, Charles Darwin publia *De l'origine des espèces*. L'idée que l'on pût prendre le récit de la Genèse à la lettre commençait à s'effondrer. Que les humains eussent des ancêtres réellement anciens était de plus en plus largement admis, et il semblait de plus en plus que le Neandertal fût l'un d'eux. Mais il fallut d'abord faire litière de la moisson de diversions qui accompagne habituellement les découvertes inattendues de ce genre. Les interprétations allèrent du sublime — c'était le crâne d'un homme atteint d'une mystérieuse maladie provoquant l'épaississement des os, d'où les arcades sourcilières très marquées — au grotesque : c'était le squelette d'un cavalier cosaque qui avait été blessé au cours des guerres napoléoniennes et qui avait rampé jusque dans la grotte pour y mourir. Sans son épée et son uniforme ?

Au cours des cent années suivantes, on découvrit plusieurs autres fossiles de même nature : très charpentés, avec de grosses boîtes crâniennes (en fait légèrement plus volumineuses que la moyenne moderne), vraisemblablement pour loger un gros cerveau, pas vraiment de menton, un nez proéminent et ces arcades épaisses si caractéristiques. On en trouva à Gibraltar et dans le sud de l'Espagne : en réalité, le premier spécimen de Gibraltar avait été exhumé en 1848, huit ans avant la découverte de l'homme de Neandertal, mais on n'y avait pas prêté attention. On en trouva aussi en France, en Belgique, en Croatie et, bien plus loin, en Israël, en Irak et à l'est jusqu'en Ouzbékistan. Les outils de pierre découverts sur les sites néandertaliens étaient plus avancés que ceux de leurs prédécesseurs, mais pas beaucoup. Sans doute ces humains enterraient-ils leurs morts et s'occupaient-ils même des malades et des mourants. Ils n'étaient pas les brutes épaisses qu'ils sont devenus dans l'imagination populaire. Mais la question demeurait : ces hommes étaient-ils les ancêtres des Européens modernes ou les spécimens d'une impasse évolutive de plus ?

La même question vaut pour d'autres parties du monde. Les Chinois modernes sont-ils les descendants de ces humains dont on a découvert des restes vieux d'un million d'années à Zhoukoudian, près de Pékin ? Les humains de Ngandong, à Java, ont-ils finalement donné naissance aux actuels indigènes australiens et papous ? Tel est assurément le point de vue d'une école influente et qui sait se faire entendre : les spécialistes d'anthropologie physique d'obédience multirégionaliste. Pour eux, l'évolution des caractéristiques physiques de l'homme depuis un million d'années, la transition de nos ancêtres robustes et charpentés à leurs descendants minces (du moins théoriquement !) et à l'ossature légère, a été un processus graduel d'adaptation survenant à des rythmes différents suivant les parties du monde. Malgré leur éloignement géographique, les contacts entre ces groupes sont demeurés suffisants pour conserver un pool génétique commun et permettre à l'*Homo sapiens* de se croiser avec qui il voulait. Toujours à supposer que l'occasion se soit présentée.

Le camp adverse — l'école du remplacement — conteste farouchement cette idée de continuité. Pour ses tenants, le Neandertal et les fossiles de Zhoukoudian et de Ngandong, également connus sous le nom d'hommes de Pékin et de Java, sont les restes d'espèces humaines éteintes qui ont été remplacées par une expansion beaucoup plus récente de l'*Homo sapiens* depuis l'Afrique. À l'appui de leur thèse, ils invoquent l'apparition brutale en Europe, voici quarante-cinq mille ans, d'humains possédant un squelette et un crâne beaucoup plus légers et pratiquement impossibles à distinguer de ceux des Européens modernes. Personne, pas même les paléontologues les plus pointilleux, ne conteste que ce sont les restes de notre espèce, l'*Homo sapiens*. En Europe, ces premiers exemples sont connus sous le nom de Cro-Magnon. Ils doivent leur nom au site rupestre de Cro-Magnon, en France, où les premiers ossements ont été découverts en 1868, de même que les hommes de Neandertal avaient reçu le nom du site où l'on avait découvert leurs premiers restes en 1856. Selon l'école du « remplacement », il est impensable qu'ait pu se produire une mutation d'une telle ampleur, transformant presque du jour au lendemain (en termes d'évolution) les robustes néandertaliens en Cro-Magnon modernes à tous égards. Sur le plan archéologique, et non plus fossile, les tenants d'un remplacement brutal des hommes de Neandertal par les hommes de Cro-Magnon invoquent l'utilisation d'un jeu d'outils beaucoup plus élaborés et délicatement ouvragés — éclats de silex servant de couteau, percuteurs et grattoirs —, l'apparition pour la première fois d'ossements animaux et de bois comme matériau industriel et d'un élément plus crucial : l'art.

Les hommes de Cro-Magnon ont inventé l'art figuratif. En France et dans le nord de l'Espagne, plus de deux cents grottes sont ornées d'images d'animaux sauvages d'une beauté et d'une vigueur étranges. Des cerfs et des chevaux, des mammouths et des bisons décorent les parois de cavernes profondes, loin de la lumière du jour. Plutôt que des dessins rudimentaires ou puérils, ils sont l'expression d'une imagerie mûre et accomplie, d'une représentation abstraite et mystique du monde.

Est-il possible que les néandertaliens aient non seulement changé d'apparence physique et transformé leur technologie, mais soient également devenus des artistes ? C'est ce que croient les multirégionalistes : dans certains restes et outils de pierre, ils voient les preuves de l'existence des formes intermédiaires qu'on attendrait d'une transition progressive. Mais on ne trouve rien qui annonce cet art rupestre dans le territoire des hommes de Neandertal. L'école du remplacement, pour sa part, rattache l'anatomie moderne et la technologie améliorée à des sites africains comme Omo-Kibish, en Éthiopie, qui remontent à bien plus de 100 000 ans. Malgré tout, bien qu'on ait découvert des crânes anatomiquement modernes sur la route du Proche-Orient vers l'Europe, principalement à Qafzeh et à Skhoul, en Israël, on n'a pas trouvé le moindre signe d'activité artistique.

Sans éléments nouveaux venus d'une source entièrement différente et indépendante, la génétique, la question de savoir si les Européens descendent des hommes de Neandertal ou des derniers arrivants bien distincts, les hommes de Cro-Magnon, se serait enlisée. Dans tous les domaines d'activité humaine où manquent les données objectives, les opinions et les hommes se polarisent inévitablement. Chacun campant sur ses positions, rien ne peut le déloger. Plutôt mourir que de changer d'avis. Telle était la situation lorsque nous avons entrepris de nous attaquer à l'énigme avec nos puissants outils génétiques. Nous étions dans un champ de mines, nous le savions.

[illegible]

[illegible] de l'Inquisition [illegible]

[illegible] ... véritables origines de [illegible] ... en étudiant [illegible] de leurs descen[illegible] ... leur grande majorité, ils avaient [illegible]

CHAPITRE 9

Les derniers hommes de Neandertal

La génétique n'est jamais si efficace que lorsqu'il s'agit de départager des théories rivales. Dans le Pacifique, elle a clairement donné raison aux tenants d'une origine asiatique des Polynésiens aux dépens de la solution américaine attachée au nom de Thor Heyerdahl. Pouvait-elle en faire autant en Europe ? La génétique pouvait-elle apporter une réponse tout aussi claire sur le véritable destin des hommes de Neandertal ? Ces étranges humains marquaient-ils un jalon sur la voie des Européens pleinement modernes ou appartenaient-ils à une espèce essentiellement distincte qui fut remplacée par des nouveaux venus d'Afrique à l'ossature plus légère, technologiquement avancés et portés sur l'art ? Telle était la grande question à laquelle je me proposais maintenant de répondre avec l'ADN mitochondrial. De même que la réussite avec le hamster de Syrie m'avait donné confiance dans la fiabilité du segment d'ADN connu sous le nom de région de contrôle, depuis ses brillants résultats dans le Pacifique je me sentais prêt à démêler la situation bien plus complexe de l'Europe.

J'avais découvert les véritables origines de Polynésiens en étudiant la diversité génétique de leurs descendants modernes. Dans leur grande majorité, ils avaient des signatures ADN soit identiques, soit très proches les unes des autres. Sur tout le segment d'ADN de cinq cents bases que nous avions séquencé par routine, nous n'avions repéré qu'une seule mutation, deux tout au plus. À l'échelle de l'évolution, tous avaient donc une ancêtre commune très récente. La piste génétique des séquences identiques ou quasi identiques nous avait conduits d'île en île, jusqu'à Taiwan et à la Chine du Sud. Cette belle histoire des incroyables voyages de premiers Polynésiens se lit sans mal dans les gènes de la population moderne. Mais il existe une poignée de Polynésiens, environ 4 %, dont l'ADN rapporte une histoire différente. Ils sont étroitement liés les uns aux autres dans tout un groupe de séquences, mais se distinguent, en moyenne, par treize mutations des principales séquences polynésiennes. Ce groupe n'est pas venu du continent asiatique, comme on l'a dit dans le chapitre 7. On peut en retrouver la trace sur la côte de Nouvelle-Guinée, d'où il a embarqué (peut-être s'agissait-il d'une seule femme) dans un canoë Lapita, cap sur l'Est, dans le Pacifique.

L'ADN mitochondrial a établi très clairement que les ancêtres maternels des Polynésiens modernes venaient de deux endroits différents, de deux peuples très différents qui s'étaient donc mélangés. Allait-on également trouver chez les Européens une ascendance génétique clairement mélangée avec peut-être deux groupes, un « Neandertal » et un « Cro-Magnon », que l'on retrouverait dans la population moderne ? Alors même que le mélange de gènes de Neandertal et de Cro-Magnon avait pu se poursuivre depuis quarante ou cinquante mille ans, contre trois ou quatre mille ans dans le Pacifique, j'étais certain de pouvoir repérer des groupes distincts en Europe comme je l'avais fait en Polynésie. Mon assurance tenait exclusivement à la manière très particulière dont se transmet l'ADN mitochondrial. Contrairement aux chromosomes du noyau, l'ADN mitochondrial n'est pas mélangé à chaque génération. Les seuls changements sont l'effet des mutations, et quarante mille ans ce n'est pas une durée très longue en la matière. S'il y avait eu de nombreux croisements entre les hommes de Neandertal et les hommes de Cro-Magnon, nous en trouverions des preuves dans la population moderne.

Il n'y avait qu'une manière de s'en assurer. Mon équipe de recherche devait entreprendre des tests sur une grande échelle. Quelle allait être la meilleure façon de procéder ? Qui allions-nous solliciter et comment ? Qu'allions-nous demander : un échantillon de sang ou autre chose ? Les questions à trancher étaient nombreuses, mais j'avais au moins une certitude : dans toute la mesure du possible, nous recueillerions les échantillons eux-mêmes plutôt que de nous en remettre à des collections plus anciennes. La raison scientifique en était simple : si nous avions un échantillon de Galles du Nord, par exemple, je voulais être certain qu'il était de quelqu'un dont les ancêtres fussent de la même région. Il nous fallait élaborer notre plan de campagne. Martin Richards, notre aîné, pensait prendre contact avec les sociétés locales d'histoire familiale. Je n'étais pas certain d'obtenir ainsi une ouverture assez large en un laps de temps relativement court. Nos crédits de recherche s'achevaient dans un an : d'ici là, il nous fallait constituer un dossier suffisamment convaincant pour obtenir leur reconduction. Pour ma part, j'étais partisan de faire le tour des marchés aux bestiaux pour y contacter les paysans, qui avaient toute chance d'être la population la plus sédentaire et la mieux enracinée. Mais c'est Kate Smalley, la troisième de l'équipe, qui trouva la solution.

Avant de se lancer dans la recherche, Kate avait été professeur. Elle se dit que si nous écrivions aux écoles qui enseignaient la biologie en classe de première, nous pourrions faire coup double : brosser un tableau de la génétique moderne et recueillir des échantillons. Les chances de réussite étaient bonnes. Kate était persuadée que nous ferions une bonne moisson en adressant cette suggestion aux écoles parce que la génétique occupait une place de plus en plus grande dans les programmes, mais aussi parce que cela ferait sauter deux heures de cours. Elle avait absolument raison. Tous nous firent une réponse favorable.

Toute la question était maintenant de savoir par où commencer. Il nous fallait trouver une région où nous serions sûrs de trouver une forte proportion de familles locales implantées de longue date. J'avais lu de vieux articles des années 50 sur les groupes sanguins au pays de Galles. Une anecdote, en particulier, avait retenu mon attention. Il y était question des formes de tête étranges que l'on trouvait au cœur de cette région. En ce temps-là, grâce à Dieu révolu, les mesures des crânes étaient une source d'informations respectée pour les spécialistes d'anthropologie physique qui cherchaient à classer toute l'humanité en types raciaux. À en croire l'auteur, certains habitants avaient une tête qui ressemblait beaucoup à celle de l'« Homme de l'âge de pierre » *(sic)*. Apparemment, un chapelier du bourg de Llandysul, non loin de Cardigan, devait régulièrement faire du « sur mesure » étant donné le nombre de clients auxquels les tailles standard n'allaient pas. Ce n'est pas le genre de détails qu'on doit prendre trop au sérieux, mais on ne doit pas non plus l'ignorer a priori. Après tout, ce sont les mesures de la boîte crânienne qui, au départ, attirèrent l'attention d'Arthur Mourant sur les Basques alors qu'il cherchait les descendants de la population « originelle » de l'Europe. À première vue, le pays de Galles semblait être un bon point de départ. Il suffit d'un mois à Kate pour organiser une semaine de tournée dans la principauté.

Au début du printemps 1992, nous nous partageâmes en deux voitures (Catherine Irven ayant délaissé un autre projet pour nous rejoindre une semaine) afin d'accomplir un mouvement de tenailles compliqué : chaque équipe suivrait une route différente, et nous nous retrouverions à mi-parcours pour faire le point. À l'époque, j'avais une Jaguar-Daimler Mk II vieille de trente ans, achetée l'année précédente en Nouvelle-Zélande dans un moment de totale folie. Elle avait une fâcheuse tendance à perdre de l'eau si bien que le liquide de refroidissement s'échappait et que la température du moteur montait en flèche : la voiture finissait alors par caler. En même temps que le matériel nécessaire pour les prélèvements sanguins, force m'était donc d'emporter une trousse complète d'outillage. Ce qui n'était pas plus mal. Au moment d'entrer dans l'école de Bala, au centre de la Galles du Nord, il y eut un grand bruit, et une infecte odeur d'essence brûlée se répandit dans la voiture. Je la garai au parking, d'un côté du terrain de jeu, et sous les yeux des enfants pressés aux fenêtres des salles de cours je regardai sous le capot pour voir ce qu'il en était. Il y avait de l'huile noire partout, et des nuages de fumée âcre et grise s'élevaient des tuyaux d'échappement. On aurait pu imaginer une arrivée plus discrète. Je ne pouvais régler le problème sans me couvrir de cambouis, ce qui n'est pas vraiment recommandé pour quelqu'un venu effectuer des prélèvements sanguins. Je refermai le capot et me dirigeai vers l'école.

Les problèmes ne devaient pas s'arrêter là. Nous avions prévenu les établissements scolaires que nous serions ravis qu'ils annoncent notre venue à la presse locale. Sur le coup, l'idée nous parut bonne. Jusqu'au jour où je me rendis à Ysgol-y-Gader, en Dolgellau, où dans le bureau de la principale, Catherine Jones, je retrouvai un journaliste du *Caernarvon and Denbigh Herald* :

— Vous êtes donc ici pour effectuer des tests sanguins sur les gosses ? demanda-t-il, engageant ainsi la conversation de manière assez anodine.

— Eh bien oui, répondis-je. Mais uniquement comme source d'ADN, de matériau génétique.

— Pourquoi être venu à Dolgellau ?

J'expliquai brièvement le cadre général de notre projet et ce que nous voulions faire. J'ajoutai que, du fait de la stabilité de la population au cours des derniers siècles, nous étions particulièrement intéressés par les régions du pays de Galles, comme Dolgellau, où l'on parlait encore la langue galloise. Il semblait incrédule.

— En fait, vous êtes ici à cause de la centrale électrique, n'est-ce pas ? demanda-t-il en me regardant droit dans les yeux. Vous voulez tester les enfants afin de dépister des mutations ?

J'étais stupéfait. Dolgellau se trouve à une vingtaine de kilomètres au sud de la centrale nucléaire de Trawsfynnyd. Quelques mois auparavant, la presse avait fait état de mutations découvertes chez des enfants habitant à proximité de l'usine de retraitement de Sellafield, en Cumbria, où travaillaient leurs pères. D'abord légèrement intéressée, la principale arbora une expression qui trahissait sa profonde méfiance. Son école et elle-même n'étaient-elles pas en train de se laisser manipuler par des agents clandestins de la puissante industrie nucléaire se faisant passer pour des universitaires prétextant quelque innocente étude des gènes de la population celte ?

— Bien sûr que non ! répondis-je en balbutiant avant de multiplier les démentis et les assurances. Je répétai mes explications sur le cadre scientifique de notre recherche, décrivis l'ADN mitochondrial, résumai notre travail sur les ossements anciens et, pour finir, donnai ce qui était à mon sens un certificat irréfutable de notre intégrité :

— De toute manière, repris-je avec assurance, je viens d'accomplir la même recherche dans le Pacifique Sud.

J'étais certain de mon effet. Du moins, je voulais le croire.

— Mais n'est-ce pas là-bas qu'ils testent les bombes atomiques ? répondit-il aussi sec.

Je réprimai un grognement, pris ma respiration, et me lançai dans une longue explication. Il me fallut encore vingt minutes d'efforts, mais je finis par les persuader l'un et l'autre de notre innocence. Nous pouvions y aller.

À la fin de mon intervention devant la classe de première, arriva le moment de demander des échantillons de sang. Je m'attendais alors à de nouvelles difficultés. Prélever de l'ADN sur des lycéens (ils devaient avoir plus de seize ans pour être libres de donner leur consentement) excluait d'en recueillir de grosses quantités : on se fixa donc sur une goutte de sang prise au bout du doigt. La chose étant un petit peu désagréable, nous craignions les refus. À seule fin de démontrer combien c'était indolore, je commençai par me piquer le doigt et laissai tomber la petite goutte sur une fiche absorbante particulière. Puis le professeur et les enfants firent de même, l'un après l'autre. C'est à peine désagréable mais cela demande un tout petit peu de courage pour des enfants qui ne l'ont encore jamais fait. La suite nous réservait une récompense inattendue. Du fait, précisément, qu'ils s'étaient montrés courageux, les enfants profitèrent de l'heure du déjeuner pour faire le tour de l'école et mettre leurs copains au défi d'en faire autant. Aussitôt on vit affluer les candidats. Tous juraient avoir plus de seize ans et demandaient à donner leur sang. Non que notre projet éveillât en eux un intérêt profond : ils voulaient se prouver qu'ils étaient aussi courageux que leurs camarades. La nouvelle se répandit dans la salle des professeurs et dans les cuisines, si bien qu'en début d'après-midi nous avions des échantillons de tous les enfants assez âgés pour donner du sang, mais aussi des professeurs, des gardiens et des femmes de service.

À la fin de la semaine, nous avions plus de six cents échantillons de sang séché sur des fiches, de tout le pays de Galles : une remarquable moisson, de beaucoup supérieure à nos espérances. Alors même que les sondages sont nécessairement limités et que notre test portait sur une infime proportion seulement d'une population totale de près de trois millions d'habitants, six cents séquences d'ADN mitochondrial étaient plus que suffisantes pour se faire une bonne idée de la structure génétique générale de la principauté. De retour au labo, nous détachâmes les cercles de sang séché des fiches afin d'extraire l'infime quantité d'ADN qu'ils contenaient. Bien que le sang compte quantité de cellules, la plupart ne nous étaient d'aucune utilité. Les hématies, ou globules rouges, qui portent l'oxygène et lui donnent sa couleur, sont tellement spécialisées qu'elles n'ont pas besoin d'un noyau ni de mitochondries ; ces composantes superflues sont chassées de bonne heure dans la vie des globules rouges, qui ne contiennent donc pas le moindre ADN. Seuls les globules blancs, dont la mission est de détecter les bactéries et les virus pour les détruire, conservent leur ADN nucléaire et mitochondrial. Les globules blancs ne représentent que 0,1 % des cellules du sang, si bien que pour une goutte de sang comptant cinquante millions de cellules, cinquante mille seulement contiennent de l'ADN. Ce qui reste amplement suffisant pour la technique extrêmement sensible d'amplification de l'ADN. En fait, notre méthode pour retirer l'ADN des taches de sang est celle qu'emploient les laboratoires médico-légaux sur les vêtements tachés de sang pour obtenir des empreintes génétiques. On fait bouillir les taches de sang dans de l'alcali dilué, ce qui ouvre les cellules et dissout l'ADN. Puis on ajoute alors une résine pour absorber le fer qui a été éliminé des globules rouges et qui, autrement, interférerait avec la réaction d'amplification de l'ADN.

En comparaison de la relative simplicité des séquences polynésiennes, les résultats gallois étaient extrêmement dispersés. Au pays de Galles, cependant, il n'y avait pas de ligne de partage bien tranchée comme en Polynésie, où les deux groupes séparés étaient clairement le résultat d'un mélange de peuples d'origines très différentes. On se serait cru en présence d'un nombre limité de petits groupes étroitement liés les uns aux autres plutôt que de deux groupes séparés par un grand nombre de mutations. Apparemment, on n'avait pas affaire au mélange de deux types d'ADN mitochondrial très différents auquel on se serait attendu si les habitants du pays de Galles avaient eu une double ascendance mélangée, à la fois Neandertal et Cro-Magnon. Si le pays de Galles devait représenter l'Europe dans son ensemble, nous avions affaire à une ascendance relativement partagée pour tous.

Sur le segment de cinq cents bases de la région de contrôle d'ADN mitochondrial, la distance moyenne entre deux volontaires du pays de Galles était de trois mutations. Si l'on se souvient que le rythme auquel bat l'horloge de l'ADN mitochondrial indique que deux individus séparés par une seule mutation ont eu une ancêtre maternelle commune il y a environ dix mille ans, le résultat du pays de Galles indiquait qu'il fallait remonter dans le passé de trente mille ans seulement pour rattacher deux habitants, quels qu'ils soient, du pays de Galles. La différence la plus extrême entre deux volontaires étant de huit mutations, cela signifiait qu'ils avaient eu une ancêtre commune il y a environ quatre-vingt mille ans. Bien que ce soit un laps de temps assez long, il est loin de l'être suffisamment pour que l'un d'eux descende d'un homme de Neandertal et l'autre d'un homme de Cro-Magnon. À moins que les paléontologues de l'école du remplacement ne fissent fausse route, les hommes de Neandertal et de Cro-Magnon ont eu un ancêtre commun il y a au moins 250 000 ans. Autrement dit, l'ADN mitochondrial de descendants d'un homme de Neandertal et d'un homme de Cro-Magnon différerait en moyenne d'au moins vingt-cinq mutations. Or la plus forte différence que nous ayons constatée au pays de Galles n'était que de huit. Il n'y avait donc pas de population mélangée d'humains anciens et modernes. Ou les Gallois étaient tous des hommes de Neandertal, ou ils étaient tous des hommes de Cro-Magnon. Mais comment trancher ?

Au vu des quelques séquences que nous possédions venant d'autres parties de l'Europe occidentale, il ne semblait pas que les Gallois fussent totalement différents des autres. L'alternative du 100 % Neandertal ou du 100 % Cro-Magnon paraissait s'appliquer à l'Europe entière. Le test décisif pour départager les deux ancêtres possibles était de comparer les séquences européennes avec les données disponibles sur d'autres parties du monde, dont celles de Polynésie. S'il y avait de grosses différences en termes de mutations, de l'ordre de vingt-cinq ou plus, entre les Européens et les Polynésiens, il faudrait conclure à une ancêtre néandertalienne pour tous les Européens modernes. Si les différences étaient beaucoup moins nombreuses, l'ancêtre commune serait sans conteste une Cro-Magnon, et l'école du remplacement triompherait aux dépens des multirégionalistes.

En examinant les données, le plus gros nombre de

mutations découvertes entre deux individus fut de quatorze : entre Teri Tupuaki, un pêcheur de Mangaia, dans les îles Cook, et Mrs Gwyneth Roberts, qui fait la cuisine pour la cantine scolaire de Bala, en Galles du Nord. Ces deux individus, que sépare la moitié du monde, ont résolu une énigme qui avait divisé les chercheurs pendant le plus clair du XXe siècle. Les Européens n'étaient pas si différents du reste du monde, et en tout cas rien ne permettait de croire que tous descendaient des hommes de Neandertal. Et puisque c'était la règle du tout ou rien, force était de conclure que les hommes de Neandertal avaient dû s'éteindre. Tous les Européens modernes doivent donc se trouver des ancêtres beaucoup plus récents : les hommes de Cro-Magnon, avec leur squelette plus léger, leur technologie du silex bien plus perfectionnée et leur art merveilleux. Bref, c'est toute une espèce humaine qui a été remplacée par une autre. La génétique seule ne saurait dire cependant si cela se fit par la violence, si nos ancêtres évincèrent ou même tuèrent les hommes de Neandertal, ou si c'est leur supériorité technique et mentale qui, peu à peu, les marginalisa.

D'après les fossiles, il ressort clairement que les hommes de Neandertal subsistèrent encore au moins quinze mille ans après que les premiers hommes de Cro-Magnon eurent atteint l'Europe occidentale voici quarante ou cinquante mille ans. Lorsque le dernier des hommes de Neandertal s'éteignit, probablement en Espagne méridionale où l'on a retrouvé les squelettes les plus récents, c'est tout un chapitre de l'occupation humaine de l'Europe qui s'est clos. Une phase de 250 000 ans. Et cette ère s'est achevée, définitivement et irréversiblement, dans une grotte du sud de l'Espagne il y a environ vingt-huit mille ans.

Je dois avouer ma surprise et ma déception que le remplacement ait été si complet. Alors même que nous avions séquencé l'ADN mitochondrial de plus de six mille Européens, nous n'en avions jamais trouvé un seul qui fût un survivant, même vaguement crédible, du Neandertal. Nous n'avons assurément pas séquencé tout le monde, pas plus que nous n'avons eu l'occasion de recevoir des échantillons de tous les coins du continent. Et je garde l'espoir d'en voir un jour surgir un cas de la machine à séquencer. Une séquence si différente des autres qu'elle serait un lointain écho d'une rencontre entre Neandertal et Cro-Magnon qui aurait abouti à la naissance d'un enfant. Si jamais nous en découvrions une, elle ne pourrait nous échapper. En 1997, fut séquencé l'ADN du tout premier squelette de Neandertal découvert dans la vallée du Neander. On a dénombré vingt-six différences par rapport à l'Européen moderne moyen, plus ou moins exactement ce qui avait été prédit pour une espèce dont le dernier ancêtre commun avec l'*Homo sapiens* vivait voici 250 000 ans. En l'an 2000, des revues scientifiques ont publié la séquence ADN d'un deuxième homme de Neandertal, du Caucase cette fois. Il n'était pas moins différent des humains modernes. Tout compte fait, les hommes de Neandertal n'ont jamais été nos ancêtres.

En 1998 a été découverte au Portugal une partie du squelette d'un enfant dont les traits anatomiques étaient à mi-chemin entre l'homme de Neandertal et l'homme de Cro-Magnon. Était-ce la preuve d'un croisement ? Peut-être. On n'a pas encore testé l'ADN de l'enfant. Mais si ce croisement a été fréquent, nous en retrouverions des traces dans le pool génétique mitochondrial des modernes, ce qui n'est pas le cas. Si l'interaction entre les hommes de Neandertal et de Cro-Magnon s'est faite suivant le modèle des rencontres historiques plus récentes entre nouveaux arrivants et habitants d'origine, on pourrait s'attendre à la formation de couples entre hommes de Cro-Magnon de sexe masculin et néandertaliens de sexe féminin. En ce cas, l'ADN mitochondrial serait un excellent témoignage de ces couples : leurs enfants auraient un mélange égal d'ADN nucléaire des deux parents, mais leur ADN mitochondrial, hérité de la mère, serait néandertalien à 100 %. En tant que généticien, j'ai le plus grand mal à imaginer que les tabous sociaux ou autres fussent si forts que cela ne s'est jamais produit, mais il nous faut sans cesse nous rendre à l'évidence, qui est celle de l'absence totale d'ADN mitochondrial néandertalien dans l'Europe moderne.

Peut-on imaginer qu'il y ait eu des accouplements, mais pas de progéniture viable et féconde ? Dans le monde animal, on a quantité d'exemples d'hybridation donnant des rejetons parfaitement sains mais stériles. L'exemple classique est celui du mulet, fruit d'accouplements accidentels ou intentionnels entre un âne et une jument. Les gènes doivent être mutuellement compatibles parce que les mulets ou les mules sont robustes, sains et fonctionnels, sauf quand on passe à la reproduction. La raison en est que les ânes et les chevaux n'ont pas le même nombre de chromosomes : les chevaux en ont 64, les ânes 62. Tous les mammifères, y compris les êtres humains, héritent de chacun de leurs parents une moitié de leurs chromosomes. Un mulet reçoit donc 32 chromosomes de la jument, et 31 de l'âne, et possède donc 63 chromosomes. Pour les cellules somatiques, cela ne pose aucun problème parce que les gènes de la jument et ceux de l'âne se lisent indépendamment du chromosome sur lequel ils se trouvent. C'est uniquement lorsque le mulet ou la mule veut fabriquer du sperme ou des ovules que la confusion survient. Pour commencer, comme il possède un nombre de chromosomes impair, il ne saurait y avoir partage égal. De plus, le brassage des chromosomes qui se produit à chaque génération se solde par des spermatozoïdes et des ovules comptant deux exemplaires de certains gènes, mais aucun de certains autres. Pour ces deux raisons, les mulets ne peuvent avoir de petits.

Se pourrait-il que les unions entre Neandertal et Cro-Magnon fussent également vouées à produire une seule génération d'hybrides inféconds parce qu'ils n'avaient pas le même nombre de chromosomes ? Nos plus proches parents parmi les primates, les grands singes (gorilles, chimpanzés et orangs-outans), ont un chromosome de plus que nous. Au cours des six millions d'années écoulées depuis que les humains et les grands singes se sont séparés de nos ancêtres communs, deux chromosomes qui demeurent séparés chez les grands singes ont fusionné dans la lignée humaine de manière à produire le chromosome n° 2. On ignore à quel point de notre lignée s'est produite cette fusion, mais si elle était survenue après la séparation des lignées qui ont donné l'homme de Cro-Magnon et l'homme de Neandertal, il y aurait un déséquilibre chromosomique : les hommes de Neandertal auraient quarante-huit chromosomes, les hommes de Cro-Magnon n'en auraient que quarante-six. Le rejeton d'un accouplement entre Cro-Magnon et Neandertal en aurait eu quarante-sept, et eût-il été parfaitement sain qu'il aurait eu la même difficulté que le mulet ou la mule à produire du sperme ou des ovules. Nul ne sait combien de chromosomes avaient les hommes de Neandertal, mais j'ai dans l'idée qu'on parviendra un jour à le découvrir. L'expérience, à mon avis, pourrait être réalisée. En attendant, il nous est impossible de savoir si l'absence totale d'ADN mitochondrial de Neandertal en Europe est le résultat d'une incompatibilité biologique ou sociale fondamentale entre nos ancêtres Cro-Magnon et l'autre espèce humaine avec laquelle ils partagèrent le continent.

En Grande-Bretagne, les tabloïds ont accueilli avec un mélange d'ironie et d'incrédulité la publication de nos conclusions génétiques sur l'extinction des hommes de Neandertal. Le *Daily Express* publia le dessin d'un homme de Neandertal à côté d'une photo de Liam Gallagher, le chanteur du groupe *Oasis*, avec l'air maussade qu'on lui connaît. Comment les généticiens pouvaient-ils prétendre que les hommes de Neandertal s'étaient éteints devant la preuve aussi irrésistible que l'espèce continuait de vivre en Grande-Bretagne à la fin du XXe siècle ? Naturellement, les journaux jouaient sur l'image du néandertalien brutal et demeuré, stéréotype dont nous n'avons pas la moindre preuve. C'est ce genre de préjugé qui me dissuada pourtant de donner suite aux nombreux appels et courriers de gens m'assurant que quelqu'un de leur connaissance — jamais eux-mêmes, bien entendu — était de toute évidence néandertalien. Je me souviens encore de la lettre d'un certain Larry Benson, de Santa Barbara en Californie, m'assurant que le caissier d'un supermarché du coin avait tous les traits d'un homme de Neandertal. Apparemment, c'était un brave type qui, m'assurait mon correspondant, était tout disposé à donner du sang pour un test ADN. Je ne répondis pas.

L'espèce des hommes de Neandertal s'est donc éteinte. Elle a été entièrement remplacée, dans l'Europe entière, par la nouvelle espèce d'*Homo sapiens* technologiquement et artistiquement supérieure que représentent les hommes de Cro-Magnon. Pour autant qu'on puisse le savoir à partir de la génétique, ce qui s'est produit en Europe s'est également répété dans le reste du monde : l'*Homo sapiens* est devenu l'espèce dominante, puis la seule après avoir complètement éliminé les formes antérieures. Les hommes de Neandertal, ou *Homo neandertalensis* ainsi que nous sommes en droit de les appeler maintenant que nous avons la certitude d'avoir affaire à une espèce séparée, ont disparu de l'Europe, de même que l'*Homo erectus* s'est évanoui du reste de l'Asie. Que l'*Homo sapiens* et l'*Homo erectus* se soient jamais côtoyés en Asie est incertain. En Chine, on n'a aucun fossile entre – 100 000 et – 40 000. Peut-être l'*Homo erectus* était-il déjà éteint avant l'arrivée de l'*Homo sapiens*. On n'a aucune preuve fossile que l'*Homo erectus* ait jamais atteint l'Australie ou les Amériques, ce qui ferait de l'*Homo sapiens* le premier être humain à avoir habité ces continents. En Afrique, où est apparue l'espèce *Homo sapiens*, le remplacement des autres humains a pu être pareillement soudain ou progressif. Quels qu'en aient été les mécanismes et les raisons, l'*Homo sapiens* a entièrement remplacé les autres espèces humaines à travers le monde. Quand le dernier des hommes de Neandertal s'est éteint, il y a 28 000 ans, il ne restait qu'une seule espèce d'hommes pour gouverner la planète. La nôtre.

Il n'existe aucun signe patent de croisement ni aucune trace convaincante de gènes antérieurs de ces espèces soumises. Mais, de même qu'en Europe, il reste bien des tests à effectuer. Qui sait ce que nous réserve le prochain échantillon ? Qui peut assurer que, dans les lointaines montagnes du Bhoutan, les déserts d'Arabie, les forêts d'Afrique centrale ou les rues surpeuplées de Tokyo, ne se trouve pas un seul individu dont les gènes témoignent d'une histoire différente ?

CHAPITRE 10

Chasseurs et agriculteurs

Si l'outillage de pierre de l'homme de Cro-Magnon marque un progrès sensible sur celui de l'homme de Neandertal, la vie au Paléolithique reposait encore sur la chasse. Les archéologues partagent l'âge de pierre en trois phases en fonction des styles d'outils utilisés. Cette classification est loin d'être irréprochable, et ses limites sont souvent floues, mais elle a fait ses preuves : c'est un moyen utile de résumer les traits dominants d'un site archéologique où les seuls éléments qui aient survécu sont les artefacts qu'on y a retrouvés. En l'absence d'ossements humains, un archéologue chevronné peut dire au premier coup d'œil, au vu des outils de pierre et d'autres artefacts, s'il est en présence d'un site paléolithique, mésolithique ou néolithique.

Le Paléolithique, ou Âge de la pierre ancienne, va de l'apparition des premiers outils de pierre, il y a deux millions d'années, jusqu'à la fin du dernier Âge glaciaire, il y a environ quinze mille ans. Les différences sont considérables entre les haches grossières du début de cette période et les outils de silex finement taillés de la fin. Afin de différencier les diverses phases de cette évolution, on distingue trois stades du Paléolithique — inférieur, moyen et supérieur. Le Paléolithique inférieur correspond grosso modo à l'époque de l'*Homo erectus* ; le Paléolithique moyen à celle des hommes de Neandertal ; et le Paléolithique supérieur, le plus récent, commence en Afrique il y a près de 100 000 ans, avec l'entrée en scène de l'*Homo sapiens*. En Europe, le Paléolithique supérieur ne commence qu'avec l'apparition de l'*Homo sapiens*, les hommes de Cro-Magnon, et de son outillage de pierre perfectionné il y a quarante ou cinquante mille ans.

Après la fin du dernier Âge glaciaire, le Mésolithique nous conduit jusqu'aux débuts de l'agriculture. La limite entre le Paléolithique supérieur et le Mésolithique est très vague. On observe un raffinement des outils de pierre taillée et des styles d'objets caractéristiques façonnés dans les os et les bois d'animaux. On trouve beaucoup plus de sites près des côtes. On ne voit cependant pas apparaître une toute nouvelle technologie de la pierre d'une ampleur comparable à celle qui marque le passage du Paléolithique moyen au Paléolithique supérieur. À l'autre extrémité du Mésolithique, cependant, la transition est spectaculaire. Le Néolithique, ou Âge de la Pierre nouvelle, est l'âge de l'agriculture et se caractérise par l'apparition de toute une nouvelle gamme d'outils : des faucilles pour couper le blé, des pierres pour broyer les grains, presque toujours accompagnées par les premières traces de poterie.

Les hommes de Cro-Magnon du Paléolithique supérieur européen vivaient en petites bandes de nomades qui suivaient les animaux qu'ils chassaient et changeaient de campement au gré des saisons. Même si quelques populations de plus en plus réduites mènent encore une vie de ce genre, celle-ci a changé du tout au tout pour la plupart d'entre nous, et certainement pour la plupart des lecteurs de ce livre. La raison en est une révolution technique qui éclipse tous les raffinements de forme par son importance dans la création du monde moderne : l'agriculture. En l'espace de dix mille ans seulement, la vie humaine a changé au point d'en être méconnaissable. Et tous ces changements sont imputables au fait que nous avons appris à contrôler la production alimentaire.

Il y a dix mille ans, nos ancêtres chasseurs-cueilleurs s'étaient répandus dans le monde entier, hormis les régions les plus inaccessibles. Par la Sibérie, ils étaient parvenus en Amérique du Nord et du Sud. L'Australie et la Nouvelle-Guinée avaient été colonisées après des traversées significatives de la mer ; de même, toutes les parties habitables d'Afrique continentale et d'Europe étaient occupées. Seuls étaient encore épargnés par la main de l'homme les îles polynésiennes, Madagascar, l'Islande et le Groenland. Les hommes se déplaçaient par bandes de dix à cinquante. Ils se nourrissaient des animaux qu'ils chassaient ou de la viande qu'ils récupéraient, récoltaient les fruits de saison, les fruits à écale et les tubercules. Puis, de manière indépendante et à neuf époques différentes dans au moins neuf parties du monde, commença pour de bon la domestication des plantes et des animaux sauvages. Elle débuta d'abord au Proche-Orient il y a environ dix mille ans ; en l'espace de quelques milliers d'années, de nouveaux centres agricoles firent leur apparition ici ou là en Inde, en Chine, en Afrique de l'Ouest et en Éthiopie, en Nouvelle-Guinée, en Amérique centrale et dans l'est des États-Unis. Ce ne fut pas un processus soudain mais, sitôt qu'il eut commencé, il eut une influence inexorable et irréversible sur la trajectoire de notre espèce.

On n'a jamais donné d'explication entièrement satisfaisante des raisons pour lesquelles l'agriculture a démarré à ce moment-là et de la manière dont elle a surgi dans différentes parties du monde à une époque où il n'y avait aucune possibilité réelle de contacts entre un groupe et un autre. Ce fut un temps d'amélioration du climat, quoique irrégulière, après les extrêmes du dernier Âge glaciaire. Le temps se fit plus chaud et plus humide. Le déplacement du gibier devint moins prévisible avec la formation d'un nouveau régime de précipitations. Malgré tout, aucun de ces éléments en soi ne saurait expliquer la rupture radicale entre la vie d'un chasseur et celle d'un fermier. Pourquoi cela ne s'était-il pas produit plus tôt ? Au cours de l'évolution humaine, il y a eu plusieurs interludes chauds où le climat eût été propice à une telle expérimentation. Devait manquer alors l'esprit expérimental.

Quelles que soient les raisons de l'invention de l'agriculture, l'effet est indubitable. En tout premier lieu, les effectifs commencèrent à croître. Très sommairement et avec d'amples variations suivant le terrain, un chasseur-cueilleur a besoin des ressources de dix kilomètres carrés de terre pour survivre. S'il se sert de cette surface pour faire pousser des cultures ou élever des animaux, il peut multiplier sa productivité par cinquante. Il n'est plus nécessaire de se déplacer d'une saison à l'autre pour suivre le gibier ou trouver de nouveaux aliments sauvages. Très progressivement, les campements devinrent définitifs, puis se transformèrent en villages et en villes. La production alimentaire devait bientôt libérer des bras pour d'autres activités : artisanat, art, mystique et autres spécialités. Pour autant, ce ne fut pas une évolution entièrement positive. La proximité des animaux domestiqués et de populations humaines denses au sein de villages et de villes se solda par l'apparition d'épidémies. La rougeole, la tuberculose et la variole franchirent la barrière des espèces, passant du bétail aux hommes ; la grippe, la coqueluche et la malaria se propagèrent aux hommes par les porcs, les canards et les poulets. Le même processus se poursuit de nos jours avec le sida et l'encéphalopathie spongiforme bovine (ESB). La résistance à ces maladies s'est lentement améliorée dans les populations exposées et les épidémies ont peu à peu perdu de leur gravité. En revanche, lorsque les agents pathogènes rencontraient une population qui n'avait encore jamais été exposée, ils retrouvaient leur férocité première. Ce processus devait se répéter tout au long de l'histoire des hommes. La colonisation européenne de l'Amérique du Nord après le voyage de Christophe Colomb en Amérique, en 1492, fut facilitée par la contamination accidentelle (voire, à l'occasion, délibérée) des indigènes par des maladies épidémiques comme la variole qui firent des millions de victimes.

Le premier noyau de domestication que nous connaissions apparut il y a environ onze mille ans au Proche-Orient, dans le Croissant fertile. Formée de diverses parties de la Syrie, de l'Irak, de la Turquie et de l'Iran actuels, la région est irriguée par les sources du Tigre et de l'Euphrate. Ici ou là, les chasseurs commencèrent à se rassembler et à manger les graines des herbes sauvages. S'ils restaient tributaires des troupeaux d'antilopes qui traversaient les herbages dans le cadre de migrations saisonnières, les graines étaient abondantes et faciles à récolter. Ce n'était pas encore de l'agriculture, mais simplement un aspect supplémentaire de la cueillette de plantes sauvages. Inévitablement, certaines graines tombées à terre germaient et poussaient l'année suivante. De l'observation accidentelle de cette reproduction à la plantation délibérée à proximité des camps, d'ores et déjà devenus plus ou moins permanents dans cette partie du monde du fait de l'abondance locale de vivres, il n'y avait qu'un pas. Au fil du temps, les plantes donnant les grains les plus gros furent délibérément sélectionnées, et les variantes génétiques les produisant virent leur part s'accroître dans le pool génétique. La véritable domestication avait alors commencé.

Le même processus se répéta par la suite dans d'autres parties du monde et avec d'autres cultures : le riz en Chine, la canne à sucre et le taro en Nouvelle-Guinée, le téosinte — l'ancêtre sauvage du maïs — en Amérique latine, la courge et le tournesol dans l'est des États-Unis, et le sorgho en Afrique du Nord. La domestication affecta non seulement les plantes mais aussi les animaux sauvages : les moutons et les chèvres au Proche-Orient, ainsi que le bétail, plus tard domestiqué séparément en Inde et en Afrique, les porcs en Chine, les chevaux et les yaks en Asie centrale, et les lamas dans les Andes. Alors même que la plupart des espèces résistèrent au processus — aujourd'hui encore, on n'a jamais véritablement domestiqué un cerf —, l'asservissement des plantes et des animaux sauvages pour les besoins de la production alimentaire fut le catalyseur qui permit à l'*Homo sapiens* d'envahir la terre et de la dominer.

Mais comment cela se fit-il ? Y eut-il un remplacement des chasseurs-cueilleurs par les agriculteurs, de même que les hommes de Cro-Magnon, avec leur technologie avancée, avaient écarté les hommes de Neandertal ? Ou est-ce l'*idée* d'agriculture, plutôt que les agriculteurs eux-mêmes, qui se propagea du Proche-Orient en Europe ? Une fois de plus, on était apparemment en présence de théories rivales que la génétique allait permettre de départager. C'est à cette tâche que nous devions nous atteler.

Lorsque arriva l'été 1994, j'avais obtenu la bourse de recherche de trois ans dont j'avais besoin pour continuer, et nous avions plus de huit cents séquences d'ADN de l'Europe entière. Pour la plupart, nous les avions recueillies nous-mêmes ou par l'intermédiaire d'amis, chaque fois que l'occasion s'en présentait.

L'un de mes amis était fiancé à une fille du Pays basque espagnol et surprit sa belle-famille en arrivant un jour muni d'une boîte de lancettes et en se mettant à piquer les doigts de toutes les personnes présentes. Un étudiant en médecine allemand qui passait l'été dans mon labo sur un autre projet s'en alla faire du parapente en Bavière et fourra le kit nécessaire dans son sac à dos. Je reçus d'autres échantillons de collègues allemands et danois qui m'envoyèrent des petits paquets contenant des cheveux collés avec du ruban adhésif. Les racines de cheveux sont une bonne source d'ADN, mais elles sont d'un maniement délicat, et beaucoup de gens, en particulier les blonds, ont des cheveux qui se cassent avant que la racine ne sorte. Et ça fait mal.

Au début de l'été 1995, des articles sur l'ADN mitochondrial commencèrent à paraître dans la presse scientifique en Espagne, en Suisse et en Arabie saoudite. Une condition préalable des publications scientifiques est toujours que l'on dépose les matières premières, en l'occurrence les séquences mitochondriales, dans une base de données librement accessible afin de pouvoir multiplier les exemples. Les articles eux-mêmes n'étaient guère encourageants. Du fait des programmes informatiques alors disponibles, le traitement statistique des données présentées dans ces revues se limitait à la comparaison de populations moyennes, ce qui permettait ensuite de tracer les malheureux arbres correspondants. Et les articles en question se terminaient inévitablement par des prévisions pessimistes sur l'intérêt de poursuivre un travail sur l'ADN mitochondrial dans toute l'Europe. Suivant cette approche, les populations semblaient très proches les unes des autres. En comparaison des drames génétiques révélés en Afrique, où l'on trouvait des différences beaucoup plus marquées entre les séquences d'ADN des différentes régions, l'Europe commençait à acquérir la réputation d'une région terne et sans intérêt. Je n'en croyais rien. Il y avait des masses de variations. Nous trouvions rarement deux séquences identiques. Qu'importait que l'Afrique fût « plus excitante » ? Nous voulions savoir ce qu'il en était en Europe, et j'étais sûr que nous le pouvions. Lorsque nous eûmes rassemblé toutes les données européennes, nous essayâmes d'ajuster les séquences dans un schéma qui montrerait comment elles s'agençaient dans l'évolution. Cela avait fort bien marché en Polynésie, où nous avions vu apparaître deux groupes très distincts avant d'en découvrir les origines géographiques. Très vite, on se rendit compte que les choses allaient être autrement plus difficiles en Europe. Lorsqu'on entra les données dans un programme informatique censé tracer les arbres de l'évolution à partir des séquences moléculaires, le résultat fut un véritable cauchemar. Après un très long délai de réflexion, l'ordinateur produisit des milliers de solutions en apparence tout aussi viables. Il était incapable de dire quel était le bon arbre. La situation paraissait désespérée. Ce fut un moment d'abattement. À moins d'un schéma rattachant les séquences européennes, nous allions être contraints de publier nos résultats — fruit de trois ans de travail et de beaucoup d'argent — en nous contentant de comparaisons ternes et, à mon sens, assez insignifiantes du style : les Hollandais sont génétiquement plus proches des Allemands que des Espagnols ! Super !

Avant de nous résigner à cette misère — et il nous fallait publier sans tarder pour espérer obtenir des crédits supplémentaires —, nous décidâmes de revenir aux données brutes. Au lieu de les entrer dans un ordinateur, on se mit à dessiner des diagrammes sur des bouts de papier. En vain. Impossible de dégager le sens de ces résultats. Par exemple, nous avions quatre séquences manifestement apparentées, mais nous ne pouvions les rattacher sous la forme d'un schéma évolutif sans ambiguïté. La figure 4 en donne un exemple.

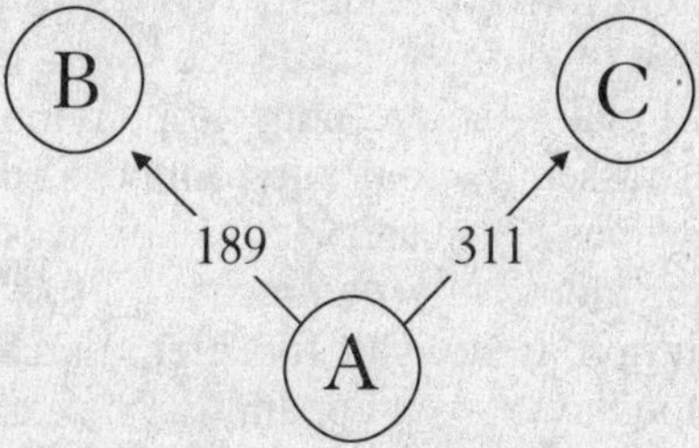

Figure 4a. Réseau A

La séquence A était notre séquence de référence, la séquence B avait une mutation à la position *189*, et la séquence C une mutation à la *311* (*fig. 4a*). Jusque-là, c'est assez facile. La séquence A arrive en premier, puis une mutation en *189* conduit à la séquence B. De même, une mutation en *311* transforme la séquence A en séquence C. Il n'y a pas vraiment de problème. Pas d'ambiguïté. Mais que faire d'une séquence D, avec des mutations aux positions *189* et *311* ?

D aurait pu venir de B avec une mutation en *311*, ou de C avec une mutation en *189* (voir *fig. 4b*, page suivante). Dans les deux cas, il était évident que les mutations dont tout dépendait survenaient plus d'une fois. Elles se renouvelaient à la même position. Pas étonnant que l'ordinateur ne puisse s'y retrouver. Faute de pouvoir dissiper l'ambiguïté, il traçait les *deux* arbres. Une autre ambiguïté ailleurs forcerait le programme à dessiner quatre arbres. Une autre encore, et il devrait en dessiner huit, et ainsi de suite. On voyait sans mal que nul n'était besoin de quantité de mutations récurrentes, dans un ensemble de données aussi important, pour produire des centaines, voire des mil-

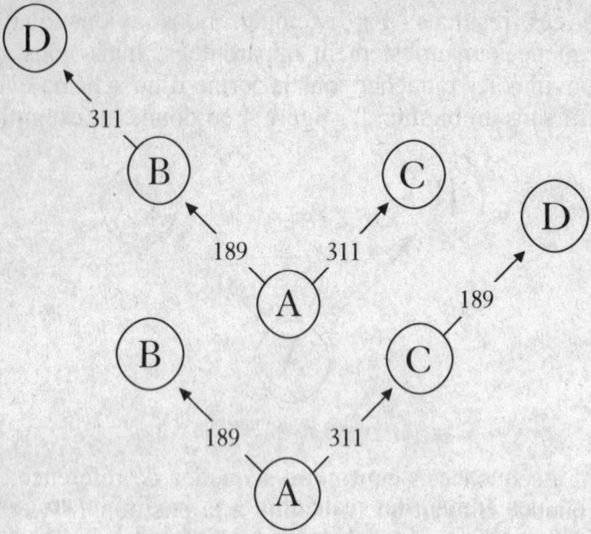

Figure 4b. Réseau B

liers d'arbres. Comment s'en sortir ? Apparemment, on était dans l'impasse. Une semaine plus tard, je crus avoir trouvé la solution. Je pris un bout de papier et commençai à dessiner, puis je me rendis compte que ça n'allait pas marcher. Or, un jour que je me trouvais dans la cafétéria et griffonnais sur les nappes, j'entrevis la solution. Il ne fallait pas essayer de tracer un arbre parfait, mais laisser les ambiguïtés à leur place. Au lieu d'essayer de trancher, se contenter de les dessiner sous la forme d'un carré (*fig. 4c*, ci-contre).

J'admettais volontiers ne pas savoir quelle route conduisait à D et laissais les choses en l'état. Dès l'instant où je renonçais à résoudre le dilemme, tout le reste était un jeu d'enfant. Je pouvais me détendre. Je ne recherchais plus l'arbre parfait parmi des milliers de solutions. Il n'y avait plus un seul diagramme ni un seul arbre, mais un réseau, qui recelait certainement

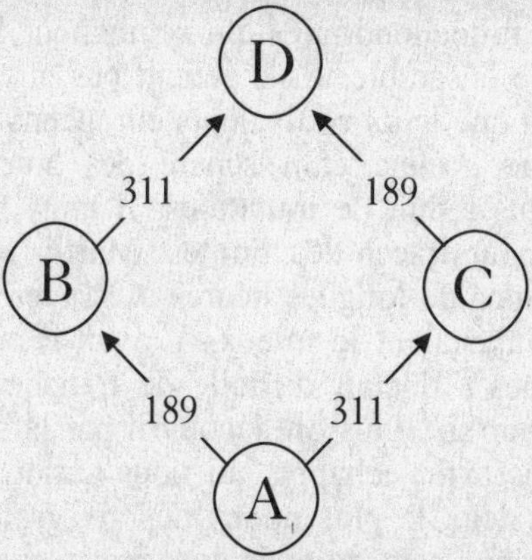

Figure 4c. Réseau C

quelques ambiguïtés mais dont la forme et la structure d'ensemble étaient riches en information.

À l'insu de notre équipe d'Oxford, Hans-Jürgen Bandelt, un mathématicien allemand, travaillait sur le traitement théorique d'un scénario de ce genre. Il recherchait la meilleure façon d'intégrer dans un schéma évolutif des séquences ADN présentant le genre de mutations parallèles que nous découvrions. Il prit contact avec nous parce qu'il avait besoin de données à analyser. Aussitôt, nous comprîmes que nous suivions la même voie, et que nous avions résolu le problème de la même façon en traçant des réseaux plutôt que des arbres. La grande différence était que Hans-Jürgen pouvait le faire avec toute la rigueur mathématique requise : avantage crucial pour démontrer que c'était une solution de rechange respectable.

Cet obstacle de taille étant surmonté, nous pouvions nous concentrer sur l'image qui se dégageait peu à peu des séquences européennes. Tandis qu'en Polynésie se dessinaient deux groupes clairement différenciés, en Europe les réseaux s'organisaient en groupes de séquences mitochondriales qui semblaient faire partie d'un même ensemble. Ils n'étaient pas aussi distincts ni éloignés que leurs équivalents européens en ce sens que chaque groupe était séparé des autres par un nombre plus réduit de mutations. Il nous fallait faire attention pour tracer des limites. Martin Richards et moi passâmes de longues heures à essayer de décider lesquels s'ajustaient le mieux. Y avait-il cinq, six ou sept groupes ? Il était difficile de trancher. On opta d'abord pour six. Puis on découvrit par la suite qu'un indice nous avait échappé qui nous aurait conduits à diviser en deux le plus nourri des six groupes. Ainsi arriva-t-on aux sept groupes dont nous savons aujourd'hui qu'ils forment la structure de l'Europe entière.

Ce qui nous importait à l'époque, ce n'était pas tant de savoir combien de groupes il y avait, mais le simple fait qu'il y en eût. C'en était fini du tableau homogène et amorphe qui se dégageait des publications scientifiques de l'été 1995 et qui avait conduit les auteurs à désespérer que l'ADN mitochondrial pût nous apprendre quoi que ce soit d'utile sur l'Europe. Peut-être les groupes étaient-ils difficiles, voire impossibles, à distinguer sans les éclaircissements venant du système des réseaux, mais leur présence ne faisait pas l'ombre d'un doute. Maintenant que nous avions sept groupes définis, nous savions à quoi nous avions affaire et pouvions commencer à rechercher où ils se trouvaient et à quand ils remontaient. Disposant d'un chiffre pour le rythme de mutation de la région de contrôle mitochondriale, nous pouvions l'associer au nombre de mutations constatées dans chacun des sept groupes. Cela nous donnerait une idée du temps qu'il avait fallu pour que les groupes atteignent leur stade de complexité actuel. Cela avait fait merveille en Polynésie, où les deux groupes découverts avaient accumulé relativement peu de mutations pour la simple raison que les hommes n'y vivaient que depuis trois mille ans au plus. Les dates génétiques des deux groupes polynésiens calculées à partir du rythme de mutation correspondaient très bien aux dates de peuplement dérivées de l'archéologie. Les toutes premières îles peuplées, Samoa et Tonga en Polynésie occidentale, avaient accumulé le plus de mutations : ainsi avait-on obtenu un âge génétique de trois mille ans très proche de l'âge archéologique. Plus à l'est, les îles Cook avaient accumulé moins de mutations, et avaient donc une population plus jeune. Aotearoa (Nouvelle-Zélande), la dernière île polynésienne à être peuplée, comptait très peu de mutations ; elle était aussi la plus jeune.

L'application de la même technique aux groupes européens nous réservait une surprise. Nous nous attendions à des dates relativement récentes, quoique pas autant qu'en Polynésie, en raison de l'influence prédominante des migrations agricoles du Proche-Orient au cours des dix mille ans passés dont on fait tant de cas dans les manuels. Or six des sept groupes avaient un âge génétique très supérieur à dix mille ans. D'après la version de l'histoire génétique de l'Europe que nous avions apprise, l'explosion démographique au Proche-Orient du fait de l'agriculture fut suivie d'une progression lente mais inexorable de ces populations qui finirent par submerger la population éparse des chasseurs-cueilleurs en Europe. Si cela était vrai, les dates génétiques des groupes mitochondriaux, ou tout au moins de la plupart d'entre eux, auraient dû être de dix mille ans ou moins. Or un seul des sept groupes cadrait avec cette description. Les six autres étaient beaucoup plus anciens. On réexamina nos séquences. Aurions-nous retenu trop de mutations ? Non. On vérifia nos calculs. Ils étaient exacts. C'était assurément une énigme, mais nous ne devions contester le dogme qu'au moment de nous pencher sur le cas des Basques.

Pour des raisons déjà évoquées, les Basques ont longtemps été considérés comme les derniers survivants des premiers chasseurs-cueilleurs d'Europe. Parlant une langue foncièrement différente et habitant une partie de l'Europe qui fut la dernière à embrasser l'agriculture, les Basques ont toutes les caractéristiques d'une population unique et sont fiers de leur singularité. Si le reste de l'Europe descendait des agriculteurs proche-orientaux, les Basques, derniers survivants de l'âge des chasseurs-cueilleurs, devaient avoir un spectre très différent de séquences mitochondriales. Nous pouvions nous attendre à trouver des groupes qu'on ne voyait nulle part ailleurs. Nous nous attendions à constater l'absence de groupes communs ailleurs. Or, en établissant les séquences de nos amis basques, il apparut qu'elles n'avaient rien de particulier. Elles étaient semblables à celles de tous les autres Européens, à une exception notable près. Alors qu'ils avaient des représentants des six groupes anciens, ils n'en avaient aucun du septième groupe, beaucoup plus jeune. On se procura des échantillons basques supplémentaires. Le résultat fut identique. Loin d'avoir des séquences très inhabituelles, les Basques étaient aussi européens que les autres Européens. Cela ne s'accordait pas avec le scénario de chasseurs marginalisés par l'afflux d'agriculteurs néolithiques. Si les Basques étaient les descendants des chasseurs-cueilleurs du Paléolithique, tel était aussi le cas de la plupart d'entre nous.

Mais qu'en était-il du groupe absent parmi les Basques ? De ce groupe qui se distinguait des autres par une date bien plus récente compatible avec le Néolithique ? En indiquant sur une carte d'Europe les endroits où on le trouvait, apparut un schéma remarquable. Les six groupes anciens étaient présents à travers l'ensemble du continent, même si quelques-uns étaient plus fréquents à certains endroits qu'à d'autres. En revanche, le groupe le plus jeune se distinguait par une distribution très singulière. Il se scindait en deux branches, possédant chacune une série de mutations légèrement différentes. Une branche s'étendait des Balkans, traversait la plaine de Hongrie, suivait les vallées fluviales d'Europe centrale pour finir du côté de la Baltique. L'autre était confinée à la côte méditerranéenne, jusqu'à l'Espagne : on en retrouvait des traces le long des côtes portugaises et sur les côtes de l'Atlantique jusqu'à l'ouest de la Grande-Bretagne. Ces deux routes génétiques étaient très exactement celles qu'avaient suivies les tout premiers paysans, selon l'archéologie. Les premiers sites agricoles d'Europe sont d'emblée reconnaissables au type de poterie qu'on y trouve, de même que la céramique Lapita identifie les premiers sites polynésiens du Pacifique. Commencée il y a environ sept mille cinq cents ans, la poussée à travers l'Europe centrale depuis les Balkans est attestée par la présence sur ces premiers sites d'un style particulier, la céramique linéaire, où les motifs géométriques abstraits sont incisés dans l'argile. Les sites de céramique linéaire dessinent une zone de l'Europe centrale où, aujourd'hui encore, se trouve concentrée une branche du groupe le plus jeune. En Méditerranée centrale et occidentale, les premiers sites agricoles se distinguent par un autre style de poterie, la céramique à impressions, parce que l'argile se caractérise par des objets imprimés, souvent des coquillages, pressés sur l'argile avant la cuisson. Une fois encore, la distribution des sites de céramique imprimée concorde avec celle de l'autre branche du groupe le plus jeune. Cela n'avait pas l'air d'une coïncidence. Les deux branches du groupe mitochondrial le plus jeune semblaient retracer le cheminement en Europe des tout premiers agriculteurs.

Restait une dernière preuve dont nous avions besoin pour avoir l'aplomb d'annoncer notre révision radicale de la préhistoire européenne. Si le groupe le plus jeune était réellement un lointain écho des premiers agriculteurs, il devait être beaucoup plus répandu au Proche-Orient qu'en Europe. Les seules séquences dont nous disposions à l'époque pour cette région étaient celles des Bédouins d'Arabie saoudite. Alors qu'entre 15 et 20 % seulement des Européens appartenaient au groupe le plus jeune, suivant la population étudiée, cette proportion passait à 50 % pour les Bédouins. Nous tenions notre preuve.

Nous avions la confirmation que, par-delà le Néolithique, la plupart des Européens modernes descendaient des chasseurs-cueilleurs du Paléolithique, y compris les hommes de Cro-Magnon qui avaient remplacé les hommes de Neandertal. Certes, le Néolithique avait vu l'arrivée de nouvelles populations du Moyen-Orient. La correspondance entre la distribution géographique du groupe le plus jeune et les routes suivies, d'après l'archéologie, par les premiers agriculteurs, en était une bonne preuve. Mais il ne s'agissait pas d'un remplacement massif. Le groupe le plus jeune ne représente au plus que 20 % des Européens modernes. Nous étions prêts à publier nos conclusions.

CHAPITRE 11

On ne s'amuse pas

Le professeur Luigi Luca Cavalli-Sforza est un homme dont la science n'a d'égale que l'élégance. Se tenant toujours droit, alors même qu'il approche des quatre-vingts ans, avec une chevelure argentée toujours irréprochable, il est aussi à l'aise dans les salles de conférence que dans les restaurants où se réunissent les hôtes de marque. On ne saurait trop insister sur l'importance de ses contributions et son influence dans ce domaine. Ceux qui ont étudié auprès de lui en Italie ou, plus tard, à la Stanford University, en Californie, se partagent de nombreuses chaires de génétique des populations humaines. C'est lui qui, le premier, a formulé la théorie qui devait dominer la préhistoire européenne pendant un quart de siècle. Suivant cette théorie, ou du moins la version à laquelle adhèrent les archéologues, les agriculteurs du Proche-Orient avaient submergé les descendants des hommes de Cro-Magnon, qui, eux-mêmes, avaient remplacé les hommes de Neandertal. Ce remplacement aurait été d'une telle ampleur que la plupart des Européens descendraient non pas de chasseurs-cueilleurs, mais d'agriculteurs.

En collationnant les résultats de milliers de tests génétiques sanguins et autres de toute l'Europe, Luca les avait amalgamés en gradients de fréquences génétiques résumant ce monceau de données. Les gradients en question étaient organisés en simples vecteurs, baptisés « composantes principales », projetés sur une carte sous la forme de lignes. Le plus frappant, la première composante principale, traversait l'Europe en diagonale, de l'Anatolie, en Turquie, jusqu'à la Grande-Bretagne et à la Scandinavie, dans le Nord-Ouest. Pour Luca et ses collègues, c'était le signe d'un afflux massif en Europe de populations du Proche-Orient. La correspondance entre l'axe Sud-Est/Nord-Ouest de cette pente génétique et les routes suivies par les premiers agriculteurs d'après les données archéologiques alors disponibles emportait la conviction. Les agriculteurs avaient submergé l'Europe.

L'influence de la conclusion de Cavalli-Sforza devait s'exercer bien au-delà des limites étroites de la génétique humaine, sur l'archéologie et les disciplines annexes. Bien qu'il y eût des archéologues pour récuser cette conclusion et persister à ne voir que les signes d'un mouvement de population minime, ils eurent bien du mal à se faire entendre. Comme toutes les disciplines, l'archéologie a ses modes. En Europe, la mode était de croire à une colonisation de grande ampleur des agriculteurs du Proche-Orient.

Tel n'était pas le cas dans les années 70 lorsque Cavalli-Sforza et son collègue, l'archéologue américain Albert Ammerman, avancèrent leurs idées. À cette date, c'est la théorie d'un développement entièrement indigène qui avait le vent en poupe. L'idée d'une adoption progressive des méthodes et des pratiques agricoles par les chasseurs-cueilleurs du Mésolithique européen, sans grand mouvement de population. Sous sa forme initiale, la thèse avancée par Ammerman et Cavalli-Sforza faisait au moins place à quelque mouvement, à une migration depuis le Proche-Orient. Lancée dans un climat intellectuel hostile, l'expression forgée pour désigner ce processus paraissait anodine : « diffusion démique ». Démique, qui veut dire « en rapport avec la population », et diffusion, mot discret, qui sous-entend une lente progression des agriculteurs depuis leur bastion du Proche-Orient. Toutefois, cette « diffusion démique » n'était pas simplement entendue comme une description : elle avait aussi de solides bases mathématiques, fondées sur un modèle élaboré par le mentor d'Arthur Mourant, R. A. Fisher, le grand spécialiste de génétique statistique qui avait construit des équations permettant de décrire la propagation de tout ce qu'on veut — animaux, hommes, gènes, idées — à partir d'un centre croissant. Et ce modèle mathématique reçut le nom éloquent de « Vague de progression ».

Au cours des vingt-cinq dernières années, cette appellation s'est progressivement substituée à celle de « diffusion démique » pour décrire l'essor de l'agriculture. J'en saisis mal les raisons. Peut-être le modèle s'était-il si largement imposé qu'il n'était plus nécessaire d'adopter l'attitude conciliante de rigueur à l'époque de son lancement, époque hostile à toute théorie suggérant d'amples mouvements de population. Il se peut aussi que les archéologues aient succombé au charme de cette expression, plus parlante. En tout état de cause, une version spectaculaire se substitua à une version prudente. Dans la psyché collective, l'idée d'influence progressive des agriculteurs migrants laissa place à l'image d'un raz de marée que rien ne pouvait arrêter : les nouveaux agriculteurs s'emparant de la terre et balayant tout sur leur passage. La théorie suivant laquelle les agriculteurs triomphèrent des habitants d'origine finit par devenir la tradition dominante chez les archéologues.

Non seulement cette lame de fond avait introduit l'agriculture en Europe, mais, si l'on en croit l'éminent archéologue de Cambridge Colin Renfrew, on lui devait aussi l'introduction et la dissémination de la famille linguistique à laquelle appartiennent la plupart des langues européennes. Même s'il faut être linguiste de métier pour s'en rendre compte, il n'est pas douteux que, à de rares exceptions près, les langues aujourd'hui parlées en Europe viennent toutes d'une racine commune et appartiennent à la famille des langues indo-européennes. La façon même de construire les phrases et de nombreux mots qu'elles partagent trahissent des liens qui échappent facilement au profane. Il faut être linguiste pour rattacher l'anglais et le portugais, le grec et le gaélique. Les exceptions sont l'euskara des Basques, le finnois, le lapon et le hongrois. Alors que l'euskara est un cas unique parmi les langues vivantes européennes et qu'on ne saurait le rattacher vraiment à aucune autre langue, même si certains linguistes voient un lien avec des langues du Caucase, les quatre autres appartiennent à la famille ouralienne qui trouve ses origines plus à l'est.

La partie « indo » de cette famille indo-européenne s'explique par l'existence d'un lien marqué, là encore visible des seuls linguistes, entre les langues européennes et le sanscrit. C'est William Jones qui, en 1786, découvrit ce lien alors qu'il était juge en Inde pour le Raj britannique. Cette stupéfiante découverte scientifique fit de cet amateur l'inventeur du concept de familles linguistiques qui, aujourd'hui encore, demeure caractéristique de la linguistique comparée. L'idée de base est que toutes les langues d'une même famille ont évolué à partir d'une racine commune, très certainement une langue aujourd'hui disparue. Ainsi se pose la question de savoir où était parlée cette langue indo-européenne originelle et, surtout, comment elle s'est propagée. Par déduction, Renfrew a conclu que cette langue était parlée en Anatolie, au centre de la Turquie, et s'était propagée en Europe avec les premiers agriculteurs. Le remplacement massif des chasseurs-cueilleurs par la « vague de progression » agricole était précisément ce qu'il fallait pour expliquer la diffusion de cette langue depuis l'Anatolie.

La génétique, l'archéologie et la linguistique formaient désormais une confédération puissante : toutes s'accordaient à dire que les chasseurs-cueilleurs du Mésolithique européen avaient été évincés par les agriculteurs du Néolithique. À l'époque où nous avons présenté nos résultats déroutants, l'idée reçue était donc que la plupart des Européens d'aujourd'hui descendaient non pas de la population qui avait enduré les rigueurs du dernier Âge glaciaire, mais des agriculteurs qui, il y a dix mille ans à peine, avaient marché avec leurs sacs de semences et quelques animaux. Or cela ne cadrait pas avec l'âge de nos groupes d'ADN. Nous étions convaincus, quant à nous, que l'ADN mitochondrial de la plupart des Européens témoignait d'un passé beaucoup plus lointain. Nous y voyions un écho génétique des chasseurs-cueilleurs. Loin d'être le vague chuchotement d'un peuple vaincu et évincé, il s'agissait d'une déclaration sonore et forte de nos ancêtres chasseurs-cueilleurs : « Nous sommes toujours là. »

Je décidai de présenter notre travail lors de la deuxième Conférence européenne sur l'histoire de la population, qui eut lieu à Barcelone en novembre 1995. Je savais que les principaux tenants de la « vague de progression » seraient présents : au moins mes propos ne passeraient-ils pas inaperçus. On m'accorda vingt minutes de parole dans une salle de conférence où se pressaient quatre cents congressistes. Je fus présenté par le président de séance, sir Walter Bodmer, membre de la Royal Society et de longue date proche de Cavalli-Sforza au point d'avoir signé avec lui deux manuels de génétique influents. Walter n'est pas vraiment réputé pour ses talents de conciliateur, mais son entrée en matière me parut particulièrement peu amène : « Le prochain intervenant est Bryan Sykes, qui parle des mitochondries. Je ne crois pas aux mitochondries. » Je commençai néanmoins à exposer la base de notre révision de la préhistoire européenne.

Walter et Luca étaient tous deux assis au premier rang, juste devant la tribune. Il est étonnant de voir tout ce que l'on peut remarquer quand on parle, même devant un auditoire aussi imposant. Alors que je passais d'un point à un autre, je voyais bien que Walter s'agitait. Il commença à grommeler puis se tourna vers Luca, d'abord d'une voix à peine audible puis de plus en plus forte : « Fadaises ! », « Sottises ! ». C'est du moins ce que je crus entendre. Il se mit à donner des signes d'impatience, se levant à moitié de son siège pour se rasseoir, tandis que je commentais une diapositive après l'autre. Au moment de conclure, je voyais presque la fumée sortir de ses oreilles.

À peine avais-je terminé de parler que Walter et Luca se levèrent pour me presser de questions. Je connaissais Walter de longue date et l'avais déjà vu maintes fois à l'œuvre. Je l'avais vu terrasser de jeunes chercheurs par ses questions agressives et j'étais bien décidé à ne pas me laisser faire. Avec lui, il n'y a qu'un remède efficace : répliquer. Je m'attendais à un feu d'artifice mais, alors que j'essuyais ce tir de barrage, je me mis à envisager tout cela comme une pièce de théâtre : un contre-interrogatoire devant la Haute Cour, un échange vif lors d'une séance de questions au gouvernement. Cela commençait à me plaire.

Au cours du débat, Walter protesta que Luca et lui n'avaient jamais dit que les agriculteurs avaient submergé l'Europe et remplacé les chasseurs-cueilleurs. À tout hasard, j'avais apporté un exemplaire de leur ouvrage, *Genetics, Evolution and Man.* Je l'ouvris à une page que j'avais marquée d'un sticker jaune et je lus : « Si la population de l'Europe se compose largement d'agriculteurs qui ont progressivement immigré depuis l'Est, les gènes des Proche-Orientaux d'origine se sont probablement dilués à mesure que les agriculteurs ont progressé vers l'Ouest. Cependant, la densité des chasseurs-cueilleurs était probablement faible et la dilution [des gènes du Proche-Orient] serait donc relativement modeste. » C'était écrit noir sur blanc, dans leur propre manuel. Même si l'expression n'était pas employée, il y était bien question d'un remplacement massif. Walter soupira une dernière fois et se rassit. Le président leva la séance. J'avais survécu à la première offensive, mais mon intervention avait déclenché un débat acharné qui ne devait trouver sa conclusion que cinq ans plus tard.

De nos jours, dans les sciences, les conférences internationales comme celle de Barcelone servent à annoncer des découvertes et à obtenir une première réaction. En revanche, le travail présenté n'a de véritable validité que le jour où il y a publication dans une revue scientifique. La publication implique un examen attentif des données, des méthodes et des conclusions par des spécialistes qui travaillent à titre gracieux et sont dans l'obligation de faire part de tout éventuel conflit d'intérêt. Même si l'on se doit de dire la vérité dans une conférence, c'est uniquement au cours de l'examen approfondi qui précède la publication que sont systématiquement vérifiés les postulats, les résultats et leurs interprétations. Au vu de la vive réaction qu'avait provoquée à Barcelone notre révision radicale de la préhistoire européenne, nous ne fûmes pas surpris, en soumettant notre manuscrit à l'*American Journal of Human Genetics*, la principale revue internationale en la matière, de voir les experts se montrer plus exigeants encore. Ils demandèrent que la méthode des réseaux évolutifs, que nous avions publiée en 1995 dans un article opaque qui faisait une large place aux mathématiques, fût de nouveau exposée dans un appendice. Ils réclamèrent d'autres tableaux de comparaisons de populations, à mon sens, surannées. Mais ils finirent par accepter de le publier : « Palaeolithic and Neolithic lineages in the European mitochondrial gene pool » (« Lignages paléolithiques et néolithiques dans le pool génétique mitochondrial de l'Europe ») parut dans le numéro de juillet 1996. Enfin imprimé ! Nos positions étaient claires. Nous attendions la réaction.

Pendant un temps, il ne se passa rien. Puis on sut par des amis que notre travail était discuté. Au mieux, on le jugeait sans intérêt ; au pire, complètement faux. Le plus surprenant, c'est que la campagne de rumeurs ne nous visait pas personnellement. La cible en était l'ADN mitochondrial lui-même qui s'était si bien illustré en résolvant l'énigme des Polynésiens. Soudain, on le décréta peu fiable, trop instable, comportant de trop nombreuses mutations parallèles dans la section que nous avions choisi d'utiliser. Nos estimations du rythme de mutation semblaient extravagantes. Autrement dit, les dates des groupes étaient bien plus récentes que nous ne le pensions et étaient donc parfaitement compatibles avec le modèle de la « vague de progression », c'est-à-dire d'un pool génétique essentiellement dérivé des populations agricoles. Enfin, on reprochait à l'ADN mitochondrial de n'être qu'un marqueur parmi d'autres, un simple témoin des événements sur lequel on ne pouvait fonder toute une lecture de la préhistoire.

Quand est publiée une étude controversée, il n'est pas rare que la revue scientifique dans laquelle elle est parue se fasse l'écho des critiques qui lui sont adressées sous la forme de « lettres au rédacteur en chef ». Les auteurs ont la possibilité d'y répondre et, s'ils le font, les deux lettres paraissent côte à côte dans la même livraison. Que Cavalli-Sforza eût rédigé une critique et qu'elle eût été acceptée par l'*American Journal of Human Genetics* ne fut donc pas une surprise. La rédaction nous adressa une copie de la lettre de Luca en nous invitant à y répondre.

La lettre en question était une critique cinglante des mitochondries en général et de notre interprétation des données de la séquence de la région de contrôle en particulier. Il s'y trouvait cependant une déclaration fort intéressante qui était ce que nous attendions. Alors que l'influence prédominante des paysans néolithiques sur la composition du pool génétique européen était le trait saillant du modèle de la « diffusion démique » ou de la « vague de progression » attaché au nom de Luca, leur contribution génétique globale n'avait jamais été chiffrée. Tandis que nous avions estimé que 20 % environ des Européens modernes se rattachaient par leur ADN mitochondrial à ces premiers agriculteurs, il n'y avait pas dans le travail de Luca de chiffre auquel comparer le nôtre. La plupart des gens en avaient déduit que les agriculteurs avaient submergé les chasseurs. C'est assurément l'interprétation qu'une génération d'archéologues avait donnée de son modèle, sans jamais quantifier l'ampleur de l'immigration. Probablement n'était-ce pas nécessaire. Le modèle s'était imposé. Tout le monde savait ce qu'il voulait dire, ou croyait le savoir. Or, pour la première fois, Luca chiffra la part des gènes européens modernes imputable aux agriculteurs du Proche-Orient. D'après sa lettre, elle était grosso modo égale à la proportion de la variation génétique contribuant à la première composante principale qui définissait l'évolution graduelle (le « cline ») des gènes à travers l'Europe, du sud-est au nord-ouest, soit 26 %. Aucune preuve mathématique n'étayait cette affirmation, mais nous n'allions pas nous en plaindre. Elle était assez proche de notre estimation de 20 % tirée de l'analyse de l'ADN mitochondrial pour que, apparemment, il n'y eût plus grand-chose à discuter.

Si cela avait tout l'air d'être un pas en avant important de la part de Luca, il nous fallait certainement répondre à sa lettre et à la critique de l'ADN mitochondrial qu'elle contenait. Il avait tout à fait raison d'être critique. Il est parfaitement raisonnable d'exiger une clarification totale de quiconque conteste un point de vue accepté de longue date. Des thèses aussi extraordinaires que les nôtres requièrent des preuves extraordinaires. Malgré tout, nous étions soumis à de fortes pressions. Nous n'étions que des petits nouveaux face à l'establishment. Pas une seconde, pourtant, je ne doutai que nous avions raison. Il n'y avait rien d'autre à faire qu'à répondre aux critiques, les unes après les autres.

Pour ce qui était de la première objection — que la section de l'ADN mitochondrial que nous avions retenue, la région de contrôle, était tellement grevée de mutations parallèles qu'elle n'était pas fiable le moins du monde —, nous étions convaincus de pouvoir la réfuter. Il est beaucoup d'autres changements de bases que l'on peut utiliser comme marqueurs moléculaires autour du cercle de l'ADN mitochondrial. Si nous tracions un nouvel arbre de l'évolution à partir de ces autres marqueurs, plutôt que sur la base des séquences de la région de contrôle, il pouvait se produire deux choses : ou les groupes correspondraient aux nôtres, ou ils les infirmeraient. Dans le premier cas, c'est que la région de contrôle devait être fiable. Dans le cas contraire, c'est qu'elle ne l'était pas et qu'il nous fallait donc laisser tomber.

Pour ce test, nous fîmes équipe avec Antonio Torroni, généticien italien de Rome qui avait passé de longues années à élaborer un système techniquc compliqué pour ces autres marqueurs. Il nous fournit des échantillons qu'il avait déjà testés afin que nous puissions séquencer la région de contrôle. Et nous lui envoyâmes à Rome nos échantillons déjà séquencés pour qu'il les mette à l'épreuve de son système. On n'aurait pu imaginer résultats plus encourageants. Entre les groupes identifiés par les marqueurs d'Antonio et les nôtres, la correspondance était presque parfaite. Il n'y avait qu'une ou deux incompatibilités mineures, vite résolues. Celles-ci mises à part, tout cadrait parfaitement, à tel point qu'on abandonna notre propre classification numérique des groupes pour adopter celle d'Antonio, fondée sur les lettres de l'alphabet. Nous tenions maintenant la preuve que, loin d'être un morceau d'ADN inconstant qui ne pouvait que nous induire en erreur, la région de contrôle était tout compte fait une compagne fidèle et fiable.

La critique visant le rythme de mutation était plus difficile à réfuter. Une chose était claire : si vraiment nous sous-estimions grossièrement ce rythme, nos dates étaient complètement fausses. Si, comme d'aucuns le suggéraient, il fallait multiplier notre chiffre par dix, l'âge des groupes quittait le Paléolithique pour entrer dans le Néolithique et nous pouvions dire adieu à notre théorie.

Il y a au fond deux manières d'estimer un rythme de mutation. Soit on essaie de le mesurer en procédant à des observations directes d'une génération à l'autre, soit on voit combien de mutations se sont accumulées dans deux groupes différents — tribus, populations ou espèces — séparés depuis une date connue. La toute première estimation du rythme de mutation, de la vitesse de l'horloge biologique, a été faite en repérant les différences entre les humains et leurs plus proches parents, les chimpanzés, puis en confrontant le résultat au temps qui les sépare de leur ancêtre commun, estimé entre quatre et six millions d'années. Bien entendu, on ignore à quel moment précis s'est produite cette séparation entre les ancêtres des humains et des chimpanzés, puisqu'on n'a pas de fossiles de ces derniers. L'autre voie suivie consistait à estimer les changements du rythme de mutation chez les indigènes d'Amérique qui sont arrivés les premiers sur le continent, il y a environ douze mille ans. Ce qui est frappant, c'est que les deux méthodes s'accordent sur un chiffre d'environ une mutation en vingt mille ans sur un même lignage maternel. Lorsqu'on recherche l'ancêtre commune de deux individus, comme je l'ai fait pour le tsar et moi, on a affaire à *deux* lignées. Et pour chacune, il y a une chance de mutation. Pour ce qui est de la région de contrôle, une seule mutation sépare ma séquence de celle du tsar, mais cette mutation a pu survenir à n'importe quel point des deux lignées maternelles procédant de notre ancêtre commune. À raison d'une mutation tous les vingt mille ans sur une lignée, la longueur combinée de ces deux lignées est alors de vingt mille ans. Le tsar et moi étant plus ou moins contemporains, la longueur de chaque lignée nous rattachant à notre ancêtre commune est donc ramenée à dix mille ans. Notre travail en Polynésie avait aussi fait apparaître une excellente concordance entre les dates génétiques et archéologiques du peuplement en employant ce rythme de mutation. S'il fallait corriger notre rythme d'un facteur dix en Europe, le rythme devait être faux partout ailleurs. Cela signifierait que les chimpanzés et les humains n'ont divergé qu'entre – 600 000 et – 400 000 ans, que l'Amérique n'a été peuplée qu'il y a mille deux cents ans seulement et la Polynésie depuis juste trois cents ans, c'est-à-dire après l'arrivée des Européens. C'était tellement extravagant que les rythmes que nous utilisions ne pouvaient être faux à ce point.

Mesurer directement les rythmes de mutation n'est pas une mince affaire. Cela revient à repérer un changement entre une mère et son enfant. Nous estimions qu'il nous faudrait tester mille couples parents/enfants pour repérer une seule mutation. Ce qui était hors de question. Par chance, le processus de mutation des mitochondries est progressif et, en fait, il n'est pas si difficile à observer par une autre voie. Les mutations surviennent dans les molécules d'ADN individuelles de mitochondries individuelles. Chez la plupart des gens, cependant, la séquence ADN des mitochondries de toutes les cellules somatiques est exactement la même. D'où un paradoxe. Si une nouvelle mutation ne peut intervenir que dans la molécule d'ADN de la mitochondrie d'une seule cellule, comment se transmet-elle à l'ensemble du corps ?

Pour se transmettre à la génération suivante, une mutation doit se produire dans une cellule germinale, c'est-à-dire dans l'une des cellules qui se divisent pour devenir des œufs. Des mutations surviennent aussi dans des cellules somatiques — de la peau, des os, du sang, etc. —, mais comme celles-ci ne se transmettent pas à la génération suivante, elles ne jouent aucun rôle dans le schéma de l'évolution. À chaque fois qu'une cellule germinale de la femme se divise, il semble qu'elle n'emporte avec elle que quelques mitochondries. Si la mitochondrie avec la nouvelle mutation de l'ADN est l'une des rares à se glisser par ce goulet d'étranglement, elle peut former une proportion bien plus grande de l'ADN mitochondrial des nouvelles cellules. Quand ces cellules se divisent, il y a une chance que la nouvelle mutation s'en trouve encore enrichie, et ainsi de suite. D'une génération à l'autre, il n'y a que vingt-quatre divisions dans la cellule germinale de la femme. Ce sont autant d'occasions d'enrichissement par une nouvelle mutation, mais c'est rarement suffisant pour qu'elle s'impose complètement en une seule génération. L'individu qui se forme à partir de l'œuf fécondé mêlera deux séquences mitochondriales : l'ancienne, qui est la même que celle de sa mère, et la nouvelle, qui est apparue comme une mutation nouvelle quelque part dans les cellules germinales de la mère.

Passant en revue les résultats de nos séquençages des dernières années en quête de signes de mitochondries mélangées au sein de la même personne, nous avons découvert qu'environ 1,5 % des gens seulement se distinguent par un mélange de deux ADN mitochondriaux différents. En suivant ces mélanges à travers les familles, nous avons ensuite découvert qu'il fallait en moyenne six générations pour qu'une mutation nouvelle s'impose complètement. Pour revenir au cas peu commun du tsar dont les cellules osseuses mêlaient deux mitochondries différentes, il semble qu'il ait été dans un état de transition : une nouvelle mutation s'efforçait de s'imposer, ce qu'elle finit par faire dans les cellules de ses parents modernes comme le comte Troubetskoï. D'après nos expérimentations, un tel processus n'avait rien d'inévitable : certaines mutations semblaient bien se comporter l'espace d'une ou deux générations avant de sombrer à nouveau dans l'obscurité et de disparaître. En observant directement l'apparition et la diffusion des nouvelles mutations, nous avons pu estimer séparément leur rythme indépendamment des complications liées à la date exacte d'événements passés tels que la séparation, dans l'évolution, des hommes et des chimpanzés. Bien qu'approximative, l'estimation indépendante cadrait avec le rythme de mutation que nous avions utilisé. Nous avions répondu à la deuxième critique. L'ADN mitochondrial avait tenu bon.

Les points qu'avait soulevés Luca dans sa lettre, et

auxquels nous avions répondu, étaient des questions sérieuses et légitimes face à une nouvelle technologie, d'autant qu'elle prétendait réviser la version de la préhistoire qui dominait la réflexion depuis si longtemps. Il fallait leur apporter une réponse. Ce qui fut fait. La suite menaçait de discréditer non seulement nos études en Europe, mais aussi toutes les recherches sur l'évolution humaine effectuées à partir de l'ADN mitochondrial. Il nous fallait faire un sort au spectre de la recombinaison.

Pour dire les choses simplement, ce qui rend les chromosomes du noyau cellulaire si difficiles d'emploi pour retracer les arbres évolutifs, c'est leur habitude de brouiller l'information à chaque génération. Jusqu'à la division finale des cellules germinales qui produit les gamètes (le sperme ou les ovules), les chromosomes mènent une vie séparée et n'ont pas grand-chose à faire les uns avec les autres. Lors de cette division finale, cependant, les chromosomes hérités de chacun des parents se glissent les uns à côté des autres, « comme des vers de terre qui s'accouplent », et se mettent à échanger des brins d'ADN. Après ces mamours, ils se séparent et se dirigent vers des gamètes différents. Désormais, cependant, ce ne sont plus les mêmes chromosomes. Ils ont subi ce qu'on appelle une *recombinaison*. La mosaïque de l'ADN. Telle est la raison génétique ultime du sexe qui, via une recombinaison, permet de créer de nouveaux arrangements génétiques meilleurs susceptibles de faire avancer l'évolution.

La recombinaison n'est pas sans avantages pour les hommes de science. Elle a beaucoup aidé à repérer les gènes de maladies héréditaires graves en les rattachant à des chromosomes spécifiques et a servi à démêler la séquence du génome humain. Mais pour ce qui est de suivre l'ADN à travers les générations, la recombinaison est une grande source de nuisance. L'une des caractéristiques de l'ADN mitochondrial, qui en a fait un instrument si utile pour sonder le passé humain le plus lointain, est précisément que cette recombinaison ne brouille pas l'information dont elles sont porteuses. Les seules différences entre ma séquence mitochondriale et celle de mes ancêtres maternelles directes sont les changements introduits au fil des millénaires par mutation. Avec une recombinaison, il faudrait envisager non plus une seule lignée d'ancêtres mitochondriales, mais plusieurs douzaines. Tout ce qu'on avait fondé sur la génétique mitochondriale serait remis en cause.

Les ondes de choc provoquées en mars 1999 par la publication dans une revue prestigieuse, *The Proceedings of the Royal Society*, de deux articles prétendant apporter les preuves d'une recombinaison mitochondriale n'avaient rien de surprenant. Dans leurs éditoriaux, les grandes revues de vulgarisation — *Science*, à Washington, et *Nature*, à Londres — s'empressèrent de révéler ce défi fondamental lancé à l'autorité de l'ADN mitochondrial. S'il y avait effectivement recombinaison, cela voulait dire que tout ce qui s'était publié depuis dix ans sur l'ADN mitochondrial dans l'évolution humaine était totalement remis en cause.

La publicité donnée à ces articles était due aux thèses avancées mais aussi à la notoriété de l'un des auteurs : John Maynard Smith, doyen incontesté des spécialistes britanniques de la biologie de l'évolution, auteur de manuels et d'autres ouvrages marquants, toujours actif malgré ses quatre-vingts ans passés. Le verdict d'un personnage aussi éminent, qui en apparence ne prêchait pas pour son saint, était une condamnation sans appel pour nous et tous ceux qui s'étaient lancés dans l'entreprise si la thèse d'une recombinaison était effectivement confirmée. Le raisonnement largement théorique de Maynard Smith revenait au fond à soutenir que la variation de l'ADN mitochondrial était beaucoup trop importante pour qu'elle soit le fait des seules mutations. Ce n'était pas tant une preuve de recombinaison que l'élimination d'autres mécanismes susceptibles de rendre compte de ce qu'il tenait pour un nombre de mutations supérieur à celui prévu. Son raisonnement faisait penser au conseil de Sherlock Holmes au Dr Watson dans *Le Signe des Quatre* : « Quand on a éliminé le possible, il ne reste que la vérité, si improbable soit-elle. » Mais la thèse de Maynard Smith était d'autant plus convaincante qu'il annonçait un autre article assurant apporter la preuve d'une recombinaison mitochondriale dans le cas de la minuscule et lointaine île de Nguna, dans le Pacifique. Le principal auteur (l'un des six) du second article n'était autre qu'Erika Hagelberg. Celle qui travaillait dans mon labo la première fois que nous avions récupéré l'ADN d'ossements humains à la fin des années 80. Depuis, elle s'était fait un nom dans le domaine des recherches sur l'ADN ancien et s'était illustrée dans certaines affaires médico-légales célèbres, notamment lorsque ses collègues et elle avaient récupéré de l'ADN sur les restes de Joseph Mengele, le sinistre médecin nazi qui avait réalisé d'abominables expériences sur les détenus du camp d'extermination d'Auschwitz. Ce faisant, elle avait acquis la réputation d'une chercheuse dynamique et entreprenante. Malgré des efforts épisodiques de part et d'autre pour panser la blessure qui s'était envenimée au cours des derniers jours difficiles qu'elle avait passés dans mon laboratoire, nos rapports étaient demeurés tendus. Cette tension devait donner une dimension supplémentaire au drame qui était sur le point de se dérouler.

Pour étayer la thèse d'une recombinaison, Erika invoquait le fait qu'une mutation mitochondriale particulière, à la 76e position de la région de contrôle, se retrouvait dans plusieurs groupes sur la petite île de Nguna. De même que l'article de Maynard Smith qui l'accompagnait, ce cas n'apportait pas la preuve directe d'une recombinaison mitochondriale. Cependant, les mutations à la 76ᵉ position étant extrêmement rares ailleurs dans le monde, le simple fait qu'on la trouvait fréquemment *et* dans des groupes différents sur la même île appelait une explication particulière. Cela signifiait soit que la mutation s'était produite spontanément à diverses reprises dans différents groupes, ce qui était fort peu probable, soit qu'une nouvelle mutation en *76* dans l'un des groupes s'était, d'une manière ou d'une autre, propagée aux autres. Et cela n'était possible que par une recombinaison.

Pour que se produise une recombinaison mitochondriale, il faut deux choses. Il faut d'abord que deux molécules circulaires d'ADN mitochondriales se frottent l'une à l'autre et échangent de l'ADN. Ce qui ne semblait pas trop improbable. Il y a environ huit molécules d'ADN dans chaque mitochondrie, et rien ne les empêche d'accéder l'une à l'autre. Il ne devrait donc pas leur être difficile d'échanger de l'ADN. L'autre condition était plus difficile à accepter : il fallait imaginer une situation où il y aurait deux génomes mitochondriaux très différents dans la même cellule. Si toutes les mitochondries de la même cellule avaient exactement la même séquence, elles pourraient échanger tout l'ADN qu'elles voudraient sans que cela fît la moindre différence. On ne remarquerait quelque chose que si deux mitochondries *différentes* échangeaient de l'ADN. L'observation concernant l'île de Nguna exigeait donc qu'il existât, ou qu'il eût existé, des individus se distinguant par un mélange de mitochondries. Une composante du mélange devrait être l'ADN d'un groupe — appelons-le A — avec une mutation à la position *76* de la région de contrôle. L'autre serait l'ADN mitochondrial d'un groupe entièrement différent, que nous pouvons appeler B, sans la mutation à la position *76*. Ces deux mitochondries échangeraient alors des segments d'ADN, en sorte qu'une section de A, dont la mutation à la position *76*, se retrouverait sur B.

Deux mitochondries de groupes complètement différents ne pouvaient se retrouver dans une même cellule que d'une seule façon. L'une devait venir de l'ovule, l'autre du spermatozoïde. Si cette thèse de la recombinaison se révélait fondée, ce serait un double coup mortel. Non seulement il serait impossible de retracer des lignages en raison du brouillage implicite dans la recombinaison, mais il s'ensuivrait que, tout compte fait, les mitochondries ne se transmettaient pas exclusivement par la mère. Elles pouvaient aussi bien venir du père. Il fallait faire quelque chose. J'organisai une réunion d'urgence.

Physicien de formation, Vincent Macaulay était un redoutable mathématicien qui avait rejoint notre équipe deux ans plus tôt. Il se chargea, pour sa part, de vérifier et de revérifier les données sur les séquences utilisées dans l'article de Maynard Smith. Chose incroyable, beaucoup étaient fausses. Soit elles avaient été mal recopiées dans les bases de données publiques, soit les séquences brutes elles-mêmes qui y avaient été déposées comportaient des erreurs (ce qui arrive assez souvent). L'effet cumulé de ces deux types d'erreurs laissait penser qu'il y avait davantage de mutations mitochondriales qu'en réalité. Ces erreurs corrigées et les calculs de Maynard Smith refaits en conséquence, la force de l'argument théorique plaidant pour la recombinaison s'en trouvait de toute évidence grandement diluée. Nous écrivîmes aussitôt à Maynard Smith, qui reconnut de bonne grâce son erreur.

Les raisons qu'invoquait Erika Hagelberg pour

conclure à une recombinaison étaient plus sérieuses. Alors même que manquait une véritable preuve de recombinaison, qui exigerait une redéfinition des segments échangés entre les deux mitochondries, la donnée mise en évidence restait difficile à expliquer par un autre mécanisme. À mon sens, elle ne pouvait être fausse que du fait d'une erreur systématique et massive dans le séquençage des échantillons de Nguna. La chose paraissait très peu probable. Erika était une chercheuse chevronnée qui connaissait le principe : à thèse extraordinaire, preuves extraordinaires. Elle n'avait pas manqué de se répéter et de vérifier ces séquences plusieurs fois avant d'avancer une thèse radicale dont elle avait dû mesurer les implications profondes.

Nguna est un îlot situé au sud-est d'Espiritu Santo, dans l'archipel de Vanuatu, auquel nous nous étions intéressés dans notre travail antérieur sur la Polynésie. Nous avions obtenu quelques échantillons et, en y regardant à nouveau, je m'aperçus que quatre venaient de Nguna même. Jusque-là, il n'avait jamais été question de mutations en deçà de la position *93*, parce que les systèmes utilisés à l'époque donnaient parfois des lectures peu fiables à ce niveau. Que nos archives ne fissent état d'aucune mutation à la position cruciale *76* n'avait donc rien d'étonnant. Nous avions cependant conservé les radios sur lesquelles la séquence apparaissait sous la forme d'une série de bandes. Par miracle, je réussis à mettre la main sur celle de Nguna, datée du 2 juin 1992. Sa qualité était parfaite. Je n'eus aucun mal à lire la séquence jusqu'à *76* et au-delà. Dans aucun des échantillons, il n'y avait le moindre signe de changement en *76*. Je me rendis aussitôt chez le collègue de l'Institut qui m'avait fourni les échantillons de sang et lui expliquai ce que j'avais découvert. Il avait d'autres échantillons de Nguna, que l'on testa en quête du changement à la position *76*. Il restait introuvable. Il semblait incroyable que nous ne pussions retrouver la mutation *76* dans nos vingt échantillons d'une île aussi minuscule quand Erika en affirmait la présence dans presque la moitié des siens.

L'affaire était assez grave pour que je prisse contact avec elle. Je lui adressai un e-mail à Dunedin, en Nouvelle-Zélande, où elle avait récemment rejoint un poste à l'université d'Otago. Compte tenu de nos relations tendues, je me montrai aussi diplomate que possible et m'en tins aux faits. Je lui expliquai que nous n'avions trouvé aucun signe de mutation cruciale à la position *76* dans les échantillons de ce même îlot. Voulait-elle bien m'indiquer la source des échantillons Nguna et m'en envoyer afin que je puisse reproduire ces résultats ? Elle répondit qu'elle était sûre de son fait, qu'elle vérifierait les résultats dès que possible, que certes une erreur de séquençage était toujours possible, mais que la masse même des données était faite pour la rassurer. Devant la gravité de la situation et l'impact que même un soupçon de recombinaison mitochondriale pouvait avoir sur la réputation de l'ensemble de ce domaine, je lui adressai une seconde demande d'échantillons d'ADN de Nguna. Ce n'est pas commun, mais ce n'est pas non plus du jamais-vu. Chaque fois que paraît un article scientifique, je l'ai dit, l'auteur s'engage implicitement, quand c'est possible, à rendre disponibles ses matériaux bruts pour vérification. Cette attitude est au fondement même du progrès scientifique. Sans vérification indépendante ou, tout au moins, sans la possibilité d'une vérification, les résultats scientifiques n'ont aucune validité. Le plus souvent, le test s'avère inutile parce que les conclusions sont rapidement dépassées par de nouveaux résultats. Mais, dans la situation présente, c'était tout un champ d'étude qui était menacé d'extinction. La vérité sur les échantillons de Nguna, quelle qu'elle fût, devait être établie. Et vite.

Je dois dire avec tristesse que mes demandes d'échantillons pour vérifier les séquences de Nguna restèrent sans réponse. À ma connaissance, aucun laboratoire n'avait essayé de contacter Erika pour reproduire ses résultats. Pendant ce temps, la réputation qu'avait l'ADN mitochondrial d'être un outil fiable pour étudier l'évolution s'effondrait à vue d'œil. Les étudiants en avaient entendu parler. En 1999, aux examens d'anthropologie biologique d'Oxford, le discrédit dans lequel étaient tombées les mitochondries transparaissait des réponses de nombreux étudiants. Lors d'une réunion du département de zoologie où les chercheurs étaient venus en nombre écouter un de leurs collègues présenter les nouveaux travaux de Maynard Smith, je me retrouvai dans la situation singulièrement inconfortable, au moment des questions qui suivirent l'exposé, de devoir défendre la réputation des mitochondries devant un auditoire d'éminents et influents spécialistes de biologie de l'évolution apparemment impatients d'en finir.

Désormais, j'en étais sûr. Les données d'Erika sur Nguna étaient fausses. Toutes ces considérations ne servaient cependant à rien, pas plus que de publier nos propres résultats sur cette même île. L'incertitude persisterait et l'on s'en tiendrait au premier article. S'il était faux, c'était à Erika elle-même de le corriger dans la presse scientifique. Entre-temps, j'avais aussi pris contact avec les coauteurs de l'article qui coopérèrent autant que possible : mais toujours aucun signe d'échantillon.

En septembre 1999, à Cambridge, se tint une conférence à laquelle Erika et moi devions participer. C'était une conférence sur l'Europe, et j'y présentai nos recherches sur le continent. En revanche, Erika avait été invitée à parler des îles du Pacifique et, nous l'imaginions tous, de la recombinaison mitochondriale. En général, les conférences scientifiques sont des occasions où l'on fait preuve de la plus grande courtoisie. Le président de séance fait une courte introduction, l'intervenant monte à la tribune et présente son exposé, habituellement accompagné de diapositives ou de rétroprojections. Le public applaudit, pose quelques questions, applaudit peut-être à nouveau, puis le président annonce l'orateur suivant.

Lorsque vint pour Erika le moment de parler, régnait dans la salle une excitation tangible. Comme à la veille d'une confrontation. Le silence était total, personne ne voulait perdre le moindre mot. Elle annonça aussitôt qu'elle n'allait pas parler de recombinaison. Un murmure parcourut la salle : le public avait l'air surpris. Pourquoi avoir accompli un demi-tour du monde et être venue à une réunion sur l'histoire génétique de l'Europe si ce n'était pas pour parler de recombinaison mitochondriale ? Alors qu'elle évoquait d'autres aspects de son travail dans le Pacifique, je savais qu'il me faudrait l'interroger sur ses recherches à Nguna au cours de la séance de questions, même si elle n'abordait pas le thème dans son intervention. C'était la seule manière d'élucider l'affaire. S'en tenait-elle encore à sa version ou non ? Erika ayant fini de parler, je levai la main. Le président m'invita à poser ma question. J'étais très nerveux. Je sentais mon cœur battre à grands coups. Mais l'enjeu était tel pour moi que je continuai, d'un ton aussi détaché que possible.

— Erika, commençai-je. Il n'en a pas été question spécifiquement dans votre intervention, mais vous savez l'intérêt considérable suscité par votre découverte d'exemples de recombinaison mitochondriale sur l'île de Nguna. Vous savez aussi que mon laboratoire n'a pas trouvé de preuves d'une telle recombinaison dans nos échantillons du même îlot. La presse scientifique a suggéré (sans que j'y sois pour rien) qu'il pouvait y avoir une erreur systématique dans les séquences d'ADN publiées. Que répondez-vous à cette suggestion ?

Elle répondit aussitôt qu'elle avait vérifié les séquences et qu'elle les confirmait. Je devais insister.

— En ce cas, Erika, pourquoi avoir rejeté mes demandes d'échantillons de l'ADN original afin de faire vérifier les séquences indépendamment ?

Un silence total régnait dans la salle.

— Je n'ai pas refusé, répondit-elle.

— Mais vous n'avez pas répondu à mes demandes, ce qui revient au même !

La confrontation tournait au pugilat. Erika m'accusa d'obéir à des mobiles non pas scientifiques, mais personnels. Par chance, sans me laisser le temps de répliquer, quelqu'un d'autre posa une question portant sur les données relatives à la recombinaison et obtint une réponse qui me parut aussi peu convaincante. Alors même que le doute avait germé dans l'esprit de nombreux auditeurs, elle s'en tenait à son article. Pas question de se rétracter. Pas encore.

Après la conférence, certains coauteurs de l'article pressèrent Erika de donner des éclaircissements. Elle finit par reconnaître que les séquences étaient bel et bien fausses et, en août 2000, près de dix-huit mois après le premier article, parut un correctif. Pour une raison inexpliquée, les séquences de la première partie de la région de contrôle avaient été déplacées de dix bases. Ce sont des choses qui arrivent quand la machine fait des siennes. La base que la machine avait indiquée comme une mutation à la position *76* était en fait la base normale à la position *86*. En définitive, il n'y avait pas la moindre mutation à la position *76*. Obtenir la vérité avait été une tâche épuisante, désagréable et navrante. Tout le monde fait des erreurs. Cependant, tarder à ce point à corriger une erreur sur une question aussi importante et avec de telles ramifications me paraît contraire à l'esprit même de la recherche scientifique. Mais le fait était là. Les mitochondries avaient survécu à l'épouvantail de la recombinaison.

CHAPITRE 12

L'Homme de Cheddar parle

Alors même que notre raisonnement scientifique paraissait tenir la route, je continuais de craindre que notre version de la préhistoire européenne souffrît d'une lacune qui aurait échappé même à nos détracteurs les plus persistants et les plus bruyants. Ils avaient fait du bon travail en nous obligeant à tester tous les aspects possibles et imaginables de notre principal outil : l'ADN mitochondrial lui-même. Nous avions vérifié et revérifié le rythme de mutation. Nous avions passé des semaines à examiner différentes versions de nos programmes de réseau évolutif ; toutes donnaient les mêmes résultats. Nous avions survécu à la tempête de la recombinaison. Nous restions persuadés que les grands chapitres de l'histoire génétique de l'Europe avaient été écrits au temps des chasseurs-cueilleurs, bien avant l'arrivée des agriculteurs. L'agriculture avait certes ajouté des paragraphes importants, mais elle n'avait pas définitivement effacé le texte d'origine. Nous étions convaincus que la plupart des Européens vivants remontaient, par leur ancêtre maternelle, aux chasseurs-cueilleurs qui vivaient avant l'aube du Néolithique et la venue de l'agriculture.

Alors même que nous étions sûrs de nos données et de la manière de les interpréter, elles n'en demeuraient pas moins des inférences sur des événements passés.

Des inférences qui reposaient sur d'énormes masses de données et de solides analyses statistiques, mais des inférences quand même. Je demeurai donc légèrement inquiet. Peut-être avions-nous commis une erreur sur les dates. Je ne le croyais pas, mais imaginez que nous nous soyons trompés d'un facteur deux. Imaginez que les événements datés de moins cinquante mille ans ne remontent en fait qu'à vingt-cinq mille ans. Pire encore, imaginez que les dates retenues pour les grands groupes mitochondriaux — autour de l'Âge glaciaire, entre vingt mille et quinze mille ans — aient été pareillement biaisées, et qu'il faille les ramener à moins de dix mille ans. Cela les rapprocherait dangereusement du Néolithique. Tout compte fait, peut-être avaient-ils fait partie de la vague d'agriculteurs du Proche-Orient.

Ce qu'il fallait, c'était tester directement l'ADN d'un fossile humain antérieur à l'arrivée de l'agriculture. Si seulement nous pouvions trouver de l'ADN qui entrât dans l'un de ces groupes cruciaux sur les restes d'un chasseur qui vivait plusieurs milliers d'années avant qu'on eût pensé à l'agriculture, nous serions tranquilles. Nous ne serions plus tenus de nous appuyer exclusivement sur des reconstructions à partir de séquences modernes. Nous aurions découvert ce qu'il en était vraiment de l'Europe paléolithique. Ces groupes mitochondriaux seraient arrivés en Europe des milliers d'années avant l'agriculture. Nos dates seraient confirmées. Inversement, si l'ADN d'un fossile très ancien différait de tout ce que nous trouvions aujourd'hui en Europe, nous serions mal assurés. Nous ne pourrions alors être certains que les ancêtres des grands groupes modernes étaient en Europe avant l'agriculture.

Les restes humains du Paléolithique supérieur sont rares et épars. Pour commencer, dix mille ans est un laps de temps très long et ce n'est que dans les meilleures circonstances que les os durent aussi longtemps.

Ce sont des spécimens jalousement gardés, et à juste titre. Il nous faudrait être exceptionnellement habiles pour convaincre un conservateur de nous laisser prélever un échantillon d'une telle rareté. À mon actif, j'étais connu pour avoir récupéré de l'ADN sur des ossements anciens. Avec mes collègues, j'avais été le premier à le faire sur les os découverts à Abingdon en 1989, même si, dans ce cas, le matériau ne remontait qu'à quelques centaines d'années. Quelques années plus tard, notre travail sur l'Homme des glaces avait reçu un large écho et avait été bien accueilli. Mais c'était un cas unique : un corps entièrement congelé. Et cinq mille ans, ce n'était pas suffisant pour remonter avant l'avènement de l'agriculture. Bien que l'ADN de l'Homme des glaces appartînt à l'un des groupes clés, il ne pouvait nous servir dans ce cas précis parce que celui-ci avait vécu deux mille ans après que l'agriculture eut atteint les Alpes. Nous recherchions des restes au moins deux fois plus vieux que l'Homme des glaces. Reste qu'il était jusque-là l'homme le plus ancien sur lequel on eût réussi à extraire de l'ADN. Le cas était exceptionnel. Rien ne nous certifiait qu'un squelette ordinaire, plutôt qu'un corps congelé, pût conserver son ADN cinq mille ans, a fortiori dix mille.

Alors même que l'ADN est de toute évidence une molécule bien plus coriace qu'on ne l'imaginait au temps où l'on craignait de le sortir du réfrigérateur de peur qu'il ne se décompose, il ne saurait survivre longtemps tout seul. Pour survivre des milliers d'années, il doit se trouver dans un squelette. Ce qui distingue les os et les dents de tous les autres tissus, c'est la présence d'hydroxyapatite, minéral dur à base de calcium. C'est lui qui protège les protéines et l'ADN et les empêche de se décomposer en barrant la route aux bactéries et aux champignons qui prospèrent sur les tissus tendres du reste du corps. Tant que le minéral est intact, subsiste une chance que l'ADN n'ait pas été avalé. Le calcium parti, l'ADN est exposé et ne tarde pas à disparaître. Le calcium est alcalin et survit beaucoup mieux dans un sol alcalin que partout ailleurs. Dans les sols neutres et, surtout, acides, l'ADN est beaucoup plus éphémère. Les corps spectaculaires découverts dans les tourbières d'Europe du Nord, où même les cheveux et la peau sont intacts, ont toujours un air aplati parce que l'acidité du sol a dissous le calcium des os. Il survit quantité de protéines, protégées de la décomposition par l'acide qui tue les bactéries et les champignons. Cependant, du fait de sa structure moléculaire, l'ADN a tôt fait d'être mis en lambeaux par l'acide, même dilué. Les corps des tourbières ne sont donc pas, hélas, une bonne source d'ADN ancien.

La chaleur est aussi néfaste. De bonne heure, on a pensé aux momies égyptiennes pour récupérer de l'ADN ancien. Et assurément on en a trouvé. Mais celui-ci venait du corps soigneusement embaumé des riches, protégé de la décomposition non seulement par les agents naturels employés pour l'embaumement, mais aussi par toute une série de sarcophages de bois et de pierre qui enfermaient le corps dans une tombe souterraine, à l'abri de la chaleur cuisante du soleil. Les moins riches devaient se contenter d'enterrements moins élaborés. Leurs tombes peu profondes, juste sous le sable, se comptent par milliers. Mais alors même que ces momies ne sont vieilles que de deux ou trois mille ans, elles sont presque entièrement dépourvues de protéines ou d'ADN. N'étant pas organique, le calcium n'est pas affecté par la chaleur. En revanche, les molécules organiques ont disparu de longue date, brisées et éliminées par la chaleur torride du désert.

Sachant qu'il fallait éviter les enterrements dans les pays chauds et les sols acides, notre attention se porta vers les grottes calcaires d'Europe du Nord. La température y reste fraîche et, surtout, demeure constante tout au long de l'année. L'alternance quotidienne de la chaleur et du froid dans le désert égyptien fait probablement plus de tort à l'ADN que la seule chaleur. Une température stable et basse était donc beaucoup plus prometteuse. Mais le calcaire se recommande surtout par la nature alcaline de l'environnement. Le minéral osseux et le calcaire sont chimiquement très proches. Tous deux contiennent du calcium. L'eau qui suinte à travers les grottes, formant des stalagmites et des stalactites, et recouvre les parois de travertin est riche en calcium dissous. Il y a du calcium partout. Un os abandonné dans une grotte calcaire ne perd pas son minéral. Et si le minéral reste, et pourvu qu'il ne fasse pas trop chaud, l'ADN subsistera également.

Les grottes des gorges du Cheddar sont les plus célèbres de Grande-Bretagne. Une petite route serpente jusqu'au sommet des Mendip Hills, à une trentaine de kilomètres à l'ouest de Bath. À première vue, cette vallée boisée ressemble à toutes les autres dans cette partie du monde. La route est bordée de frênes et d'aubépines. Au printemps, les bois sont pleins de fleurs blanches et s'en dégage une forte odeur d'ail sauvage. À mesure qu'on s'enfonce dans la vallée, les flancs deviennent de plus en plus hauts, les arbres disparaissent des pentes toujours plus escarpées, puis, à trois kilomètres du sommet, on aperçoit d'immenses parois de calcaire de quatre-vingt-dix mètres de haut. Hormis au fond de la gorge, aucun signe n'apparaît de la rivière qui l'a formée. Celle-ci a disparu de longue date sous terre, où elle a dissous les grottes et les cavernes qui, en s'effondrant, ont formé la gorge. Seules sont toujours là les grottes les plus récentes, qui n'ont pas été encore oblitérées par la force de l'eau et de la gravité. Dans la ville touristique de Cheddar, au pied de la gorge, tout un commerce s'est développé autour des grottes... et du fromage qui a fait la réputation de la ville. À gauche de la gorge, juste en face du *Cheddar Caves Fish and Chicken Bar*, se trouve la grotte la plus grande et la plus spectaculaire de toutes, la grotte de Gough, dont l'entrée est partiellement dissimulée par l'*Explorer's Cafe-Bar* et une boutique. Au musée, près de l'entrée des grottes, se trouve un moulage de son ancien habitant le plus célèbre, l'Homme de Cheddar. Exhumé en 1903, il a par la suite été daté au carbone d'il y a environ neuf mille ans, soit au moins trois mille ans avant que l'agriculture n'arrive en Grande-Bretagne. Le moulage est une copie du squelette original conservé au Natural History Museum de Londres, où il est sous la garde de Chris Stringer, chef du Groupe des Origines de l'homme. Je l'appelai pour prendre rendez-vous.

Je connaissais Chris de réputation et l'avais rencontré une fois, lors d'une conférence scientifique en Sardaigne. Quant au Natural History Museum, je le connaissais depuis mon enfance. Pour mon frère et moi, c'était toujours un régal d'y aller accompagné de notre mère pendant les vacances scolaires. Alors que je me dirigeais vers l'immense et imposante entrée romane de l'époque victorienne, j'étais tout excité à l'idée de revoir le musée, non plus en écolier mais en homme de science. Pour rejoindre le bureau de Chris Stringer, je dus passer devant le squelette d'un immense dinosaure, *Diplodocus*, qui trône dans la magnifique salle d'entrée. Puis je tournai à droite et m'engageai dans un large couloir dont les murs étaient couverts de squelettes d'ichtyosaures et d'autres reptiles marins encore pris dans l'argile bleue des falaises du Dorset où on les avait découverts. Quand je franchis la porte du département de Paléontologie, l'atmosphère et le décor changèrent : le spectaculaire laissait la place au professionnel. D'interminables rangées de tiroirs anonymes dissimulaient des trésors inestimables. Le bureau moderne de Chris Stringer donnait sur cette salle, qui témoignait dans un étrange silence des merveilles de la nature.

Devant une tasse de thé, il ne me fallut pas longtemps pour expliquer mes raisons de vouloir des échantillons d'hommes fossiles du Paléolithique. Il avait eu vent de la controverse provoquée par nos travaux sur la préhistoire européenne et il perçut tout de suite l'intérêt qu'il y avait à tester un squelette d'avant l'agriculture. Il voulut savoir quelles chances nous avions de récupérer de l'ADN s'il nous donnait l'autorisation de prélever un échantillon. Je ne pouvais lui apporter de réponse précise. L'Homme des glaces était, somme toute, si exceptionnel que je ne pouvais lui certifier que, puisque nous avions réussi avec lui, nous étions certains d'obtenir un bon résultat avec un os non congelé et deux fois plus ancien. À défaut d'une telle assurance, il hésitait à nous autoriser à effectuer un prélèvement sur quelque chose d'aussi précieux que l'Homme de Cheddar. Me souvenant que nous avions également réussi avec des os d'animaux du *Mary Rose*, je suggérai un moyen de sortir de cette impasse. S'il y avait des os d'animaux de la grotte de Gough datant à peu près de la même époque, nous pourrions essayer sur eux. Si cela marchait, nous aurions l'assurance que les conditions régnant dans la grotte étaient assez bonnes pour préserver l'ADN pendant dix mille ans. Par chance, il y avait pléthore de restes d'animaux, et je retournai à Oxford avec un petit bout d'os de cerf.

Moins d'un mois plus tard, je revins chez Chris avec de bonnes nouvelles. Il y avait quantité d'ADN dans l'os en question. Chris convint que c'était une preuve assez bonne pour me céder un échantillon de matériau humain. Sur la table de son bureau, il disposa soigneusement les restes de l'Homme de Cheddar, chaque os reposant sur de la laine de coton dans une boîte en carton. Le crâne était dans un écrin de bois fait sur mesure avec du caoutchouc mousse pour soutenir la délicate reconstruction d'une douzaine de fragments recollés. Je n'osai y toucher. Finalement, notre choix se porta sur l'astragale, l'os apparemment robuste de la cheville. Chris le rangea dans une petite boîte en carton, avec laquelle je regagnai mon laboratoire.

Le lendemain, je m'attaquai à l'os avec le plus grand soin. L'apparence de solidité était trompeuse. En un rien de temps, je perçai la fine coquille du cortex et pénétrai dans l'intérieur en forme de ruche. Des grains noirs s'accumulèrent en un petit tas de poudre brune. Ça ne ressemblait guère à de l'os. Plus probablement était-ce de la terre qui s'était insinuée par une fissure. Je les recueillis un par un avec une pince et les mis de côté. J'avais exactement 17,8 milligrammes d'os en poudre de l'Homme de Cheddar. Je ne voulais pas percer d'autre trou. J'avais de quoi faire. Le lendemain, je savais que ça n'allait pas marcher. Il n'y avait pas le moindre signe d'ADN. Les expériences de contrôle s'étaient parfaitement déroulées. Dans tous les contrôles positifs, apparaissaient des tâches fluorescentes orange vif, signe de la présence d'ADN amplifié. Des analyses à blanc, effectuées en même temps avec de l'eau et non des extraits d'os pour contrôler la contamination, il ne sortit rien. Ainsi en fut-il de l'extrait du pied de l'Homme de Cheddar. Amère déception !

Je retournai cependant à Londres pour en parler avec Chris. Nous savions, parce que l'opération avait réussi sur les os d'animaux, que l'environnement de la grotte était assez bon pour préserver l'ADN pendant au moins dix mille ans. Peut-être le problème venait-il de ce que les os avaient quitté la grotte depuis près d'un siècle. Peut-être la résine employée pour stabiliser les os avait-elle interféré avec l'extraction d'ADN. Ou peut-être, tout compte fait, n'y avait-il pas le moindre ADN. À seule fin de donner un support à nos cogitations, Chris sortit le crâne et le déposa de nouveau sur son bureau. Rattacher un crâne à un être vivant ne me paraît pas particulièrement facile mais, tandis que les morceaux se trouvaient sous mes yeux, je commençai à imaginer la chair et la peau autour du crâne reconstitué. Dit comme ça, cela peut paraître singulièrement macabre, mais ça ne l'était pas le moins du monde à cet instant-là. Dans mon imagination, ce n'étaient plus des fragments sans vie, mais une véritable personne. Je n'avais pas d'idée bien précise de ce à quoi il ressemblait. J'ignorais s'il avait les cheveux noirs ou blonds, des yeux marron ou bleus, mais j'avais le sentiment très net d'avoir affaire à un être humain. Étrange, lointain, d'une époque très reculée, mais un être humain tout de même. Que ne pourrait-il dire de sa vie, de sa famille ! Je ramassai la mâchoire inférieure et regardai sa denture, les dents avec lesquelles il cassait les noisettes et déchirait la chair des cerfs fraîchement capturés. L'émail en était usé, mais elles n'étaient pas pourries. Elles avaient l'air assez saines en comparaison des miennes, qui sont pleines de plombages. Comme j'en faisais distraitement la remarque à Chris, il se retourna et me dit : « Eh bien, si vous leur trouvez bonne mine, venez donc jeter un coup d'œil à ceci. » Quittant son bureau, il m'entraîna dans la grande salle de meubles à tiroir. Tout au fond de la pièce, Chris sortit une autre petite boîte en bois. Il l'ouvrit : à l'intérieur, sur un lit de caoutchouc mousse, reposait la mâchoire inférieure d'un homme plus jeune. Les dents étaient en parfait état. Blanches, régulières, sans le moindre signe de décomposition. De quoi faire de la réclame pour un dentifrice ! Elles devaient avoir tout au plus quelques centaines d'années, imaginai-je. Je me trompais. C'étaient les dents d'un jeune homme d'environ douze mille ans — trois mille ans de plus que l'Homme de Cheddar — que Chris avait lui-même exhumé de la grotte de Gough en 1986.

À la lumière de son bureau, les dents avaient encore meilleure apparence. Se pouvait-il que, à l'intérieur de la dent, la dentine et la cavité pulpaire fussent bien mieux protégées encore que l'os ? Les quelques molécules d'ADN dont nous avions besoin pour tester notre théorie pouvaient-elles se cacher à l'intérieur de la dent, enchâssées dans un bouclier d'émail intact ? Alors même que ça n'avait pas marché avec l'astragale de l'Homme de Cheddar, il valait la peine d'essayer. Mais personne n'avait encore jamais extrait d'ADN de dents, en particulier de dents encore prises dans la mâchoire, et il n'était pas question de les retirer pour faciliter la tâche. Je promis d'imaginer une façon de percer la dent sans marquer l'émail et sans les retirer de la mâchoire. Si je trouvais une solution, Chris m'autoriserait à prendre un échantillon du spécimen de la grotte de Gough.

Je revins le voir quinze jours plus tard après m'être exercé sur des dents que m'avait données mon dentiste M. Miller. J'avais mis au point une technique pour percer une molaire et en retirer la dentine sans détacher la dent de la mâchoire. J'apportai avec moi des échantillons de mon travail pour que Chris lui-même pût en juger. Après avoir essayé et rejeté une roulette de dentiste (l'air comprimé faisait voler la poudre tout autour), j'avais déniché, chez un brocanteur de Tottenham Court Road, à Londres, une petite fraise de modélisme que m'avait recommandée un collègue de travail. L'outil idéal pour percer mon petit trou juste sous l'émail. Une fois à l'intérieur de la dent, il ne restait plus qu'à utiliser une fraise plus longue pour réduire en poudre la dentine. Je bricolai ensuite un appareil de succion pour aspirer la poudre dans une petite éprouvette. Il suffisait alors de reboucher la dent avec un amalgame de même couleur : la dent avait l'air comme neuve. Et la dentine, tout au moins dans les dents que j'avais utilisées, était pleine d'ADN.

Pour éviter la possibilité toujours présente d'une contamination par de l'ADN moderne, je devais forer les dents des fossiles de Cheddar dans mon propre laboratoire, où nous venions d'installer une chambre blanche à air filtré comme celles qu'on utilise pour la production des puces de silicium. L'air qui entre est filtré et maintenu à une pression positive, empêchant que la moindre poussière ou particule de peau ne pénètre dans la pièce quand on franchit le sas à air. C'était une précaution qui revenait cher, mais elle en valait la peine. Cela supposait aussi que je rapporte la mâchoire à Oxford. Un cauchemar. J'étais venu à Londres en bus, et c'est en bus que je rentrai avec ce spécimen inestimable et irremplaçable enfermé dans sa boîte, posée sur le siège à côté de moi. Je ne cessai de me retourner pour m'assurer qu'elle était encore là, tâchant d'imaginer ce que je pourrais dire si je la perdais. Grâce à Dieu, il n'en fut rien. En fin d'après-midi, elle était en sécurité, enfermée à Oxford dans le meuble des spécimens.

Le lendemain, je commençai l'extraction. La fraise entra facilement dans la deuxième molaire, mais pas trop facilement, ce qui eût été le signe d'une mauvaise conservation. Et il s'en dégagea une légère odeur de brûlé. C'était le collagène vaporisé par la vitesse de la fraise, une odeur que j'avais appris à détester lors de mes visites chez le dentiste, mais que j'avais fini ensuite par aimer : c'était le signe qu'il restait des protéines en abondance dans le spécimen. Et quand il y a des protéines, il y a généralement de l'ADN. Quand je branchai la pompe à succion, la poudre couleur crème fut aspirée dans l'éprouvette. Il y en avait beaucoup : un peu moins de deux cents milligrammes. J'en prélevai cinquante, histoire de pouvoir renouveler l'opération, et commençai le processus d'extraction.

Le lendemain soir, je savais que j'avais de l'ADN mitochondrial. Au cours des deux semaines suivantes, je lus la séquence, la vérifiai et la confirmai par une deuxième extraction. J'avais sous les yeux la séquence ADN du fossile humain de loin le plus vieux sur lequel on ait jamais réussi une extraction. Mais ce n'était pas le plus important. Le plus décisif, c'étaient les détails de la séquence ADN elle-même. Était-ce la même séquence que celle d'un Européen moderne, ou l'obscure relique d'une espèce aujourd'hui éteinte ?

La réponse était claire comme de l'eau de roche. L'ADN de la grotte de Gough était parfaitement moderne. La séquence se retrouvait au centre du plus grand des sept groupes mitochondriaux. C'est de loin la séquence la plus courante dans l'Europe moderne, et voici que nous l'avions retrouvée dans la dent d'un jeune homme qui vivait sept mille ans avant l'introduction de l'agriculture en Grande-Bretagne. C'était la preuve que cette séquence, ce groupe, et, par extension, les autres groupes du même âge estimé étaient bel et bien présents en Europe avant les agriculteurs. Le pool génétique du Paléolithique supérieur n'avait pas été fatalement dilué par les agriculteurs du Proche-Orient. Il y avait plus de chasseur en nous qu'on ne l'avait cru.

Alors que je m'étais borné à faire un trou dans sa cheville, telle ne devait pas être ma dernière confrontation avec l'Homme de Cheddar. Nous nous retrouvâmes, pour ainsi dire, dans un documentaire pour la télévision. Philip Priestley, un producteur indépendant, préparait une série d'émissions archéologiques pour une télévision de West Country, et l'une d'elles était organisée autour des fouilles effectuées dans un palais saxon, à Cheddar. Nos travaux sur la continuité génétique entre le Paléolithique et l'époque actuelle étaient alors assez bien connus, et Philip se dit qu'il pouvait être intéressant, grâce à l'ADN, d'établir un lien de parenté entre l'Homme de Cheddar et certains habitants actuels de la ville. L'idée paraissait amusante et intéressante, mais je lui expliquai que nous avions déjà essayé vainement d'extraire de l'ADN des restes de l'Homme de Cheddar. S'il parvenait à obtenir la permission de Chris Stringer, je voulais bien essayer de nouveau, cette fois avec les dents, plutôt que l'astragale, mais j'y mis une condition : s'il n'en sortait rien, il n'y aurait pas de film. C'est une règle à laquelle je me suis toujours tenu. J'ai trop vu d'émissions qui laissent croire à une grande découverte scientifique et, au bout du compte, on apprend que ça n'a pas marché. L'affaire se fit, et après un nouveau trajet éprouvant en bus, cette fois avec un fossile encore plus célèbre enfermé dans une boîte à côté de moi, je perçai la première molaire de l'Homme de Cheddar.

Il en sortit de la poudre, pas tout à fait aussi pure que la première fois, mais en quantité suffisante pour une extraction. Nous trouvâmes assez d'ADN pour une séquence raisonnable. Et quelle ne fut pas notre surprise de voir qu'elle trouvait place tout naturellement dans l'un des sept groupes. Philip, dont la nervosité était parfaitement compréhensible alors qu'on approchait de la date butoir du tournage, en fut ravi. Aussitôt, il organisa la seconde partie de l'expérience : l'échantillonnage des habitants de Cheddar. Le palais saxon dont il était question dans une autre émission se trouvant dans l'enceinte d'un collège, il semblait légitime de sonder le principal pour voir s'il accepterait que les élèves fussent associés à l'émission. Nous avions alors perfectionné notre procédure d'échantillonnage de l'ADN. Nous ne prélevions plus d'échantillons de sang. Nous avions découvert qu'une petite brosse frottée délicatement à l'intérieur de la joue recueille suffisamment de cellules pour nous donner quantité d'ADN. Une brève visite à l'école nous permit d'obtenir vingt échantillons d'élèves de première et de quelques enseignants. Connaissant la séquence de l'Homme de Cheddar et sachant combien de fois on l'avait retrouvée dans la Grande-Bretagne contemporaine, je calculai que nous avions une chance sur deux de trouver une correspondance étroite avec les vingt échantillons. Quatre jours plus tard, nous avions les résultats. Nous savions le nom et, ce détail se révéla décisif, l'âge des volontaires.

Philip était au bout du fil :

— Nous avons une correspondance, annonçai-je.

— Qui c'est ?

Telle fut sa première question. Cela ne faisait pas partie de notre contrat. Nous avions consenti à voir s'il y avait une concordance parmi les vingt habitants, mais je n'étais pas d'accord pour révéler leur identité. J'avais de bonnes raisons pour cela. Certes, les enfants, et leurs parents, avaient signé une lettre-accord pour que l'on teste leur ADN en vue de cette émission, mais il me semblait qu'il y avait un risque. Peut-être n'avaient-ils pas bien mesuré ce qui les attendait si l'affaire faisait du bruit. Alors qu'il n'y avait pas moyen de savoir à l'avance l'écho qu'aurait cette émission, l'expérience de Marie Moseley et de l'Homme des glaces donnait une idée de ce qui pouvait arriver.

Philip commença à s'énerver. De son point de vue, l'émission serait sans valeur si l'on ne dévoilait pas l'identité des individus. Il faxa aussitôt un exemplaire de lettre-accord : pour autant que j'en pus juger, ce n'était qu'une décharge classique. À mon sens, ce n'était pas suffisant pour prendre le risque de l'intrusion de tous les médias du monde dans la vie d'un adolescent. Je comparai la liste des séquences à celle des noms et des âges. Les séquences étaient assorties non pas dans un cas, mais dans trois. Dans deux cas, la correspondance était parfaite avec l'Homme de Cheddar ; dans l'autre, n'apparaissait qu'une mutation. Les deux premiers cas concernaient des enfants, le troisième un enseignant : le professeur d'histoire qui organisait le tournage au collège, Adrian Targett. Je décidai que je pouvais donner son nom, mais pas celui des deux enfants. De fait, ce fut l'une de mes décisions les mieux inspirées. À mon insu, Philip et son équipe de publicité avaient organisé une « révélation » publique : devant les caméras et une équipe du journal télévisé, Adrian Targett serait présenté comme un parent de l'Homme de Cheddar. Eux aussi commençaient à deviner les proportions que pouvait prendre cette histoire. Le lendemain, quand j'allai chercher le journal à la maison de la presse, je n'en crus pas mes yeux. L'histoire d'Adrian Targett et de l'Homme de Cheddar était dans toute la presse. Du *Times* de Londres au *Daily Star*, la photo d'Adrian posant à côté de son célèbre parent fossile s'étalait à la une. Je fis une razzia.

Au cours des jours et des semaines qui suivirent, l'histoire de l'Homme de Cheddar fit le tour du monde. Je retrouvai Adrian Targett au cours d'un débat télévisé. Il me confia qu'un tabloïd, connu pour ses photos de femmes aux seins nus, lui avait offert une somme d'argent à cinq chiffres (donc au moins dix mille livres) pour poser dans un pagne de fourrure à côté de son vénérable ancêtre. Homme de scrupule, conscient des responsabilités de son métier d'enseignant, il déclina l'offre. Je me demandai ce que le journal aurait offert à une adolescente pour porter le même accoutrement, ou moins encore. Des années ont passé, mais les gens se souviennent toujours, plus ou moins exactement, de l'histoire de l'Homme de Cheddar. Au début de l'an 2000, je parlais de tout autre chose devant un public américain quand une dame me posa la question :

— C'est vous qui avez fait l'ADN de l'Homme de Cheddar ?

Comme il était à prévoir, je reçus une avalanche de courrier au cours des semaines qui suivirent l'émission. Il y eut quantité de lettres de félicitations, dont une, fort bien informée, des détenus de la prison de San Quentin, en Californie, qui avaient hâte de débattre de nos découvertes lors de la prochaine réunion de leur groupe d'études anthropologiques. Mais la lettre la plus marquante fut celle du secrétaire de lord Bath. En fait, les grottes de Cheddar font partie de son domaine. Naturellement, il avait lu l'histoire — dans le *Times* ou le *Daily Star*, je ne l'ai jamais su —, et il voulait savoir s'il était lui aussi apparenté à l'Homme de Cheddar.

Alexander Thynn, lord Bath, est le propriétaire de Longleat, l'une des plus belles maisons d'Angleterre. Son domaine est réputé pour son parc, où les visiteurs peuvent voir depuis leur voiture les fameux lions de Longleat et d'autres animaux dangereux. Affectueusement surnommé les « Reins de Longleat » *(Loins of Longleat)*, lord Bath lui-même est bien connu pour ses excentricités. Outre sa femme et ses enfants légitimes, il a toute une écurie de *wifelets*, de « femmelettes », comme il dit, dont beaucoup vivent sur ses terres. Comment n'aurais-je pas donné suite à ce courrier ? Le week-end suivant, je pris la route du Wiltshire. Je gravis les escaliers, me dirigeant vers son appartement en terrasse au dernier étage de sa magnifique demeure élisabéthaine. Lord Bath en personne, qui avait maintenant passé les soixante ans mais dont les yeux pétillaient de jeunesse, avait revêtu l'un de ses caftans de couleur vive, choisi dans sa collection serrée dans une penderie placée à côté de son immense bureau de bois.

De toute évidence, l'homme était un bon vivant. Pendant que je parlais génétique avec lui, il nous servit deux grands verres de rosé d'un robinet fixé au mur. Quelques verres plus tard, on en arriva au test proprement dit et il se brossa l'intérieur de la joue. Au cours de la matinée, plusieurs autres personnes se succédèrent dans le penthouse, et toutes se virent encouragées à donner un échantillon, ce qu'elles firent de bonne grâce. Manifestement, son personnel l'aimait beaucoup. À l'heure du déjeuner, nous avions une demi-douzaine d'échantillons d'ADN. Il était temps pour moi de me retirer.

Les résultats firent apparaître, ce qui n'était pas pour surprendre, que lord Bath n'était pas un proche parent de l'Homme de Cheddar. Au demeurant, il n'y avait aucune raison qu'il le fût. En revanche, la concordance était parfaite avec Cuthbert, son majordome, l'un de ceux qui m'avaient donné un échantillon au cours de ma visite à Longleat. Il était en droit de revendiquer une ascendance qui remontait à neuf mille ans. En comparaison, le pedigree des Thynn paraissait singulièrement jeune. Je demandai à lord Bath comment Cuthbert avait accueilli la nouvelle. Cela l'avait-il conduit à réévaluer son attitude envers l'aristocratie ?

— Eh bien, répondit-il dans un sourire, il a fait montre de beaucoup d'assurance, ces derniers temps.

Nous avions fait tout ce qu'il était possible de faire pour étayer notre thèse, à savoir que les ancêtres maternelles de la majorité des Européens modernes vivaient déjà en Europe bien avant l'introduction de l'agriculture. Notre seule base était l'ADN mitochondrial. Nous ne pouvions rien dire des autres gènes. Mais, à partir de l'ADN fossile et moderne, nous pouvions nous faire une idée claire de la préhistoire européenne : il fallait abandonner l'idée d'un remplacement massif des chasseurs-cueilleurs par les agriculteurs, pour conclure à une forte continuité depuis le Paléolithique. Parmi toutes les critiques de Cavalli-Sforza, une seule demeurait sans réponse. Quoi qu'on y trouve, l'ADN mitochondrial n'est jamais qu'un gène et, en tant que tel, il est sujet à des fluctuations statistiques qui pourraient le rendre peu représentatif du patrimoine génétique humain dans son ensemble. Cela me paraissait peu probable mais, pour étayer notre version de la préhistoire européenne, nous avions besoin de la confirmation d'un autre gène.

CHAPITRE 13

Adam se met de la partie

L'histoire que j'ai racontée dans ce livre est une histoire du monde enregistrée dans le gène qui est le plus facile à lire : l'ADN mitochondrial. C'est l'Évangile selon Ève. La beauté et la simplicité du passé, vu à travers l'ADN mitochondrial, tiennent à la singularité génétique de celui-ci, en particulier au message clair qui se transmet quasiment inchangé de génération en génération, et que seul modifie le lent battement de l'horloge moléculaire tandis que se produisent progressivement des mutations.

Il serait bien étrange qu'une autre histoire, entièrement différente, fût codée dans les autres gènes que nous portons. Tous ces autres gènes se trouvent sur les chromosomes du noyau cellulaire. D'après les estimations les plus récentes, il y en a un peu moins de trente mille. Y a-t-il trente mille versions différentes du passé humain qui attendent d'être lues ? En un sens, oui, parce que chacun de ces gènes pourrait avoir une histoire différente. Chacun d'eux a pu avoir un ancêtre commun différent quelque part au cours de l'évolution humaine. Cependant, tandis que nos gènes nucléaires ont été transmis de génération en génération, il est tout à fait impossible de suivre leur trajectoire comme nous avons pu le faire avec l'ADN mitochondrial. La raison en est que, à la différence de celui-ci, les gènes nucléaires sont hérités également des deux parents. Alors que chacun n'a qu'une seule ancêtre mitochondriale dans la dernière génération, sa mère, il a deux ancêtres nucléaires : sa mère *et* son père. À première vue, ce n'est pas trop compliqué. Mais remontons ne serait-ce que d'une génération. Chacun a maintenant quatre ancêtres nucléaires : ses grands-parents, mais toujours une seule ancêtre mitochondriale : la mère de sa mère. Remontons encore une génération, et notre homme a huit ancêtres nucléaires, ses arrière-grands-parents, mais toujours une *seule* ancêtre mitochondriale. À chaque génération, le nombre des ancêtres nucléaires double. Il y a vingt générations, autour de 1500, plus d'un million d'ancêtres ont pu, théoriquement, contribuer à vos gènes nucléaires. Dans les faits, nombre de ces ancêtres potentiels seront en fait les mêmes individus dont les descendants ont conduit jusqu'à vous par des voies différentes, hommes et femmes se croisant au fil des générations de manière imprévisible.

Retracer la généalogie des trente mille gènes à travers ce labyrinthe d'interconnexions serait absolument impossible. Si l'on ajoute à cela la confusion introduite par la recombinaison, l'ampleur de la tâche devient sidérante. Du fait du brassage des chromosomes qui se produit à chaque génération, n'importe quel gène peut être lui-même une combinaison : une partie d'un ancêtre, une autre d'un autre. Lire les différentes versions individuelles de l'histoire humaine à partir de ces gènes, et fragments de gènes, dans le noyau de la cellule est à l'heure actuelle une tâche si compliquée qu'elle en est impossible. Il faudra encore longtemps avant d'aller au-delà des résumés sommaires de l'histoire humaine dont nous disposons depuis que l'on a appris à comparer la fréquence des gènes.

Toutefois, un gène ou, plus exactement, un chromosome est à l'abri de ces effroyables complications. C'est le chromosome Y, qui n'a qu'un seul but dans la vie : créer des hommes. En comparaison des autres chromosomes humains, il est petit et rabougri ; il ne porte qu'un seul gène qui importe vraiment. C'est le gène qui empêche tous les embryons humains de devenir des petites filles. Sans le chromosome Y l'embryon humain suit sa pente naturelle et donne une femme. Si l'embryon possède un chromosome Y et si le gène, qui a reçu le nom peu glorieux de *SRY*, travaille convenablement, il va conduire un certain nombre d'autres gènes de chromosomes différents à orienter le développement de l'embryon non pas vers le sexe féminin, mais vers le sexe masculin. Le gène *SRY* active les gènes d'autres chromosomes qui empêchent le développement des ovaires et favorise plutôt la croissance des testicules et la production de testostérone, l'hormone masculine.

Deux observations ont mis en évidence le rôle clé joué par le gène *SRY* dans la détermination du sexe. Très rarement, dans quelque chose de l'ordre de une naissance sur vingt mille, des filles naissent avec un chromosome Y. Ces filles ont l'air normales, elles ont une intelligence normale et se développent normalement, bien qu'elles soient généralement un peu plus grandes que la moyenne. À la puberté, cependant, leurs ovaires et leur utérus ne se développent pas convenablement et elles ne peuvent pas avoir d'enfants. L'analyse génétique des chromosomes Y de ces filles a montré que soit le gène *SRY* manque totalement, soit il contient une mutation qui l'empêche de fonctionner normalement. L'autre élément de preuve que le gène *SRY* suffit en lui à faire un mâle nous est venu des recherches sur les souris. Les souris mâles ont elles aussi des chromosomes Y et elles portent l'équivalent du gène *SRY* des hommes, auquel, dans un grand effort d'imagination, on a donné le nom de *Sry*. Dans une expérience de génie génétique d'une grande finesse, on a cloné le gène *Sry* d'une souris mâle puis on l'a transplanté dans un œuf de souris fécondé, qui aurait autrement donné une femelle. Alors même que l'embryon ne disposait que de ce gène cloné, plutôt que du chromosome Y complet, il a donné un mâle.

Voilà donc comment le sexe du bébé est déterminé. Les pères, en tant que représentants du sexe masculin, ont un chromosome Y. La moitié de leurs spermatozoïdes contiennent ce chromosome Y, porteur du gène *SRY*, mais pas l'autre moitié. Le sexe du bébé dépend exclusivement du fait que le spermatozoïde qui féconde l'œuf de la mère contient ou non un chromosome Y. S'il est porteur d'un chromosome X, ce sera une fille. S'il est porteur d'un chromosome Y, ce sera un garçon. La femme n'a aucune influence que ce soit sur le sexe de l'enfant. Combien de femmes, dans les siècles passés, auraient aimé savoir ce simple fait ? Combien de fois l'absence de fils a-t-elle été imputée aux femmes, qui ne voulaient ou ne pouvaient pas concevoir des fils ?

De même que l'ADN mitochondrial suit une généalogie maternelle au fil des générations, la transmission des chromosomes Y de père en fils devrait permettre de la même façon de suivre une trajectoire paternelle de génération en génération. Si le chromosome Y pouvait être génétiquement transcrit et s'il échappait à toute recombinaison de nature à brouiller le message, on aurait de bonnes raisons d'y voir le complément parfait de l'ADN mitochondrial pour lire l'histoire non plus des femmes, mais des hommes. Le chromosome Y, de même que tous les chromosomes du noyau, est une très longue molécule linéaire d'ADN. Tandis que l'ADN mitochondrial compte un peu plus de seize mille cinq cents bases dans son cercle d'ADN, le chromosome Y s'étend sur environ soixante millions de bases. Il pourrait bien faire figure de nabot parmi les autres chromosomes humains, mais il compte tout de même plus de quatre mille fois plus d'ADN que les mitochondries. De surcroît, il s'y produit un certain brassage génétique. Aux extrémités de chaque chromosome Y se trouve une section d'ADN qui opère une recombinaison avec le chromosome X, mais comme ces sections impliquent moins de 10 % de tout le chromosome, cela ne pose pas un gros problème. Les gènes qui se trouvent dans la partie des chromosomes Y touchés par cette recombinaison retraceront une généalogie mixte, oscillant de manière imprévisible d'un sexe à l'autre, comme tous les autres gènes nucléaires. En revanche, les 90 % restants du chromosome Y ne sont pas brouillés. Ce long segment voyage intact d'une génération à l'autre. Mais les chromosomes Y sont-ils différents les uns des autres et, si oui, en quoi diffèrent-ils ? Ils ne pouvaient nous être de quelque utilité pour lire l'histoire humaine que s'il y avait diversité. Dans le cas contraire, si tous étaient pareils, leur apport serait nul.

Dans les laboratoires, des cytogénéticiens expérimentés scrutent les chromosomes en quête d'anomalies permettant de diagnostiquer des maladies telles que le mongolisme ou expliquer la cause de la stérilité. Ainsi ont-ils remarqué que certains chromosomes Y sont beaucoup plus longs que la moyenne. L'observation était prometteuse, mais ce n'était pas une manière bien précise de différencier les chromosomes Y sur une grande échelle. De surcroît, les longueurs sont instables et changent d'une génération à l'autre. Ce qu'il fallait, c'étaient des tests d'ADN comparables à ceux qui avaient fait de la mitochondrie une « star ». Dès lors, on pourrait sans mal et à bon marché relever les empreintes des chromosomes Y de centaines, voire de milliers de volontaires. Mais comment trouver les segments des chromosomes Y qui vont montrer les plus grosses différences entre individus ?

Toute la diversité des mitochondries se concentre dans un petit cercle d'ADN de quelques centaines de bases seulement. Mieux encore, la région de contrôle comprime un tiers environ de la diversité de toutes les mitochondries en cinq cents bases que l'on peut séquencer d'un seul coup grâce à nos appareils. Allait-on trouver quelque chose de semblable dans le chromosome Y ? La réponse ne se fit pas attendre longtemps. Dans cet espoir, plusieurs laboratoires se mirent à la recherche des différences entre chromosomes Y en séquençant le même segment d'ADN du chromosome Y de volontaires aussi éloignés que possible les uns des autres. L'une des premières études concernait le séquençage de quatorze mille bases des chromosomes Y de douze hommes d'origines géographiques très différentes. On ne trouva qu'une seule mutation. Si ces quatorze mille bases avaient été de l'ADN mitochondrial, plutôt que du chromosome Y, on aurait découvert plusieurs dizaines de mutations pour le même nombre d'individus. Un autre laboratoire séquença un segment de sept cents bases d'un gène des chromosomes Y de trente-huit hommes sans trouver la moindre différence !

Tout cela était plutôt navrant pour les chercheurs impliqués — dont, par chance, je n'étais pas ! Et tous de se creuser la tête. Pourquoi les chromosomes Y étaient-ils à ce point semblables à travers le monde ? Puisque les chromosomes Y ne portaient pas de gènes dignes de ce nom et étaient pleins d'ADN de pacotille, sans aucune fonction claire, on s'attendait à ce qu'il y eût davantage, non moins, de variations sur le chromosome Y que sur les chromosomes réguliers et riches en gènes. Dans cet ADN de « pacotille », les mutations peuvent s'accumuler librement parce qu'il ne sert à rien si bien que sa séquence précise n'importe pas vraiment. La plupart des mutations qui se produisent dans les gènes, qui ont des fonctions importantes, interfèrent avec leur bon fonctionnement et sont vite éliminées par la sélection naturelle. Il était assurément déroutant de découvrir qu'il y avait si peu de mutations sur le chromosome Y.

Pour rendre compte de cette absence de variation, la théorie la plus répandue la liait au fait que, dans des circonstances adéquates, les hommes peuvent avoir beaucoup plus d'enfants que les femmes. Si, dans le passé, une poignée d'hommes seulement avaient eu quantité d'enfants, donc de fils, leurs chromosomes Y se seraient répandus rapidement aux dépens des chromosomes Y de leurs infortunés contemporains qui avaient peu d'enfants, voire aucun. Si cela était arrivé souvent, poursuivait la théorie, il y aurait beaucoup moins de chromosomes Y différents aujourd'hui que si tous les hommes avaient en gros le même nombre d'enfants. Il est vrai qu'il y a eu des mâles particulièrement prolifiques. Le record du monde est Moulay Ismaïl, roi du Maroc, qui en 1721, à l'âge de quarante-neuf ans, avait eu sept cents fils, et probablement autant de filles. Comme il vécut six années de plus, sans doute en eut-il davantage encore. La femme la plus prolifique arrive loin derrière : Feodora Vassilievna, une Russe qui eut soixante-neuf enfants entre 1725 et 1765. Ce furent à chaque fois des naissances multiples : elle eut seize fois des jumeaux, sept fois des triplés et quatre fois des quadruplés. De ce point de vue, également, ce fut donc une femme exceptionnelle. Le nombre d'enfants qu'une femme peut mettre au monde est limité par la biologie, qui impose le rythme d'une grossesse par an au plus. Les hommes, en revanche, ne sont pas limités par ce calendrier et pourraient avoir, en principe, des milliers d'enfants. Reste que le fantasme de mâles terriblement prolifiques et essaimant à travers le monde, réduisant ainsi la diversité des chromosomes Y du fait de leurs prouesses d'alcôve, s'est révélé être ce qu'il a toujours été : un fantasme. Le travail de Romain poursuivi dans les laboratoires du monde entier depuis une dizaine d'années a fait apparaître que, tout compte fait, le chromosome Y est sujet à de nombreuses mutations.

Il en est deux grands types. Les premières sont du même type que celles des mitochondries : un simple changement d'une base à l'autre. Mais, à la différence des mitochondries où elles sont comprimées dans la région de contrôle, ces mutations sont espacées de manière irrégulière sur toute la longueur du chromosome Y. En pratique, c'est une gêne, puisqu'il faut les tester une par une, mais l'obstacle n'est pas insurmontable. L'autre type de mutation est très rare chez les mitochondries, bien que nous en ayons trouvé un cas dans les échantillons polynésiens, avec l'effacement de neuf bases du cercle de l'ADN mitochondrial. L'examen plus poussé de la séquence d'ADN a fait cependant apparaître qu'il ne s'agissait pas tant d'un effacement que d'une duplication chez nous autres du segment de neuf bases en question. Ce type de mutation, où de brefs segments d'ADN sont répétés tant et plus, est remarquablement courant dans les chromosomes nucléaires et, grâce au ciel, le chromosome Y n'est pas une exception à cet égard. On a retrouvé ces segments répétés par dizaines sur le chromosome Y, et la différence d'un individu à l'autre tient au nombre de répétitions que contiennent ces segments. Par chance, c'est une chose facile à mesurer. Cette riche source de variations a fait apparaître qu'il existe des milliers de chromosomes Y que l'on peut distinguer en fonction de ces deux types de mutations. L'empreinte génétique des chromosomes Y est devenue une réalité.

En raison des rivalités entre hommes de science cherchant à découvrir les mutations utiles, les laboratoires ont fait montre d'une grande prudence dans la divulgation de leurs découvertes. De ce fait, ils se sont organisés en cliques rivales, utilisant des séries de mutations différentes pour relever les empreintes génétiques des chromosomes Y. Il n'y a pas encore de norme commune. Pour dire les choses autrement, les différentes confédérations de laboratoires produisent différents réseaux évolutifs. Ce n'est cependant qu'une situation temporaire. Il faut espérer une conciliation en un schéma acceptable par tous. Mais où en est-on à l'heure actuelle ? L'histoire de l'Europe telle que la dévoile le chromosome Y ressemble-t-elle à celle que nous raconte l'ADN mitochondrial et qui est au cœur de ce livre ? La version des événements donnée par le chromosome Y confirme-t-elle ou infirme-t-elle l'insistance sur le Paléolithique à la source de notre patrimoine génétique ? Autrement dit, l'histoire des hommes concorde-t-elle avec celle des femmes ? La réponse nous est arrivée dans un article paru le 10 novembre 2000 dans la revue *Science* : « Le patrimoine génétique de l'*Homo sapiens* paléolithique chez les Européens modernes : ce que nous apprend le chromosome Y. »

Cet article marque le couronnement de la collaboration entre chercheurs italiens, est-européens et américains. La BBC m'avait demandé d'en faire un commentaire le jour de sa publication, et j'en avais reçu une copie par fax via la Royal Society de Londres, où je participais à une réunion scientifique. Sitôt arrivé, je me retirai dans un salon donnant sur St. James's Park. J'eus un serrement de cœur en prenant connaissance de la longue liste des auteurs au début de l'article : l'avant-dernier nom était celui de Luigi Luca Cavalli-Sforza. Après les batailles des quatre dernières années, je ne pouvais guère espérer que mon vieil adversaire finît enfin par me donner raison.

En lisant l'article, je m'aperçus qu'il suivait, dans ses grandes lignes, le plan de notre article de 1996 sur l'ADN mitochondrial. Ils avaient relevé les empreintes de mille sept hommes de vingt-cinq localités en Europe et au Moyen-Orient. Puis, tout comme nous, ils avaient établi un cadre évolutif et identifié des groupes : dix groupes de chromosomes Y, plutôt que les sept groupes mitochondriaux. Ils avaient ensuite estimé l'âge des groupes à partir des mutations accumulées. Mon excitation croissait à mesure que je tournais les pages. Quel allait être l'âge des groupes en question ? Nous ramènerait-il pour l'essentiel au Paléolithique, comme six des sept groupes mitochondriaux, ou à une période bien plus récente, au temps du Néolithique et des premiers agriculteurs ? Compte tenu de la notoriété de Luca et de ses vues bien connues sur l'ampleur de l'impact génétique de l'agriculture, je m'attendais au pire. L'article était truffé de statistiques mais, à l'avant-dernière page, le paragraphe crucial attira aussitôt mon regard. Il commençait ainsi : « Des analyses ont été menées sur les variations des séquences de l'ADN mitochondrial dans les populations européennes. » Suivait une référence à notre article de 1996. Puis les auteurs poursuivaient : « Ces données ont suggéré que le pool génétique remonte pour 80 % au Paléolithique et à 20 % au Néolithique. » Exact. Je lus la phrase suivante, m'attendant à voir démolie notre théorie. Mais non. « Nos données confirment cette conclusion. »

Je n'arrivais pas à y croire. Soudain, la tension retomba. La bataille était terminée. Quatre ans et demi durant, nous avions été soumis à rude épreuve. Nous avions vécu dans la panique de nous être trompés sur le rythme de mutation, sur la possibilité d'une recombinaison mitochondriale qui gâcherait tout et enlèverait toute fiabilité à la région de contrôle. Tout était maintenant terminé. L'ADN mitochondrial et le chromosome Y racontaient la même histoire. L'histoire des hommes s'accordait avec celle des femmes. Luca et moi étions finalement d'accord. La bataille avait été rude, mais honnête. Les paysans du Néolithique avaient certes joué un rôle important, mais on ne leur devait qu'un cinquième de nos gènes. Le gros du pool génétique des Européens modernes nous venait des chasseurs-cueilleurs du Paléolithique.

CHAPITRE 14

Les sept filles

CHAPITRE 14

Les sept filles

Des restes de la gorge du Cheddar, nous avions extrait la preuve directe de la continuité génétique entre nous et les chasseurs du Paléolithique supérieur. Nous savions maintenant que ce fil ininterrompu, exactement et fidèlement enregistré dans notre ADN, conduisait au-delà des débuts de l'histoire, au-delà des Âges du fer, du bronze et du cuivre, jusqu'à un monde ancien de glace, de forêt et de toundra. Seul le battement extrêmement lent de l'horloge moléculaire séparait l'ADN découvert dans l'Homme de Cheddar de l'ADN de nos descendants modernes, Adrian Targett et Cuthbert, le majordome. La reconstruction de l'évolution à laquelle nous nous étions livrés à partir de l'ADN de milliers d'Européens vivants nous avait conduits à cette conclusion, dont nous avions désormais la preuve directe. Nous avions aussi la confirmation par un tout autre système génétique, le chromosome Y, que nos racines génétiques se perdaient en effet dans le Paléolithique.

Nous avions ainsi classé les Européens en sept grands groupes génétiques. Au sein de chacun d'eux, les séquences d'ADN sont soit identiques, soit très proches. Plus de 95 % des Européens d'aujourd'hui entrent dans l'un ou l'autre de ces groupes. Notre interprétation de la préhistoire européenne et l'importance accordée aux chasseurs-cueilleurs du Paléolithique dépendaient de l'âge attribué à ces groupes — âge que nous avions calculé à partir du nombre moyen de mutations découvertes chez les membres modernes de nos sept clans. Ainsi avait-on pu savoir combien de fois l'horloge moléculaire avait carillonné au sein de chaque clan. Sachant le rythme auquel l'horloge battait, il ne nous restait qu'à calculer l'âge de chaque clan. Les groupes les plus anciens avaient accumulé davantage de changements au fil des millénaires. Si lente qu'elle fût, l'horloge moléculaire avait battu plus souvent. Les groupes plus jeunes, en revanche, avaient eu moins de temps pour accumuler les changements, et les séquences d'ADN de leurs membres étaient plus proches les unes des autres.

L'âge des sept groupes se situe entre –45 000 et –10 000 ans. Ce que ces estimations nous révèlent, c'est le temps qu'il a fallu pour que toutes les mutations dénombrées au sein d'un groupe apparaissent à partir d'une même séquence fondatrice. Par une déduction purement logique, on en arrive à cette conclusion absolument stupéfiante, mais incontournable : dans chaque cas, l'unique séquence fondatrice à la source de chacun des sept groupes est celle d'une seule et même femme. L'âge donné à chacun des groupes indique donc à quelle époque ces sept femmes, les mères des clans, ont vécu. Il ne restait qu'à leur attribuer un nom pour leur donner vie et susciter chez tous, à commencer par moi, une curiosité intense. Ursula, Xénia, Héléna, Velda, Tara, Katrine et Jasmine sont devenues de vraies femmes. Je leur ai choisi des noms commençant par la lettre sous laquelle leurs groupes étaient connus, puisque nous avions adopté la classification alphabétique d'Antonio Torroni. Ursula est la mère du clan U. Le groupe H est celui qui vient d'Héléna. Jasmine est l'ancêtre commune du groupe J, et ainsi de suite. Ce ne sont plus des concepts théoriques dissimulés derrière des montagnes de statistiques et d'algorithmes. Ce sont des femmes de chair et d'os. Mais à quoi ressemblaient ces femmes à qui presque tous les habitants de l'Europe moderne sont liés par un cordon ininterrompu, pour ainsi dire ombilical, qui nous rattache à un lointain passé ?

Pour être la mère d'un clan, il fallait satisfaire à quelques conditions. Pour commencer, il fallait avoir des filles. La chose va de soi, puisque le gène que nous suivons, l'ADN mitochondrial, se transmet de mère en fille. Une femme qui n'a eu que des fils ne saurait être la mère d'un clan parce que jamais ses enfants ne transmettraient l'ADN mitochondrial reçu d'elle. Voilà pour la première règle. La seconde est qu'il fallait avoir au moins deux filles. On comprend sans mal pourquoi en regardant les choses dans l'autre sens, c'est-à-dire en partant du présent pour remonter dans le passé. La mère du clan est l'ancêtre maternelle la plus récente commune à tous les membres dudit clan. Imaginons un clan réunissant dix millions de membres vivants. Et imaginons que, par leurs registres d'état civil, nous sachions exactement leurs liens de parenté. En remontant dans le temps, de génération en génération, on verrait les lignées maternelles se rejoindre lentement. Après une seule génération, les lignées des frères et des sœurs convergeraient vers leur mère. Après deux générations, les cousins convergeraient vers leur grand-mère maternelle : la mère de leur mère. Après trois générations, les lignées des cousins issus de germains se rejoindraient en la personne de leur arrière-grand-mère maternelle. À chaque génération, les individus seraient de moins en moins nombreux à avoir des ancêtres maternelles vivantes. Remontons plusieurs centaines, voire milliers de générations, et deux femmes du clan seulement pourraient prétendre avoir des ancêtres maternelles vivantes au XXIe siècle. Remontons encore une génération, et les lignées maternelles de ces deux femmes convergeront vers une seule femme : la véritable mère du clan. Pour être dans cette position, il faut avoir eu non pas une seule fille, mais *deux*.

Pour éclairer ce point assez délicat, on se reportera à la figure 5, où j'ai tracé l'arbre généalogique imaginaire de quinze femmes vivantes, représentées par les cercles de droite. Seule l'ancêtre désignée par la flèche est l'ancêtre commune *la plus récente* des quinze femmes. Sa mère est aussi une ancêtre maternelle de ces quinze femmes, mais, au contraire de sa fille, elle n'est pas la plus récente. De même, *ses* deux filles, marquées par des astérisques, sont l'une et l'autre des ancêtres maternelles des quinze vivantes, mais aucune d'elles n'est l'ancêtre maternelle de toutes. Si l'on veut parler de clan, la femme fléchée est la seule mère du clan. Le même principe s'applique que le clan compte quinze individus, quinze mille ou quinze millions. Il n'y a toujours qu'une seule et unique mère du clan.

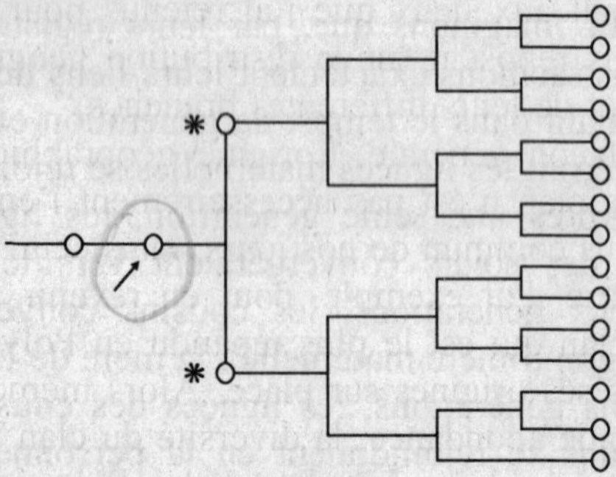

Figure 5

Elle n'était pas nécessairement la seule femme vivante à cette époque. On est même sûr du contraire. Mais elle est la seule dont on puisse suivre le lien matériel ininterrompu jusqu'à nos jours. Ses contemporaines, dont beaucoup ont eu des filles et des petites-filles, ne sont pas mères de clans parce qu'à un moment ou à un autre leurs descendantes dans la lignée féminine n'ont pas eu d'enfants ou n'ont eu que des fils. La lignée s'est éteinte. Naturellement, faute d'archives remontant à plus de quelques centaines d'années, on ne saurait espérer connaître la généalogie précise qui permettrait de remonter jusqu'à la mère du clan. La seule chose que l'on puisse faire, c'est utiliser les séquences d'ADN et le lent battement de l'horloge moléculaire pour reconstituer les grands jalons de cette histoire, avec la lente apparition des mutations dans ces lignées maternelles. Quand bien même on n'aura jamais de généalogie parfaite, cela ne change rien à ce fait logique et inévitable : chaque clan n'a qu'une mère. Cette conclusion est incontournable.

La controverse ne subsiste donc que sur l'époque et l'endroit exact où ces sept femmes ont vécu. Pour donner des estimations de l'époque, j'ai additionné les mutations qui se sont accumulées dans chacun des sept clans. Quant aux lieux que j'ai retenus pour les sept femmes, ils reposent sur la distribution géographique des clans et de leurs différentes branches.

D'une façon générale, l'origine géographique probable d'un clan n'est pas nécessairement l'endroit où il est le plus commun de nos jours, mais celui où il est le plus varié. Par exemple, pour en revenir au Pacifique, le clan qui est le plus répandu en Polynésie ne trouve pas ses origines sur place. Alors même qu'il y est en grande abondance, la diversité du clan de Polynésie est très réduite. La plupart des Polynésiens qui appartiennent à ce clan aujourd'hui ont la même séquence ADN. Pour de simples raisons génétiques, l'origine du clan se trouve très probablement plus à l'ouest, dans les îles de l'Indonésie, du côté des

Moluques. Bien que le clan n'y soit pas particulièrement bien représenté de nos jours, les variations y sont beaucoup plus grandes qu'en Polynésie. Une fraction seulement de la population a émigré vers la Polynésie, si bien que la diversité au sein du clan diminue. Chez les indigènes de Taiwan, la diversité au sein du clan est encore plus grande même si, comme aux Moluques, il n'est pas particulièrement répandu. Ce qui fait de Taiwan une origine probable du clan polynésien encore plus ancienne que les Moluques. Si l'on revient maintenant en Europe, on perd certes la simplicité caractéristique de populations insulaires éparses, mais les mêmes considérations s'appliquent. Les origines d'un clan ont toutes chances de se trouver près des endroits où leur variété est la plus grande aujourd'hui. Malgré tout, ce raisonnement un brin théorique doit être mâtiné de réalisme. La mère d'un clan vieux de vingt mille ans ne saurait avoir vécu dans le nord de l'Écosse, quand bien même c'est là sans doute que le clan est le plus varié de nos jours. La raison en est très simple : l'Écosse était alors couverte de glace. J'admets volontiers que subsiste une part d'incertitude considérable sur l'endroit exact où vivaient ces femmes. Alors qu'une pareille incertitude m'inquiéterait sur le plan de la génétique, une aura de mystère persistant autour de ces sept femmes ne me paraît pas déplacée.

De plus en plus captivé par ces sept femmes, je me suis mis à imaginer quelle pouvait être leur vie. Ma curiosité ne cessa de croître. Ayant laissé la génétique me guider pour découvrir à quelles époques et dans quelles contrées les mères des sept clans avaient probablement vécu, je me suis alors tourné vers l'archéologie et les données climatiques. L'histoire des températures passées est écrite dans les glaces des calottes polaires. Les rivages surélevés et submergés marquent les changements du niveau de la mer qui ont jalonné les cinquante mille dernières années. La végétation laisse sa marque dans le pollen qui survit des milliers d'années après qu'il a été répandu par la fleur qui l'a fabriqué. La variation des styles d'outils en pierre et en ossements exhumés sur les sites habités par les hommes témoignent du flux et du reflux du progrès technique. Les os de mammifères et de poissons qui jonchent les mêmes sites nous parlent de l'alimentation de nos aïeux. S'ajoutant à la génétique, toutes ces données tangibles nous permettent d'imaginer la vie de ces sept femmes remarquables : Ursula, Xénia, Héléna, Velda, Tara, Katrine et Jasmine. Toutes ces femmes ont réellement existé. D'un point de vue génétique, elles étaient quasiment identiques à nous, leurs descendants, mais leur vie fut bien différente. À nous de tâcher de l'imaginer.

Suivez-moi maintenant dans ce voyage dans le passé lointain. Guidés par les fils génétiques ininterrompus qui nous rattachent à nos ancêtres, nous pouvons remonter le temps, par-delà l'aube de l'histoire, et découvrir un monde de glace et de neige, de montagnes désolées et de plaines infinies : c'est là que nous retrouverons ces femmes remarquables, les sept filles d'Ève.

CHAPITRE 15

Ursula

Ursula est née dans un monde très différent du nôtre. Il y a quarante-cinq mille ans, il faisait beaucoup plus froid qu'aujourd'hui, et il devait faire encore beaucoup plus froid au cours des millénaires aboutissant au grand Âge glaciaire. Ursula est née dans une grotte peu profonde des falaises, au pied de l'actuel Parnasse, non loin de l'antique site de Delphes. L'entrée de la grotte donnait, à quelques centaines de mètres plus bas, sur une immense plaine, qui menait à la mer, à une trentaine de kilomètres au sud. De nos jours, cette plaine a la couleur vert foncé des oliveraies. En ce temps-là, les pentes étaient parsemées de bois, et la plaine était couverte d'herbages. La côte était plus éloignée encore de la grotte qu'elle ne l'est aujourd'hui parce que le niveau de la mer était plus bas du fait des masses d'eau retenues par la glace et la neige des pôles et des immenses glaciers qui occupaient les vallées des grandes chaînes de montagnes. Les températures devaient continuer à baisser pendant vingt-cinq mille ans dans le cadre du cycle climatique régulier commencé depuis au moins 400 000 ans et qui va sans doute continuer.

Naturellement, Ursula n'était pas moins ignorante de ces changements à long terme que nous ne le sommes aujourd'hui dans notre vie quotidienne. Ce qui lui importait, à elle comme à la bande de vingt-cinq individus qui l'entouraient, c'était le présent. Ursula était le deuxième enfant de sa mère. Le premier était mort à deux ans, emporté une nuit par un léopard qui s'en était pris à leur campement temporaire. C'était le genre de tragédie qui n'était pas rare dans le monde d'Ursula. Beaucoup d'enfants, mais aussi des adultes parfois, mouraient sous les crocs de lions, de léopards ou de hyènes. Alors même que la mort de son premier enfant fut pour elle une perte grave et tragique, elle signifiait au moins qu'elle pourrait de nouveau tomber enceinte. Depuis qu'elle allaitait son fils, ses règles s'étaient arrêtées. N'ovulant plus, elle ne pouvait concevoir : on a là une adaptation évolutive délibérée qui a pour effet d'espacer les naissances. Avant qu'un autre enfant fût conçu, il fallait attendre que le précédent fût assez grand pour suivre la bande dans ses migrations saisonnières. Et cela pouvait demander trois ou quatre ans. Un an après avoir perdu son fils, elle donna naissance à Ursula.

On était en mars. Les jours s'allongeaient, et la bande s'était éloignée de la côte où elle avait passé l'hiver. C'était une saison agréable, et la mère d'Ursula attendait toujours le printemps avec impatience. L'hiver sur la côte était humide et désolé. Il n'y avait pas de grottes où se réfugier, et elle devait se contenter d'abris de fortune en bois et peaux d'animaux. Cela ne ressemblait guère à une maison. La vie y était pour le moins difficile et inconfortable. Mais il n'y avait pas le choix : il fallait descendre sur la côte. Dans les montagnes, il faisait trop froid, et le gibier s'était réfugié dans la plaine. Il n'en manquait pas, mais c'était la croix et la bannière pour en capturer. Son animal préféré, c'était le bison, qui à cette époque de l'année se rassemblait en nombre raisonnable dans la plaine. Mais il était pratiquement impossible de le chasser à pied et à découvert. C'était une entreprise difficile et périlleuse. Les bêtes étaient fatiguées, affamées et très ombrageuses. L'année précédente, deux jeunes hommes étaient morts piétinés au cours d'une charge, et l'on avait décidé d'un commun accord que ça n'en valait pas la peine. La chasse au bison avait été interdite pendant l'hiver. La mort de deux chasseurs était chose grave : elle était synonyme de nouvelles bouches à nourrir en la personne des femmes affligées et de leurs rejetons. Mais la bande ne devait sa survie qu'à la coopération, et il n'était pas question de les abandonner à leur destin.

La chasse au bison étant exclue, les seuls vivres, dans le camp d'hiver, étaient les carcasses récupérées, ou, le cas échéant, la viande du cerf noble capturé en embuscade sur les pentes de la montagne. Récupérer une carcasse était une tâche déprimante pour les chasseurs. Et elle n'était pas sans risque. Ils marchaient des kilomètres durant, l'œil aux aguets, attentifs au moindre signe de bête tuée par un lion ou un léopard. Avec un peu de chance, par temps dégagé, ils repéraient les milans qui tournoyaient au-dessus de la carcasse. Le plus souvent, ils devaient accomplir leur tournée habituelle et tendre l'oreille, à l'affût du redoutable jacassement des hyènes se disputant une carcasse qui fondait à vue d'œil. Pour enlever une carcasse à une meute de hyènes, il fallait être au moins cinq. Tout en faisant le plus de tapage possible, ils se ruaient sur la carcasse et dispersaient les hyènes avant que les bêtes eussent compris de quoi il retournait. Puis, deux membres du groupe découpaient ce qu'il restait de viande pendant que les autres affrontaient les hyènes hurlantes qui étaient demeurées dans les parages et essayaient de se rapprocher des hommes ou de la carcasse. Ils leur lançaient une grêle de pierres et criaient pour les tenir en respect tandis que les autres dépeçaient la bête et récupéraient les os riches en moelle.

Il leur fallait ensuite se retirer à la hâte en continuant de lancer des pierres et de hurler. Leur stratagème consistait à laisser sur place au moins une partie de la carcasse et à dissimuler leur butin sous une peau. Ainsi, les hyènes s'arrêtaient et retournaient à la carcasse. C'était un travail pitoyable, dégradant. Les hyènes étaient répugnantes, avec la salive qui gouttait de leur gueule, et faisaient des bruits terribles. Cette manière de se procurer sa pitance n'avait rien de noble, et tout le monde avait hâte de quitter ces plaines détrempées au plus vite pour regagner les hauteurs où l'on pouvait au moins chasser convenablement.

Dès que les premiers martinets apparaissaient dans le ciel, de retour de l'Afrique où ils avaient passé l'hiver, la bande levait le camp et se dirigeait au nord, vers les montagnes. L'idée était d'y arriver avant que les bisons n'eussent rejoint leurs pâturages d'été sur le Parnasse. Ainsi y avait-il de bonnes chances de leur tendre une embuscade dans la gorge aux flancs escarpés qui se trouvait sous la grotte. Mais là encore, ce n'était pas de tout repos. Si des hommes s'étaient fait piétiner par un troupeau de bisons dans la plaine, on imagine combien ils étaient plus dangereux encore au milieu d'une gorge qui, dans la passe la plus étroite, ne dépassait pas dix mètres de large. Comme d'habitude, on discutait de la meilleure façon de s'y prendre. À chaque fois, c'était la même chose. Les uns recommandaient de bloquer la gorge et de détourner les animaux de tête dans un couloir latéral où l'on pourrait les abattre d'une grêle de pierres et de lances. L'ennui était que certains bisons, qui paraissaient sentir parfaitement de quoi il retournait, avaient la sale habitude, quand ils étaient acculés, de faire volte-face et de charger. La perspective de se retrouver face à une tonne de muscles et de cornes était trop pour certains, qui prenaient leurs jambes à leur cou. Quand l'animal fugitif réintégrait le troupeau en reniflant et en écumant, les autres paniquaient et traversaient la gorge à vive allure. Les partisans d'une tactique moins audacieuse faisaient valoir les dangers de cette approche directe. Il était plus simple d'attendre que le gros du troupeau eût traversé la gorge et de harceler les retardataires. Ce n'était pas particulièrement héroïque mais, en général, cela marchait. Les bisons qui fermaient la marche étaient généralement les plus vieux de la harde, mais ils avaient tout de même meilleur goût que les restes arrachés aux hyènes.

Tandis que cette discussion se poursuivait, la mère d'Ursula se retira dans la caverne, le refuge du printemps. Même s'il n'était pas rare que des enfants vinssent au monde quand la bande se déplaçait, l'accouchement était bien plus confortable quand on était installé quelque part. La grotte était sèche, et elle se réchauffait à mesure que le soleil poursuivait son ascension. Elle était ravie de s'y être installée avant les couches. À l'odeur qui régnait au fond de la grotte, il était évident qu'un ours y avait hiberné. Ces créatures géantes et redoutables, plus massives encore que le plus grand grizzli d'Alaska, représentaient un danger certain. Très souvent, elles s'attaquaient aux chasseurs, et tuer un ours relevait de l'exploit. Mais l'ours en question avait de longue date quitté sa tanière et il n'y avait pas de danger de le voir revenir avant l'automne.

La naissance d'Ursula se passa on ne peut mieux. C'est la sœur aînée de sa mère qui trancha le cordon ombilical avec une lame de silex et le noua. Comme tous les petits d'homme avant et depuis, Ursula annonça sa venue par un grand cri lorsque l'air pénétra pour la première fois dans ses poumons. En l'espace de quelques secondes, l'oxygène fut absorbé par son sang qui le porta jusqu'à son cerveau et à ses muscles, se substituant ainsi au placenta. Quelques minutes plus tard, l'enfant tétait doucement le sein de sa mère et goûtait aux bienfaits naturels du lait. Celui-ci contenait tous les anticorps nécessaires pour combattre les infections, le temps que son système immunitaire se mît en place. Si, comme cela était déjà arrivé, la naissance s'était mal passée et que la mère fût morte, l'enfant n'y survivait pas, car on ne disposait pas encore de lait animal qu'on pût substituer à celui de la mère.

Ursula ne resta que quelques jours dans la grotte. Bientôt, sa mère dut à nouveau prendre part à la principale activité du clan : trouver assez de vivres pour se nourrir. Le camp de printemps avait été soigneusement installé à un endroit d'où l'on dominait les pentes boisées, et à proximité de la gorge que les bisons devaient franchir pour rejoindre leurs pâturages d'été, dans les collines. Les chasseurs avaient repéré le site quelques saisons plus tôt alors qu'ils exploraient la région depuis leur base principale, plus à l'est. Il était déjà occupé, non pas par les membres d'une autre bande mais par un petit groupe d'une espèce entièrement différente : les hommes de Neandertal. Les chasseurs s'en étaient tenus à bonne distance. C'étaient des créatures très robustes, massives et bâties pour résister au froid, mais elles ne se montrèrent pas particulièrement agressives envers les nouveaux arrivants. Lorsqu'ils revinrent, l'année suivante, le camp était à l'abandon. Comme si les hommes de Neandertal, qui eussent été de taille à se mesurer aux chasseurs, avaient deviné la puissance des nouveaux venus et, les redoutant, avaient préféré céder le terrain et se réfugier dans les hauteurs plutôt que de prendre le risque d'un affrontement. La mythologie collective de la bande comptait de nombreuses histoires d'hommes de Neandertal. Des histoires qu'on se racontait en hiver autour des feux de camp. Il était rare d'en croiser désormais, mais ils avaient dû être plus nombreux jadis. Dans la quasi-totalité des grottes anciennes et abandonnées, on tombait sur des haches massives : l'outil par excellence de l'homme de Neandertal. Ces outils paraissaient désormais rudimentaires. Alors même qu'ils employaient la même pierre que les hommes de Neandertal, les comparses d'Ursula en tiraient un bien meilleur parti, faisant sauter de minces éclats de silex pour affûter les arêtes émoussées. Tous les hommes devaient apprendre à tailler leurs couteaux et leurs grattoirs de silex mais, inévitablement, d'aucuns s'en tiraient mieux que d'autres, soit que leurs pierres fussent choisies avec plus de discernement, soit qu'ils fussent plus habiles à faire sauter des éclats. Les hommes de Neandertal, à en juger d'après les pierres abandonnées dans les cavernes, n'avaient jamais pris le tour de main. C'étaient des créatures étranges, que la bande préférait éviter et qui préféraient elles aussi se tenir à l'écart. Elles savaient certainement chasser. Il y en avait des preuves un peu partout. Leurs anciennes grottes étaient jonchées d'os de chevaux et de bisons. Plus au nord, disait-on, il y avait un ravin plein d'os d'animaux sauvages, comme s'ils s'étaient jetés du haut de la falaise avant de se faire dépecer. De temps à autre, des chasseurs tombaient encore sur un groupe de néandertaliens dans la forêt ou sur des pentes lointaines. Farouches, ils se perdaient dans les arbres plutôt que d'affronter les chasseurs. Pour leur part, jamais ces derniers n'attaquèrent des hommes de Neandertal. Certains furent bien tentés de les traquer pour se nourrir, mais l'idée de chasser des êtres aussi proches de l'homme inspirait une vive répugnance. C'était presque un tabou.

Lorsque Ursula vint au monde, les néandertaliens se faisaient rares. Au fil des générations, ses ancêtres avaient progressé très lentement depuis le Proche-Orient en passant par la Turquie. Ils avaient franchi le Bosphore, qui séparait un immense lac d'eau douce, au nord (l'actuelle mer Noire), de la mer Égée, au sud. Jadis, lorsque le cycle climatique avait changé et que le temps s'était rafraîchi, ils avaient lentement battu en retraite vers le Moyen-Orient tandis que les hommes de Neandertal retrouvaient leur territoire perdu. Mais, cette fois-ci, Ursula et les siens s'étaient enfoncés au cœur de l'Europe, beaucoup plus loin que leurs aïeux ne l'avaient jamais fait. À la différence de ses lointains ancêtres, ils ne revenaient plus sur leurs pas quand le froid s'installait.

D'apparence, Ursula et les siens étaient assurément très différents des hommes de Neandertal. S'ils n'étaient qu'un peu plus grands, leur charpente bien plus légère trahissait leur adaptation aux climats plus chauds du Moyen-Orient et d'Afrique où l'impératif majeur était de disperser la chaleur, plutôt que de la conserver. Plus de 250 000 ans d'adaptation au climat plus froid de l'Europe avaient donné à l'homme de Neandertal son caractère robuste et trapu, histoire de réduire la surface exposée et ainsi la déperdition de chaleur. Leur visage aussi était très différent : front fuyant, pour ainsi dire pas de menton et des arcades sourcilières juste au-dessus des sourcils. Alors qu'Ursula et ses semblables avaient un petit nez, les hommes de Neandertal avaient un appendice nasal volumineux et protubérant pour réchauffer l'air avant qu'il n'atteignît les poumons.

En eux-mêmes, ces traits physiques ne suffisent pas à expliquer pourquoi les néandertaliens commencèrent lentement à se retirer à mesure que la bande d'Ursula et d'autres humains modernes s'infiltrèrent lentement sur le continent européen. L'extinction progressive des hommes de Neandertal devait prendre encore quinze mille ans : ils furent contraints de poursuivre leur retraite jusqu'à la mort du dernier, dans le sud de l'Espagne. Il n'y eut pas de batailles rangées, pas d'élimination délibérée de la « première nation » de néandertaliens comparable à la colonisation européenne d'un passé plus récent. Pour commencer, Ursula et ses pareils manquaient totalement de l'organisation nécessaire. Ils ne formaient pas un État avec des ambitions territoriales et disposant d'un arsenal. Ils formaient des bandes dont le seul but était de survivre. Ce n'est pas non plus leur habileté à tailler le silex qui fit la différence. Si les semblables d'Ursula survécurent, c'est pour avoir su mieux s'organiser et communiquer.

Ursula passa sa première année dans les bras de sa mère tandis que celle-ci s'en allait ramasser les vivres du jour. Le plus souvent, elle se rendait dans les bois voisins. Le printemps était une saison de vaches maigres. Les arbres ne portaient pas encore de fruits. La bande s'en remettait aux hommes, espérant qu'ils tueraient au moins quelques cerfs, voire un bison. Dès qu'elle saurait marcher, Ursula donnerait un coup de main à sa mère. Il y avait des grenouilles à attraper au bord des ruisseaux, des œufs d'oiseaux dans les fourrés, des racines et des tubercules à arracher avec un bâton ou les bois taillés d'un cerf élaphe. L'automne était la meilleure saison, avec les noisettes et les faînes, les baies, mais aussi les champignons. La bande changeait souvent de camp au gré des saisons. L'été dans les montagnes pour chasser le lièvre et le cerf, l'automne dans les chênaies et à proximité de la gorge pour tendre des embuscades aux troupeaux de retour. L'hiver dans les plaines, puis de nouveau le camp du printemps. Année après année, le cycle se répétait. Certaines années étaient fastes : le gibier était abondant et les enfants étaient plus nombreux à survivre. D'autres l'étaient moins : enfants et vieillards mouraient de faim au cours d'un hiver qui n'en finissait pas. La vie était rude, très rude. Il fallait être robuste et avoir beaucoup de chance pour survivre.

Ursula fut l'une des rares à avoir de la chance et survécut. Elle avait douze ans quand sa mère mourut à l'âge de vingt-neuf ans. Celle-ci avait déjà perdu quelques-unes de ses dents et s'était cassé la jambe dans une chute. La blessure s'infecta et elle mourut de septicémie six semaines plus tard. Sa mort relativement prématurée n'eut pas grand effet sur la vie d'Ursula. Elle était presque adulte, et elle fut aussitôt adoptée par l'une de ses tantes qui appréciait d'avoir deux mains supplémentaires pour vaquer à ses corvées quotidiennes, devenues de plus en plus exténuantes avec deux bambins sur les bras. Bientôt, cependant, Ursula devait retenir l'attention des garçons par sa belle mine et ses formes de plus en plus épanouies. Ils essayaient de se faire valoir, faisant la course ou se bagarrant pour attirer ses regards. L'un d'eux lui offrit un collier d'os poli taillé dans les bois d'un chevreuil et enfilé sur du crin de cheval. Un autre lui donna un beau couteau de silex, purement ornemental. Il était si finement travaillé qu'il ne pouvait servir à autre chose. Un autre encore venait la voir après chaque sortie et lui donnait ce qu'il avait attrapé de mieux. Tous rivalisaient pour s'insinuer dans ses bonnes grâces : c'était à qui se montrerait le mieux capable de l'entretenir, elle et ses enfants. Forcée de choisir entre ses prétendants, elle jeta son dévolu sur le jeune homme qui lui apportait des colifichets, allant ainsi contre le vœu de sa tante qui lui recommandait vivement d'accepter le chasseur. Elle avait pris goût aux morceaux de choix qu'il apportait.

Au printemps suivant, à quinze ans, Ursula donna naissance à une fille. Tout comme sa mère, elle allaita le bébé, le portant avec elle quand elle fourrageait dans les forêts. Quatre ans plus tard, elle eut un nouvel enfant : encore une fille. Toutes deux devinrent de belles plantes, et Ursula vécut assez longtemps pour que chacune d'elles eût le temps de lui donner une petite-fille. Elle mourut quelques années plus tard à un âge mûr : 37 ans. Elle commença par perdre ses dents et s'affaiblit, incapable qu'elle était de mâcher la nourriture coriace qui était la base de l'alimentation quand le gibier manquait. La bande s'apprêtant à quitter les collines pour rejoindre son camp d'hiver, elle se savait incapable d'accomplir le voyage. Elle demanda à ce qu'on la laissât mourir dans la caverne où elle et ses enfants étaient nés. Sa famille répugnait à l'abandonner, mais tous savaient aussi qu'ils ne pourraient la transporter au cours de leur marche pénible jusqu'à la côte. Ils l'installèrent aussi confortablement que possible et l'enveloppèrent d'une pelisse d'ours pour la tenir au chaud. Après un dernier baiser, les yeux inondés de larmes, ses deux filles la quittèrent et rejoignirent la bande déjà engagée dans la gorge. Allongée à l'entrée de la grotte, dominant la vaste plaine qui s'étendait jusqu'à la côte, Ursula aperçut des petits points qui se perdaient à l'horizon. Ou peut-être l'imagina-t-elle en sombrant dans le sommeil. Le lendemain matin, elle était morte. La pelisse déchirée et ensanglantée devait rester le seul témoignage de sa fin rapide et violente. L'ours était revenu.

Ursula ne se doutait pas, bien entendu, que ses filles allaient donner naissance, par leurs enfants et leurs petits-enfants, à une lignée maternelle ininterrompue qui conduirait jusqu'à nous. Elle n'avait pas idée qu'elle deviendrait la mère d'un clan, la seule femme de son temps à pouvoir y prétendre. Chaque membre de son clan peut remonter en ligne directe jusqu'à Ursula. Son clan est celui des premiers hommes modernes qui aient réussi à coloniser l'Europe. Dans un laps de temps relativement court, il a essaimé à travers le continent, marginalisant les hommes de Neandertal jusqu'à leur extinction. Ursula est l'ancêtre maternelle directe d'environ 11 % des Européens modernes. Si le clan est présent dans l'Europe entière, il est particulièrement bien représenté dans l'ouest de la Grande-Bretagne et en Scandinavie. L'Homme de Cheddar en est peut-être le représentant le plus célèbre.

CHAPITRE 16

Xénia

Vingt mille ans s'étaient écoulés depuis la mort d'Ursula. Il y a de cela vingt-cinq mille ans, le temps se refroidissait à nouveau. Les hommes de Neandertal avaient disparu : l'Europe appartenait désormais aux hommes modernes. Des basses terres britanniques jusqu'au Kazakhstan, les grandes plaines s'étendaient à perte de vue, sans le moindre arbre à l'horizon, hormis quelques maigres bois de bouleaux et de saules dans le Sud. C'était un paysage lugubre, où le vent soufflait en rafales depuis les calottes polaires. Des jours, voire des semaines d'affilée, la température tombait à –20°. Si froide et inhospitalière qu'elle fût, la toundra européenne grouillait de vie et de bonnes choses à manger. D'immenses troupeaux de bisons et de rennes se déplaçaient lentement à travers les plaines, se nourrissant des herbes et des mousses. Il y avait aussi des petites bandes de chevaux et d'ânes sauvages à chasser. L'animal dominant était cependant le mammouth géant et laineux, qui ne se connaissait pas d'ennemis. Pas d'ennemis naturels, en tout cas, jusqu'à l'arrivée des hommes.

Xénia était née dans le vent et la neige du printemps finissant. Alors même qu'on était déjà en avril, la neige continuait de recouvrir la majeure partie des terres et formait des bourbiers autour du camp. Xénia était née dans une cabane ronde d'environ trois mètres de diamètre, dont la charpente consistait presque entièrement en os de mammouths. Deux immenses défenses formaient une porte, couverte de trois couches de peaux de bison qui empêchaient le froid d'entrer. Les interstices entre les os étaient remplis de mousse et de terre, et la toiture était faite de tourbe sur un treillis de petites branches de saule. Dans un âtre au centre de la cabane, la lueur rouge du feu éclairait faiblement les murs. Ce n'est pas du bois qui brûlait. Tous les arbres du voisinage avaient été abattus depuis plusieurs mois. Ce qui brûlait dans sa cabane, et la première chose qu'elle sentait, c'était la puanteur nauséeuse et inoubliable des os. La toundra était jonchée de squelettes décolorés de mammouths et de bisons. C'était un combustible fétide et répugnant, mais mieux valait souffrir cette odeur méphitique que mourir de froid.

Le camp se dressait sur un petit promontoire, à un kilomètre et demi d'un grand fleuve léthargique. Des générations de bisons l'avaient traversé pour rejoindre leurs pâturages. De même que le camp de printemps d'Ursula se trouvait à proximité d'une route de migration, celui de Xénia était disposé pour tirer le meilleur parti de cette source de nourriture prévisible et sûre. Depuis le temps d'Ursula, il y avait eu des progrès techniques. Les lances à pointe de silex étaient meilleures, et les lanceurs en augmentaient la précision et la portée. Les lanceurs étaient de petits morceaux de bois ou d'os que l'on ajustait à l'extrémité de la lance, comme en prolongement du bras. Les nouveautés et inventions de ce type eurent tôt fait de se propager à la faveur des rencontres entre bandes au bord de l'eau ou des chasses organisées dans la toundra à la fin de l'été.

Chaque année, les bisons franchissaient toujours le fleuve au même point, où la rivière décrivait un coude et où ses eaux entamaient la rive escarpée de terre et de gravier. Les troupeaux migrateurs s'étaient frayé un chemin, mais d'année en année la pente était plus raide et ils avaient le plus grand mal à s'extraire de l'eau. En toute rationalité, il eût été judicieux pour eux de trouver un autre passage, mais ils suivaient la même route depuis des siècles et ils ne devaient jamais en changer. Cette obstination aveugle, ce refus de changer et de s'adapter, aux antipodes des vertus humaines, faisaient fort bien l'affaire de la bande de Xénia. Tandis que les bêtes s'efforçaient de sortir de l'eau, épuisées par la traversée et chancelantes sur la rive qui s'effondrait, elles faisaient une proie facile pour les chasseurs armées de lances. Pour éviter d'être vus et de semer trop vite la panique dans le troupeau, ils s'étaient aménagé une planque en os de mammouths couverts de peau.

Les troupeaux arrivaient toujours à la même époque. Alors que les journées se faisaient plus longues et que les oies arrivaient du Sud, la bande savait que le moment approchait. Les chasseurs se dirigeaient vers le fleuve et se postaient derrière leur affût. Quand les bisons arrivaient, ils ne perdaient pas un instant. Il ne rimait à rien d'attendre qu'ils fussent déjà dans l'eau. Il fallait être en position avant eux. Le premier signe de leur approche était un bruit sourd venant du sud-ouest, que le vent portait comme le grondement continu d'un orage lointain. Le bruit s'amplifiant, l'adrénaline montait. Les chasseurs vérifiaient leurs lances, s'assurant que les pointes de silex étaient bien emmanchées. Les milliers de sabots martelant le sol faisaient un vacarme de plus en plus assourdissant. Puis le bruit des éclaboussures annonçait que les animaux de tête étaient entrés dans l'eau, sur la rive opposée, encore hors de vue. Les chasseurs attendaient, accroupis. Le temps leur semblait interminable, mais, en réalité, il ne fallait que deux ou trois minutes au plus pour que les bisons franchissent le fleuve à la nage.

Enfin, arrivaient les premiers animaux qui, sans perdre un instant, rejoignaient la rive. Tandis qu'ils s'efforçaient de prendre pied sur la terre instable, le reste de la troupe qui se bousculait derrière eux ne faisait qu'augmenter la panique. Les énormes bêtes brunes n'étaient plus qu'à un mètre ou deux des chasseurs accroupis. Ceux-ci attendaient encore que la bousculade pour s'extraire de l'eau eût ralenti le troupeau. Puis, de derrière les peaux, ils lançaient leurs armes, visant le cou et la poitrine. Les pointes de silex effilées s'enfonçaient dans le flanc des bêtes. Les animaux blessés roulaient des yeux et beuglaient de douleur. Ils ne mouraient pas d'un coup. Le seul espoir des chasseurs était que la pointe de silex eût tranché une artère ou perforé les poumons. Quand les animaux touchés chargeaient une fois de plus sur la toundra, les chasseurs sortaient de leur abri pour les suivre. Avec un peu de chance, les bisons blessés ne tardaient pas à s'effondrer. Il était alors facile de les achever d'un coup de lance en plein cœur. S'ils étaient moins gravement blessés, ils parcouraient des kilomètres et ne mouraient que quelques jours plus tard dans la toundra.

Dès qu'une bête perdait son sang et venait à manquer d'oxygène, les chasseurs s'attroupaient pour enfoncer leurs lances dans son poitrail : lorsque les yeux devenaient vitreux et que la langue pendait, c'est qu'elle était morte. Armés de leurs couteaux de silex, les chasseurs se hâtaient d'écorcher l'animal et de le dépecer pour en rapporter la viande au camp, parfois à plusieurs kilomètres de là. En période d'abondance, il n'était pas nécessaire de dépecer entièrement la carcasse. Ils se contentaient des meilleurs morceaux : les côtes et les épaules, sans oublier le foie, le cœur et les reins. Ils abandonnaient le reste dans la toundra : seule la pointe de silex fichée dans le cou indique aujourd'hui aux archéologues comment la bête a trouvé la mort.

La viande de bison leur permettait de tenir plusieurs semaines, le temps que fondent les dernières neiges et que les jours s'allongent. Les oies, les canards et les courlis revenus du Sud, où ils avaient passé l'hiver, commençaient à faire leurs nids dans les herbes et la mousse. Quelques semaines durant, la vie était facile, mais, sous peu, la bande devrait pousser vers le Nord, à la suite des troupeaux. Le déplacement d'un campement temporaire à l'autre avait toujours été le mode de vie de Xénia et des siens. Le plus urgent était d'accumuler assez de vivres et de graisses au cours de l'été pour tenir les longs mois d'hiver. La bande de Xénia était tributaire des transhumances et suivait donc les troupeaux tout au long de l'été. Il n'y avait pas de véhicules à roue, pas même de traîneaux, si bien qu'il fallait tout porter à dos. On pouvait abandonner sur place les charpentes en os de mammouth pour s'en servir l'année suivante, mais les couvertures de peau ne passaient jamais l'hiver. On avait besoin de toutes les mains et quiconque ne pouvait affronter les rigueurs de la marche, les vieux et les faibles notamment, était abandonné à son sort. Les mères ne pouvaient à nouveau enfanter que lorsque les enfants étaient assez grands pour suivre et, ainsi, quitter les bras de leurs mères.

Xénia était une fille précoce qui avait hérité des cheveux blonds et des yeux bleu-gris de son père. Elle frayait avec les autres gosses, aidant sa mère à organiser le camp. De temps à autre, en été, elle était autorisée à suivre son père quand il s'en allait chasser l'âne sauvage. Les rares fois où il ne rentrait pas bredouille, elle l'aidait à écorcher et à découper la viande. De loin en loin, au cours de ces équipées, ils rencontraient les membres d'autres bandes qui patrouillaient les territoires adjacents. Généralement, tout se passait bien : les membres des différentes bandes se reconnaissaient et se souvenaient de leurs rencontres antérieures. Ils échangeaient des nouvelles, parlaient essentiellement du temps et de la chasse, mais aussi de leurs familles. Leur langage était encore sommaire, mais tout de même bien assez développé pour transmettre des informations de base. Parfois, un jeune homme rejoignait le camp de l'autre bande et y passait même la saison. Ainsi les informations et les gens allaient et venaient à travers ces immensités désolées et glaciales.

Xénia finit par tomber enceinte. Ce fut une grossesse difficile. Sur la fin, elle avait du mal à se déplacer. Quoique robuste, elle pouvait à peine marcher tant son ventre était devenu gros. Sa mère puis les autres femmes de la bande commencèrent à s'en inquiéter. Par chance, elles se trouvaient dans leur camp d'été, le gibier avait été abondant, et il n'était pas question de reprendre la route avant plusieurs semaines. Au demeurant, ce n'était pas de changer de camp qui les inquiétait, c'était que Xénia allait donner le jour non pas à un enfant, mais à deux. C'était là une chose terrible. Une mère ne pouvait allaiter et porter deux enfants en même temps. Tel était précisément le but de la conception retardée : tant que le premier enfant n'était pas sevré, la mère ne pouvait en concevoir un autre. L'adaptation hormonale ne le permettait pas, précisément pour parer cette éventualité. Et pourtant, une fois sur cent, une mère mettait au monde des jumeaux comme Xénia était sur le point de le faire. C'était déjà arrivé, et la bande avait une règle stricte : le plus petit des deux serait tué sur-le-champ. On n'y faisait que rarement exception : quand une autre femme de la bande avait perdu son enfant et qu'il lui restait du lait. Mais Xénia ne devait pas en profiter : les autres bébés nés dans l'année avaient tous survécu.

Xénia elle-même ignorait tout de cette tradition cruelle mais nécessaire. Elle ne savait même pas qu'on pouvait avoir plus d'un bébé à la fois car le bébé surnuméraire était toujours tué juste après la naissance, son corps aussitôt dissimulé et enterré. Si Xénia elle-même n'avait pas compris qu'elle allait avoir des jumeaux, sa mère, elle, en était convaincue. Fait inhabituel — les couches et l'éducation ayant toujours été l'apanage des femmes —, elle confia sa crainte au père de Xénia. Il ignorait la règle concernant les jumeaux, mais il l'accepta sitôt qu'on l'eut mis au courant. Il redoutait vivement que Xénia ne mourût en couches. Chose une fois de plus très inhabituelle, il s'en ouvrit à un chasseur d'une autre bande qu'il rencontra dans la toundra et dont il savait, depuis la saison précédente, qu'il avait une fille du même âge que Xénia. Quelques jours auparavant, elle avait mis au monde son premier enfant, un garçon, mais il était petit et malingre. On pensait qu'il ne survivrait pas. Ce soir-là, les parents de Xénia concoctèrent un plan. S'ils parvenaient à subtiliser l'un des jumeaux, ils le remettraient à cet ami, qui pourrait le donner à sa fille, si celle-ci avait alors perdu son bébé. L'affaire était risquée, car rien n'indiquait qu'ils tomberaient d'accord.

Plus tard, dans la nuit, Xénia donna le jour à des jumelles. Elle les serra quelques instants sur sa poitrine, puis sa mère décida de lui en retirer une. Elle l'enveloppa dans une peau de lapin et la remit au père de Xénia, qui attendait dehors. Aussitôt, il se dirigea vers le camp voisin, à une trentaine de kilomètres plus à l'est. Le jour se levait quand il arriva. Son ami l'accueillit. De fait, sa fille avait perdu son garçon deux jours plus tôt. Le père de Xénia lui remit le bébé en le priant de réfléchir à son offre. S'il refusait, il n'aurait d'autre solution que de le tuer. L'homme réfléchit quelques instants, pensant au désarroi de sa fille mais aussi au risque qu'elle ne veuille pas entendre parler de l'enfant d'une autre. Il finit par accepter et porta le petit paquet maintenant affamé à sa fille.

Xénia ne sut jamais ce qu'il advint de la seconde jumelle. Elle ne sut jamais qu'elle serait la mère d'un clan. La fille qu'elle garda auprès d'elle fut à l'origine d'une longue lignée dont les descendants, en ligne maternelle directe, représentent environ 6 % de la population actuelle de l'Europe. L'autre jumelle adoptée prospéra elle aussi. Sa bande et ses descendants s'enfoncèrent toujours plus loin, à l'est, pour traverser les interminables steppes d'Asie centrale et de Sibérie et, finalement, émigrer aux Amériques. Environ 1 % des indigènes d'Amérique sont les descendants, en ligne maternelle directe, de Xénia. Au sein de ce clan, se sont formées trois branches déployées à travers l'Europe. L'une est encore largement confinée à l'Europe de l'Est, tandis que les deux autres ont progressé à l'ouest jusqu'en Europe centrale, pour l'une, jusqu'en France et en Grande-Bretagne pour l'autre.

CHAPITRE 17

Héléna

Héléna vécut il y a vingt mille ans, à l'époque la plus rigoureuse du dernier Âge glaciaire. Des glaciers et des champs de glace permanents recouvraient toute la Scandinavie et, au sud, s'étendaient jusqu'aux villes de Berlin et de Varsovie. La Baltique était prise sous les glaces, de même que la mer du Nord, du Danemark jusqu'à l'estuaire de la Humber, sur la côte anglaise. En hiver, l'Atlantique était gelé lui aussi et les glaces allaient jusqu'à Bordeaux. Encore rattachée à l'Europe continentale par la terre sèche, la Grande-Bretagne était recouverte par les glaces jusqu'aux Midlands, au centre du pays de Galles et à l'Irlande du Sud. Année après année, la toundra, ce paysage lugubre qui n'était rien de plus qu'une mince couche de terre et de végétation au-dessus du permafrost, progressait toujours plus au sud au point d'atteindre presque la Méditerranée. Les températures glaciales et les fortes chutes de neige rendaient la toundra inhabitable en hiver et les bandes de chasseurs qui écumaient l'Europe du Nord se trouvèrent progressivement refoulées vers les Pyrénées et les Alpes. Beaucoup s'étaient engouffrées dans la vallée du Rhône et se répandirent autour de la Méditerranée. Comme aujourd'hui, la côte était festonnée de lagunes, mais elle était à quelques kilomètres plus loin que de nos jours. Les grandes plaques de glace retenaient de telles quantités d'eau que le niveau de la mer était de plus d'une centaine de mètres en deçà de son niveau actuel.

Entre la côte et les bois de l'arrière-pays, il y avait relativement de quoi vivre. Héléna passa son enfance dans ce paysage, aidant sa mère à cueillir des champignons dans les bois et pataugeant dans les lagunes saumâtres en quête d'huîtres. Son père partait seul dans les bois pour chasser des petits cerfs et d'autres mammifères. Mais dès que les premières brumes de la fin d'été apparurent le matin au-dessus des marais, la bande sut qu'il était temps de se préparer au grand rassemblement.

Tout le monde leva le camp pour se retirer dans les collines, n'emportant avec soi que le strict minimum. De temps à autre, son chemin croisa celui d'autres bandes qui allaient dans la même direction. Mais il n'y eut pas le moindre heurt. Pendant le voyage régnait plutôt un climat d'excitation et d'anticipation. Les bois étaient clairsemés, maintenant. La bande s'engagea dans la toundra, traversa des chaînes de collines, des plateaux et des vallées fluviales. Six semaines plus tard, elle arriva enfin à destination : la vallée de la Dordogne, avec ses eaux vertes qui s'écoulaient paisiblement entre des falaises de calcaire gris jaune.

La bande s'installa dans un large abri rocheux qui débouchait sur une caverne plus profonde. Avant de l'investir, les hommes s'y enfoncèrent le plus loin possible pour s'assurer qu'il n'y avait pas d'autres occupants. C'était toujours une opération dangereuse et effrayante. Les grottes servaient aussi de tanières aux hyènes, aux lions et aux énormes ours des cavernes. S'il y avait déjà des occupants, il fallait les chasser ou les tuer. Cette année-ci, cependant, la chance leur sourit : à leur arrivée, la grotte était vide. Ils installèrent le camp tout près de l'entrée. Le long voyage était terminé. Héléna et ses compagnons pouvaient se reposer, se réchauffer au soleil en regardant le fleuve, à une trentaine de mètres en contrebas. Déjà à cette époque, le panorama était magnifique. Quelques jours plus tard, les grottes et les abris rocheux des alentours étaient tous occupés. Des bandes de tous les horizons avaient convergé vers ce lieu magique. Comme leurs ancêtres au temps jadis, elles étaient venues couper la route aux rennes qui quittaient leurs pâturages d'été, dans le Massif central, pour rejoindre les plaines. Il leur fallait franchir la Dordogne et s'engager dans la gorge, où la bande d'Héléna les attendrait.

Mais, d'ici là, il y avait encore quelques semaines, et quantité de choses à préparer. Le père d'Héléna se mit à tailler une nouvelle série d'outils dans du silex d'une grande finesse qu'il avait troqué en début d'année. Une pierre d'excellente qualité, sans fissures ni le moindre défaut. Il était particulièrement habile et pouvait en faire tout ce qu'il voulait ou presque, suivant ses besoins. Cette année, il décida de changer les pointes en os de sa lance favorite — son arme principale, lorsque le moment viendrait de tuer des rennes. S'installant près de l'entrée de la grotte, il se mit au travail. Le cœur de la pierre ressemblait à un cylindre de la taille d'un petit fromage. Il l'examina attentivement, le tournant et le retournant entre ses mains, et calcula, en se fiant à une intuition, fruit de longues années d'expérience, quel était le meilleur endroit où frapper pour tailler une lame. Pour un peu, on aurait dit qu'il sentait la structure interne de cette pierre précieuse, le plan le plus faible de sa structure moléculaire. Il choisit son point d'attaque. Tenant le silex dans sa main gauche et un gros galet dans sa main droite, il frappa fort. La pierre éclata, et une lame fine et longue s'en détacha : exactement comme il l'avait prévu. Comme il était de bonne humeur et que les choses se passaient bien, il fit cinq autres lames avant de ranger la pierre dans son sac. Les lames, d'une dizaine de centimètres de long sur trois de large, étaient merveilleusement adaptables. Au prix de retouches délicates, elles devenaient des couteaux, des grattoirs et des pointes de lance, ou encore des outils pour travailler des matériaux secondaires tels que le bois ou les andouillers. Examinant les lames une par une, il en choisit trois pour en faire des pointes de lance, en réserva une pour faire un grattoir afin de nettoyer les peaux de renne, et deux autres pour travailler les os. Alors même que les six auraient pu convenir, il savait d'expérience laquelle était la mieux adaptée à l'usage qu'il voulait en faire.

Aujourd'hui, il comptait fabriquer un nouveau jeu de pointes en os pour ses lances ainsi que de nouvelles aiguilles à coudre pour la mère d'Héléna. Il avait encore ses pointes de l'année dernière, mais il préférait toujours s'en faire une nouvelle série en vue de la prochaine chasse quand il en avait le temps. Il choisit un morceau de bois de renne d'une vingtaine de centimètres de long et relativement droit. On en trouvait assez facilement au début de l'été, quand les rennes perdaient leurs bois et que commençaient à leur en pousser de nouveaux. Depuis leur camp d'été, il fallait une semaine de marche à travers les collines pour rejoindre un coin où il savait pouvoir, généralement, en trouver. Il aurait certes pu en garder certains de la chasse de l'automne précédent, et parfois il le faisait, mais les excursions dans les collines du début de l'été étaient une chose qu'il attendait avec impatience. C'était devenu une tradition familiale. Depuis qu'il avait sept ans, son père l'avait toujours emmené avec lui, et lui-même faisait pareil avec le frère aîné d'Héléna. Ainsi avait-il en permanence une bonne réserve de bois. Il cassait les pointes et en abandonnait la plupart sur place pour ne ramasser que celles qu'il pouvait utiliser. Il en prenait toujours un peu plus que nécessaire pour les travailler et les troquer. Il avait par exemple passé un accord avec un homme de la bande : il lui échangeait des objets en bois taillés, qu'il lui plaisait de faire et pour lesquels il était réputé, contre des pierres propres à faire des lames. Les meilleurs silex, il fallait aller les chercher loin, si bien que le troc était raisonnable : tandis qu'il recueillait des bois pour en faire des ustensiles, un autre partait ailleurs ramasser des silex. Il était donc parfaitement satisfait. Confortablement installé à l'entrée de la caverne, il regardait le fleuve et, par-delà la rive, les collines d'en face. Maintenant âgée de huit ans, Héléna vint s'asseoir à côté de lui pour l'aider. Elle avait hérité de la dextérité de son père et demandait toujours à faire quelque chose.

La première tâche était de fabriquer le burin pour faire des entailles parallèles dans les bois. Pour cela, il fallait une arête plate, comme un couteau à tapis. Le père d'Héléna examina tour à tour chacune des lames. Il en choisit une, qu'il posa soigneusement afin qu'une extrémité reposât sur le sol et que l'autre fût en travers du bois de renne. Il procéda à des ajustements soigneux, jusqu'à ce que la lame touchât le bois à l'endroit précis qu'il voulait fracturer. Puis, dans un geste rapide, il la frappa avec un petit galet, brisant l'extrémité de la lame. La fracture était parfaite, et le burin ne l'était pas moins : une belle arête bien droite comme un ciseau, et très tranchante. Ça ne marchait pas toujours du premier coup, mais cette fois-ci l'outil était magnifique. Il ramassa un morceau de bois de renne et, s'aidant du burin, traça une ligne droite sur toute sa longueur. C'était un bon outil, l'un des meilleurs qu'il eût fabriqués. Tournant le cylindre de bois dans sa main, il répéta l'opération jusqu'à ce que les sillons ainsi creusés marquent cinq segments de même taille. C'était toujours une tâche délicate, mais le burin s'enfonçait si bien que les segments étaient parfaitement égaux. Cette fois-ci, il n'y aurait pas de perte.

Patiemment, il creusa le long de chacune des cannelures dans le cœur dur et osseux du bois de renne, s'en tenant aux lignes droites qu'il avait tracées. Cela lui prit une bonne heure. Quand il eut presque atteint le milieu du bois, il enfonça avec force le burin. L'os se courba légèrement puis se brisa proprement sur toute sa longueur. Il ramassa alors le segment de vingt centimètres de long sur trois de large, mais maintenant de section presque triangulaire. Travaillé, il ferait une bonne pointe de lance. Il renouvela l'opération sur chacun des autres segments. Il n'eut qu'un seul échec, avec le troisième segment qui se brisa au milieu. Cela ferait une bonne aiguille. Il la donna à Héléna avec le burin. Elle aidait déjà sa mère à coudre, elle pouvait bien l'aider à faire une aiguille. Soigneusement, régulièrement, elle tailla l'éclat, le lissant de chaque côté et l'effilant à une extrémité. Quand elle eut fini, elle montra le résultat à son père. Pour un coup d'essai, c'était un coup de maître. Il prit le poinçon qu'il avait lui-même fabriqué avec une pierre pointue. Les bons poinçons étaient extrêmement difficiles à réaliser et celui-ci était soigneusement enveloppé dans une peau. Avec la pointe, le père d'Héléna creusa un œil à l'extrémité émoussée de l'aiguille et la rendit à sa fille, qui courut montrer à sa mère ce qu'elle avait fait.

Les vêtements chauds étaient chose essentielle. En hiver, la température pouvait tomber à –10° pendant plusieurs semaines. Par chance, il ne manquait pas de peaux et tout le monde portait des habits faits sur mesure, doublés, à l'intérieur, d'une peau de lièvre ou d'écureuil. C'était aux femmes de faire les habits, et la mère d'Héléna avait de bons doigts et une bonne vue.

Elle taillait chaque peau et ajustait les pièces avant de prendre son aiguille et de percer des trous sur les bords. Puis elle enfilait un nerf de renne sur son aiguille qu'elle passait dans chaque trou pour coudre ensemble les différentes pièces. Aujourd'hui, elle faisait un vêtement pour Héléna. Les enfants de son âge grandissaient si vite qu'on avait peine à suivre le rythme. Il n'était pas question de lui mettre les habits de son frère aîné. Il avait sept ans de plus qu'elle, et ils n'allaient pas trimballer ses vieux habits pendant sept ans ! À l'occasion, elle récupérait les vêtements abandonnés par d'autres femmes dont l'enfant avait grandi, mais, en général, elle préférait en faire de tout neufs. Ils devaient être bien ajustés pour protéger du froid. Héléna resta debout devant sa mère le temps qu'elle prît ses mesures avec une longue bande de peau de cerf. Ajuster les peaux et les coudre était une tâche qui prenait trois bonnes journées. Un habit bien cousu était un motif de fierté, et la mère d'Héléna tenait à ce qu'on admirât son ouvrage. Avec ses talents de couturière et la réputation d'artisan du père d'Héléna, la famille était très consciente de sa position au sein de la bande.

Depuis dix jours qu'ils étaient arrivés sur place, chacun s'était mis à ses activités saisonnières. Héléna avait des vêtements neufs, sa mère une douzaine de nouvelles aiguilles en os, et son père un nouveau jeu de pointes de lance. Déjà, les jours se faisaient plus courts et plus froids. Les feuilles de bouleau jaunissaient. Dans la vallée, les effets des premiers gels nocturnes apparaissaient sur la pointe des joncs. Les rennes n'allaient plus tarder. Mais avant leur apparition, et pour s'assurer qu'ils arrivent bien, restait à accomplir une cérémonie importante. Une nuit de pleine lune, après les premières gelées, les hommes de la bande et tous les autres chasseurs qui avaient convergé vers cette partie du fleuve remontèrent une vallée latérale jusqu'à une ouverture étroite de la falaise, obstruée par une pierre circulaire. Tous avaient la figure barbouillée d'ocre rouge, et le corps noirci au charbon de bois. Ayant fait rouler la pierre de côté, ils entrèrent en silence dans la grotte, tenant à la main de petites bougies en graisse d'animal. Le frère d'Héléna les accompagnait pour la première fois. Étant assez âgé pour participer à la chasse, il devait aussi venir à la grotte. Il avait peur du noir et détestait par-dessus tout se retrouver enfermé dans un lieu étroit. Dans un silence absolu, ils s'enfoncèrent toujours plus profond au cœur de la falaise, leurs lumières tremblotantes dessinant des ombres mystérieuses sur les parois. Après quelque huit cents mètres, le passage étroit devint un peu plus large pour finalement déboucher sur une grande salle. Il y régnait un silence absolu, hormis le bruit des gouttes d'eau qui suintaient du plafond. Par endroits, les parois étaient couvertes de rubans de travertin pâle qui chatoyaient à la lueur des bougies. Sur un côté, trois grandes stalactites de deux mètres de long pendaient du plafond, tandis que trois stalagmites trapues s'élevaient du sol comme pour les rejoindre. Mais la jonction demanderait encore cinq mille ans !

Pourtant, ce n'étaient pas ces prodiges de la nature que les hommes étaient venus voir. Tournant à droite, ils s'engagèrent dans un couloir tout en hauteur qui partait de la chambre principale. Tout en haut, sur la paroi, mais à peine visible à la lueur jaune pâle et tremblotante de leurs bougies, ils devinaient les formes d'animaux sauvages. Les parois lisses étaient recouvertes d'images géantes de bisons, de chevaux sauvages, de rennes et de taureaux. Le frère d'Héléna, qui souffrait déjà de claustrophobie, recula et, se serrant contre son père, laissa tomber sa bougie dans une flaque d'eau. La flamme grésilla et s'éteignit. À sa droite, un taureau sauvage paraissait charger, naseau fumant, tête baissée, les cornes prêtes à l'embrocher. Son père lui avait déjà parlé des peintures, mais il n'y était pas préparé. Elles étaient si vraies, si vivantes, si menaçantes. Il voulut détaler, mais son père le retint, lui passant la main dans les cheveux pour l'apaiser.

En silence, les hommes regardèrent ces créatures qu'ils craignaient mais dont ils avaient aussi besoin. Dans la lumière tamisée, les images commencèrent à prendre vie. Elles se mirent à bouger. Le père d'Héléna se frotta les yeux. Cela faisait vingt ans qu'il venait ici, d'abord avec son père, puis seul, mais l'effet étrange était toujours le même. Les peintures étaient trop en hauteur pour qu'on pût s'assurer qu'elles étaient vraiment vivantes. Les hommes ne les quittaient pas des yeux, comme pour vérifier qu'elles étaient toujours là. Ils se concentraient sur la chasse, fixant ces images et se préparant à les rencontrer dans la réalité. Personne ne savait qui avait peint ces animaux, ni depuis combien de temps ces peintures étaient là. L'image d'une main, dont le contour était dessiné à la suie, était sans doute celle de l'artiste, mais personne ne le savait vraiment. Peut-être avaient-elles toujours été là.

Au bout d'un certain temps, qui parut une éternité au frère d'Héléna, l'atmosphère changea. Dans l'esprit des chasseurs, les images étaient devenues bien réelles. L'un après l'autre, ils sortirent leurs longues lances et, dans un grand cri, firent mine de les enfoncer dans les flancs de leur proie imaginaire. Ils ne frappaient pas vraiment. Ce n'était pas nécessaire. Les bêtes s'étaient détachées des parois et se tenaient devant eux, suspendues dans les airs. La caverne retentit des hurlements déchirants des chasseurs participant à cette séance de magie sympathique qui devait transformer la tuerie rituelle de ces bêtes imaginaires en carnage de leurs cousins vivants.

Une dizaine de minutes plus tard, le vacarme retomba. Les hommes abaissèrent leurs lances et regardèrent de nouveau leur proie en silence. Il n'y avait rien d'autre à faire pour s'assurer que les animaux seraient au rendez-vous et que leur chasse serait couronnée de succès. Sans que personne n'en donnât le signal, mais devinant que l'heure était venue, les hommes rejoignirent sans mot dire l'entrée de la grotte pour retrouver l'air frais de la nuit. Se serrant les uns contre les autres pour se défendre du froid, ils se mirent à parler de la chasse future. Ils discutèrent de leurs stratégies, nouèrent des alliances. Le frère d'Héléna n'était que trop heureux de se retrouver dehors.

Moins d'une semaine plus tard, on aperçut dans la vallée les premiers rennes qui cheminaient lentement. Tout s'annonçait bien. Ils se trouvaient à droite, si bien qu'ils devraient franchir le fleuve avant de s'engager dans la gorge proprement dite. La bande d'Héléna avait repéré un coin où le fleuve s'écoulait à travers de gros galets. Il avait ici une cinquantaine de mètres de large, avec un îlot rocheux au milieu. C'est là qu'ils se posteraient, à l'abri des rochers, dans l'espoir que les cerfs passeraient par ici, comme les années précédentes. Il ne manquait pas de coins, en amont, mais la présence de l'île et l'occasion qu'elle offrait de diviser le troupeau le rendait meilleur que la plupart des autres, surtout quand on savait que les cerfs étaient de plus en plus impatients d'accéder à l'autre rive avant que le fleuve atteignît la base des falaises. L'endroit n'était qu'à une centaine de mètres en amont de la grotte d'où Héléna et sa mère observaient les hommes se mettre en position.

Cette année, le père d'Héléna allait essayer pour la première fois un lanceur et une pointe détachable. Il en disposait depuis longtemps, mais il avait toujours préféré le modèle traditionnel : une robuste lance de bois, couronnée d'une pointe en os. Les avantages du lanceur, ses amis ne se lassaient jamais de le lui expliquer, c'était la possibilité de frapper de plus loin et avec plus de précision. Mais surtout, si l'animal détalait, on ne perdait que la pointe, pas toute la lance. Le lanceur proprement dit était un gros morceau de bois qui s'adaptait tant bien que mal à l'extrémité de la lance et servait de levier. En le plaçant sur l'épaule et en le lançant d'un geste vif, la pointe de la lance se détachait du lanceur beaucoup plus vite que la lance traditionnelle, d'un seul tenant. La pointe elle-même était l'habituelle pointe d'os ou de silex affilé fixée à un petit morceau de bois. Comme elle était également lestée avec une pierre, l'impact, quand elle frappait la cible, n'était pas moins fort que celui d'une lance de bois. Le père d'Héléna avait essayé, mais il n'était toujours pas convaincu. Il n'en avait emporté une avec lui que pour faire taire ses amis. Il était las de se faire traiter de réactionnaire. Mais, pour plus de sûreté, il avait aussi pris sa « bonne » vieille lance.

Héléna regarda son père et son frère s'accroupir derrière les rochers, au milieu du fleuve. Soudain, un petit groupe de rennes apparut à trois cents mètres en amont, sur la berge de son côté. Ils étaient visiblement agités. Ils longeaient lentement la rive en reniflant et en balançant la tête de part et d'autre. Elle s'allongea pour mieux observer depuis le bord de la falaise. Si le renne l'apercevait, il risquait de paniquer et de détaler. Les bêtes dépassèrent lentement l'île. Avaient-elles senti les chasseurs tapis derrière les rochers ? Elles se dirigèrent vers le point, juste au-dessous d'Héléna, où le fleuve découpait la falaise. Elle se pencha un peu pour les regarder. Elle voyait leur dos gris et leurs grands bois tentaculaires. Elle en compta douze. Probablement surtout des mères avec leurs petits, mais comme mâles et femelles portaient des bois, il était impossible d'en avoir la certitude. Il n'y avait pas moyen pour les rennes de sortir de ce côté-ci, parce que la falaise tombait à pic dans l'eau. Le courant était rapide, et l'eau profonde. Ils attendirent quelques minutes, ne sachant pas trop s'ils devaient tenter leur chance, puis se ravisèrent et firent demi-tour pour remonter un peu plus haut. Ils s'arrêtèrent juste en face de l'île où les chasseurs étaient postés. Allaient-ils traverser ici ou encore plus en amont ? Héléna les vit d'abord hésitants, puis l'un d'eux plongea dans l'eau et se mit à nager en direction de l'île. Les autres suivirent. Les chasseurs se raidirent. Leur cœur se mit à battre plus vite, leur bouche se dessécha.

Lorsque les premiers rennes arrivèrent sur l'île, les chasseurs lancèrent leurs armes. D'aussi près, les pointes lestées étaient précises et fatales. Deux bêtes tombèrent sur place, le sang jaillissant de leur encolure. Les autres chargèrent droit devant. Le père d'Héléna réussit à enfoncer sa lance dans le flanc d'un petit, puis il le poursuivit dans les eaux peu profondes et l'acheva en lui tranchant la gorge avec son couteau. Après la première volée de lances, quelques animaux blessés avaient rebroussé chemin. Les hommes et les garçons se jetèrent à l'eau pour essayer de les retenir. Le frère d'Héléna eut la témérité de s'accrocher à un gros adulte qui n'était que légèrement blessé. Il se retourna et chargea, bois en avant, lui frappant la tempe d'un grand coup qui le laissa inconscient dans le fleuve. Observant la scène depuis son promontoire, Héléna se leva, agitant les bras et criant pour attirer l'attention de son père. Il leva la tête et, comprenant que quelque chose n'allait pas, balaya le fleuve des yeux à la recherche de son fils. La tête dans l'eau, son corps dérivait vers les courants rapides, sous la falaise. Son père lâcha le petit qu'il venait de tuer et plongea. Il attrapa son fils avant qu'il ne fût trop tard et le traîna jusqu'à la rive, oubliant la chasse. Le garçon recouvra bien vite ses esprits, mais les rennes étaient partis depuis un moment. Le courant emportait le petit vers les rapides. Nul ne pourrait le rattraper à temps.

Sous les yeux d'Héléna, le fleuve avait changé de couleur : ses eaux vertes et limpides étaient maintenant rouges du sang du carnage. À en juger par la couleur de l'eau qui venait d'amont, d'autres bandes avaient fait bonne chasse. Pour celle d'Héléna, c'était la catastrophe. Les hommes n'avaient tué que trois rennes. Deux petits et un adulte. L'hiver promettait d'être maigre, sauf s'il arrivait d'autres bêtes. Aucune ne suivit ce chemin. Deux semaines plus tard, la bande ne pouvait plus attendre. La neige avait commencé à tomber et les autres bandes s'en allaient rejoindre leurs camps d'hiver. Tous firent leurs bagages et commencèrent le long voyage qui devait les ramener au bord de la mer. S'ils passaient l'hiver, ils reviendraient l'automne prochain, en espérant que la chance leur sourirait davantage.

Les années se suivaient et se ressemblaient, au rythme des saisons. Le frère d'Héléna se fit tuer trois ans plus tard, piétiné par une petite horde de chevaux sauvages auxquels ses amis et lui avaient eu la folie de vouloir tendre une embuscade. Son père vécut dix ans encore, assez longtemps pour voir Héléna mettre au monde la première de ses trois filles. Souffrant d'une grave arthrite aux doigts, sa mère dut renoncer à la couture. Elle mourut un an plus tard, lorsque le mal gagna ses chevilles et ses genoux. Héléna elle-même vécut jusqu'à quarante-deux ans, âge fort respectable en ce temps-là, et assez avancé pour voir ses premiers petits-enfants.

Au fil des générations, le clan apparu avec Héléna essaima sans mal à travers l'Europe, s'implantant dans toutes les parties du continent. La séquence de référence, à laquelle on compare toutes les mutations mitochondriales, est aussi celle d'Héléna : 47 % des Européens modernes appartiennent à son clan. Nous ne savons pas si ce remarquable succès tient à quelque qualité particulière de son ADN mitochondrial, qui donnerait aux porteurs un avantage biologique, ou si c'est par un pur hasard que tant d'Européens descendent d'Héléna en ligne maternelle directe et trouvent ainsi leurs origines dans les hivers particulièrement rudes du dernier Âge glaciaire.

CHAPITRE 18

Velda

Trois mille ans après Héléna, le Grand Âge glaciaire était devenu plus rigoureux encore. Il y a dix-sept mille ans de cela, les plaines de l'Europe du Nord étaient entièrement désertes. Toute la vie, animale et humaine, était concentrée en Ukraine, dans le sud de la France, en Italie et dans la péninsule Ibérique. Velda, la quatrième des sept filles, vécut dans le nord de l'Espagne, dans les monts Cantabriques, à quelques kilomètres derrière l'actuel port de Santander. Le fond de l'océan suit ici une pente escarpée, si bien que la ligne de la côte à cette époque n'était pas très différente de ce qu'elle est aujourd'hui, même si le niveau de la mer était inférieur de plus de cent mètres. Comme beaucoup d'autres avant et depuis, la famille de Velda était tributaire des troupeaux de bisons qui passaient l'été sur les hauts plateaux, dans le Sud, mais les siens chassaient aussi dans les forêts épaisses qui recouvraient la plaine côtière. Leur position centrale leur permettait de vivre en permanence dans les environs. Les meilleurs sites étaient chèrement disputés, ce qui incita Velda et ses compagnons à occuper l'endroit toute l'année. L'eussent-ils abandonné pour une migration saisonnière vers la côte ou dans l'arrière-pays, pour suivre les bisons, qu'une autre bande eût très certainement pris leur place. Situation fâcheuse, mais aussi dangereuse. Plus d'une fois, par le passé, des gens avaient été tués en essayant de défendre ou de récupérer une grotte.

La plupart des cavernes étant occupées à longueur d'année, il était beaucoup plus facile de faire valoir ses droits ; les évictions forcées, si elles n'avaient pas entièrement disparu, appartenaient donc largement au passé. Du même coup, cela obligeait aussi les hommes à s'absenter durant de longues périodes pour aller chasser. Le compagnon de Velda était un bon chasseur. Même quand le gibier était rare, il revenait toujours avec quelque chose pour elle et ses trois filles. En son absence, elle allait chercher des vivres dans les bois environnants. Aussi longtemps qu'elles furent trop petites pour l'accompagner, c'est sa mère, une vieille femme de trente-sept ans, qui veilla sur elles. Ce n'était pas de tout repos d'arpenter le même territoire jour après jour, même s'il n'avait plus de secrets pour elle. Elle savait dans quel ruisseau trouver du menu fretin, dans quels étangs se pressaient grenouilles et crapauds, et où chercher les chênes avec les meilleurs glands.

Velda était une femme remarquable avec son mètre soixante-deux (une taille supérieure à la moyenne), ses yeux de jais étincelants et ses cheveux noirs qui lui flottaient sur les épaules quand elle marchait. Sa peau était d'un brun léger en hiver, mais elle bronzait facilement et son visage était foncé comme l'ébène en été. Sans doute faisait-il froid, mais le soleil ne brillait pas moins qu'aujourd'hui. Si elle passait beaucoup de temps à ramasser des vivres, le travail n'occupait pas toute sa vie ; en été, les jours de grand soleil, elle se trouvait un coin à l'abri et s'allongeait quelques heures pour réfléchir à sa vie. Elle était proche des autres femmes de son âge, qui, pour la plupart, lui étaient apparentées d'une manière ou d'une autre, et elles passaient leur temps à parler de leurs vies. Elle était heureuse, même si élever trois enfants n'était pas une sinécure avec un homme qui passait ses journées en vadrouille. Mais les autres femmes l'aidaient volontiers, et elle leur rendait la pareille. Sa mère et sa sœur aînée l'avaient aidée à la naissance des trois enfants tout comme elle avait aidé sa sœur et d'autres amies. Les hommes ne s'occupaient pas des naissances. Souvent, ils n'étaient pas là quand les enfants venaient au monde, et il eût été impensable qu'un homme assistât aux couches. Les femmes de la bande gardaient donc un contrôle total des opérations et entretenaient le mystère. L'avenir de la bande était entre leurs mains. En contrepartie, les hommes les ravitaillaient et les protégeaient des bêtes sauvages, qui étaient une menace constante. Le compagnon de Velda était bon et attentif quand il était dans le camp, et c'était toujours un soulagement de le voir revenir sain et sauf, surtout quand il rentrait chargé de viande pour le garde-manger. Suivant que la chasse avait été bonne ou non, il lui arrivait de s'absenter jusqu'à trois semaines d'affilée. Il se chargeait autant qu'il le pouvait, puis il rentrait.

Pendant ce temps-là, surtout quand tous les hommes de la bande étaient partis ensemble, Velda se sentait particulièrement vulnérable. Elle craignait par-dessus tout les visites nocturnes des léopards. Elle connaissait plusieurs cas d'enfants ravis pendant leur sommeil. Quand la nuit tombait, elle allumait un feu à l'entrée de la grotte et se retirait avec ses filles dans une anfractuosité naturelle, où elle les installait l'une à côté de l'autre dans leurs lits de peaux. Sa mère était venue vivre avec elles, ce qui, en théorie, était une sécurité supplémentaire. Mais ses nerfs n'étaient plus ce qu'ils avaient été, et elle ronflait fort. Velda, quant à elle, avait le sommeil léger. Toutes les heures, elle se levait pour s'assurer que le feu n'était pas éteint. Quand son homme était là, ils faisaient le guet à tour de rôle, ce qui lui permettait de passer une bonne nuit.

Certains soirs, elle devinait la présence d'animaux qui rôdaient dans les ténèbres. On ne saurait dire qu'elle les entendait, parce qu'ils évoluaient sans bruit. Elle sentait leur présence. Un jour, elle aperçut deux yeux verts qui brillaient dans la nuit noire, à quelques pas, et reflétaient les flammes. Elle se raidit et empoigna la lance qu'elle gardait toujours à portée de main, puis elle jeta une branche dans le feu. Les flammèches s'élevant, les yeux s'évanouirent : l'animal avait rebroussé chemin. Elle imaginait que le léopard, ne sachant pas combien de personnes se cachaient dans la grotte, en avait conclu qu'il ne valait pas la peine de passer à l'attaque.

Il était rare que les enfants fussent tués dans une attaque directe. Généralement, ils disparaissaient quand, par négligence ou épuisement, on avait laissé le feu s'éteindre. Souvent, cela se passait si vite et dans un tel silence qu'on ne découvrait ce qui s'était passé que le lendemain matin. C'était la pire espèce de disparition, parce qu'on ne savait pas si l'enfant avait été enlevé ou s'il était simplement allé se promener dans la grotte. C'était arrivé à l'une des cousines de Velda, qui avait passé des jours à chercher son seul enfant. Était-il encore en vie, quelque part au fond des bois ? Bien sûr que non. Un léopard avait saisi la fillette endormie par la gorge, refermant sur sa trachée ses mâchoires d'une force terrible. L'enfant ne pouvant plus respirer ni crier, le fauve était ressorti sans mal de la grotte, portant la proie dans sa gueule. La peur de la nuit était bien réelle.

Velda, ainsi que les autres femmes, fit son possible pour consoler sa cousine, mais celle-ci ne se remit jamais de la perte de son enfant dans ces circonstances terribles. Elle sombra dans une profonde léthargie.

Refusant de s'alimenter, elle s'asseyait au sommet de la colline et scrutait des yeux les bois épais tout en appelant sa fille perdue. Bien souvent, les femmes à qui un animal sauvage avait enlevé un enfant en avaient un autre presque aussitôt, si bien que le nouveau-né leur faisait oublier leur chagrin. Torturée par le soupçon que sa fille était peut-être toujours en vie, la cousine de Velda ne put se résigner à suivre leur exemple. Elle devint trop faible pour tomber enceinte ; et son homme, désespérant de la voir se rétablir un jour, finit par quitter la bande. Elle prit l'habitude d'errer à travers les bois, de sangloter doucement, fouillant chaque buisson, regardant derrière chaque arbre. La nuit, Velda et ses amies la prenaient dans leur grotte, mais elle ne voulait pas manger et ne trouvait jamais le sommeil. Puis un soir, à l'approche de l'hiver, la nuit était tombée et elle n'était pas rentrée. Elle n'avait nul besoin d'être mise en garde et ses amis ne cessaient de lui rappeler de rentrer tant qu'il faisait encore jour. Cette fois-là, elle ne revint pas. Et l'on ne retrouva jamais son corps. On ne savait pas ce qu'il était advenu d'elle, mais on le subodorait. Le léopard qui avait tué son enfant avait dû la suivre et fondre sur elle tandis qu'elle rebroussait chemin à travers les arbres. Elle n'était plus de force à lutter. Bientôt, elle servit de pitance à la même portée de petits qui avaient dévoré sa fille.

Velda avait une fibre artistique très développée. Son grand-père était de ceux qui peignaient les grottes pour les cérémonies et elle-même avait essayé de reproduire leurs magnifiques images sur les parois de sa grotte. Son désir le plus cher était qu'on lui permît de faire quelque chose dans l'une des grandes cavernes réservées aux cérémonies avant la chasse. C'était un privilège jalousement gardé. Il fallait avoir non seulement des talents de peintre, mais aussi des dons surnaturels, être un magicien reconnu. Comme c'était chose impossible à démontrer, les artistes en herbe avaient tendance à exagérer leurs excentricités ou à se prévaloir d'une longue lignée de magiciens.

Velda exprima ses talents d'artiste en sculptant des os et, quand c'était possible, de l'ivoire de mammouth. Ses motifs étaient aussi bien symboliques que naturalistes, et il lui fallait des semaines, voire des mois, pour achever une pièce. Souvent, elle travaillait jusque tard dans la nuit, à la lueur du feu, pendant que ses enfants dormaient. Son projet le plus ambitieux était un lanceur taillé dans un morceau de genévrier qu'elle comptait offrir à son compagnon. Il n'était pas destiné à la chasse proprement dite, mais uniquement aux cérémonies. Depuis peu, les hommes avaient pris l'habitude de se munir d'armes cérémonielles, plutôt que de vraies armes, pour faire jouer la magie sympathique. Brandir une arme spéciale leur paraissait beaucoup plus approprié et, très certainement, plus efficace. Velda passa les trois mois d'été à travailler cette pièce. Elle voulait qu'elle fût prête pour la cérémonie de l'automne suivant. Quand son homme était à la chasse, elle pouvait travailler au grand jour ; quand il était là, elle cachait son cadeau dans une fissure, au fond de la grotte. Elle tenait à lui en faire la surprise.

Lorsqu'elle l'eut terminé, l'objet était splendide. Velda avait sculpté sur toute la longueur un groupe de trois bisons. Il fallait le tourner pour voir le motif dans sa totalité, mais les proportions étaient parfaites. L'une des bêtes rejetait la tête en arrière et se léchait le flanc avec la langue. Elle avait prêté une attention particulière aux têtes, gravant avec soin toute une série de traits pour représenter les poils hérissés sur le dos. Des paupières protubérantes encerclaient les grands yeux, et les naseaux se dilataient, exactement comme dans la réalité. Nuit après nuit, elle avait ajouté des détails supplémentaires jusqu'au jour où, enfin satisfaite, elle l'avait rangé en attendant le retour de son homme.

Il ne revint jamais. Quand ses amis rentrèrent des collines, ils le croyaient déjà au camp. Après avoir tué un bison, il les avait quittés de bonne heure, impatient de rentrer. Il avait découpé les meilleurs morceaux et avait pris la route. Il avait trois jours de marche devant lui. Ses compagnons lui avaient dit au revoir alors qu'il s'engageait dans la vallée. C'était la dernière fois qu'ils l'avaient vu vivant. Lorsqu'ils regagnèrent le camp, quelques jours plus tard, et s'aperçurent de sa disparition, ils repartirent aussitôt dans les collines à sa recherche. Il était très peu probable qu'il se fût perdu : il connaissait le pays mieux que personne. Le temps était beau, il ne faisait pas trop froid : il était exclu qu'il se fût laissé surprendre par le gel. Il arrivait que des jeunes se joignissent à une autre bande de chasseurs, mais jamais quand une femme et des enfants les attendaient au camp. Il n'était pas souffrant quand il avait quitté ses amis. Mystère. Après quatre jours de recherche le long de la route qu'il aurait dû suivre, ils avaient fouillé tous les abris rocheux habituellement utilisés comme bivouac. En vain. Ils n'avaient trouvé aucune trace de lui. Au cinquième jour, ils grimpèrent dans les montagnes pour inspecter une grande caverne qu'ils fréquentaient parfois quand ils chassaient le bouquetin. Il était peu probable qu'il eût fait un pareil détour, d'autant que la chasse avait été bonne. Mais on ne savait jamais.

À une centaine de mètres de l'entrée, ils tombèrent sur son corps ou, plutôt, ce qu'il en restait : un amas de pelisses entourant un monceau d'os et de chair désarticulé. Tous les organes internes — le cœur, le foie, l'estomac et les poumons — avaient disparu. Dépouillée de la peau et des muscles, la cage thoracique restait soudée par des ligaments sanguinolents.

Ils se détournèrent. Ils savaient que c'était lui. Son visage était déchiré, son crâne fracassé, mais sa lance brisée reposait à côté du corps. C'était certainement la sienne. À une cinquantaine de mètres, ils découvrirent un autre corps : non pas celui d'un homme, cette fois, mais d'une hyène, avec une lance en plein poitrail. Voilà comment il avait trouvé la mort. Seul et entouré par une meute vorace de ces bêtes répugnantes, il avait frappé ses assaillants, en tuant un et, sans doute, en blessant d'autres. Mais ils étaient trop nombreux pour un seul homme et avaient fini par le submerger et par le tailler en morceaux.

Recueillant ses restes, ils les déposèrent dans une crevasse, qu'ils couvrirent de pierres. Son meilleur ami ramassa la pointe de sa lance brisée, et le groupe redescendit en silence. À voir leur expression à leur retour, Velda sut aussitôt que le pire était arrivé. Elle prit la pointe de lance et la serra contre sa poitrine, incapable de retenir ses sanglots. Bientôt, derrière les nuages noirs de chagrin et de désespoir qui fondirent sur elle, elle commença à entrevoir la gravité de la situation. Avec trois bouches à nourrir et sans homme pour rapporter des vivres, la vie n'allait pas être facile. Elle n'arriverait pas à nourrir sa famille toute seule, et la forêt n'était pas assez riche pour leur permettre de passer l'hiver. Mais perdre son homme, ou sa compagne, n'était pas chose exceptionnelle. Dans sa situation, la solution était de se trouver très vite un autre compagnon. Et une femme belle et accomplie comme Velda n'aurait aucun mal à se trouver un autre homme, sinon dans sa bande, du moins dans un groupe voisin. Mais elle ne s'y résigna jamais. Elle resta dans la bande et, tout au long du premier hiver, redoubla d'efforts pour ramasser des baies et des fruits à écale. Ses enfants, même la plus jeune, lui donnèrent un coup de main. La chasse au bison fut bonne cette année-là et, à l'automne, on captura de nombreux saumons qui remontaient le fleuve, juste au pied de la grotte. Les réserves de vivres étaient bien garnies. Velda et ses enfants ne connurent pas la faim.

Les membres de la bande auraient de toute façon veillé sur elle, mais elle se mit à les remercier de leur gentillesse en leur offrant de petites sculptures, de tout petits objets magiques à porter sur soi : un bison d'ivoire pour la chasse, ou un saumon à mettre sur un collier quand on pataugeait dans le fleuve. Sa réputation d'artisan hors pair ne fit que croître et ses œuvres étaient très recherchées pour troquer avec les autres bandes. Ainsi put-elle élever ses filles jusqu'à ce qu'elles trouvent des compagnons. Deux quittèrent le groupe, la troisième resta avec elle et partagea la grotte dans laquelle elle avait grandi. À trente ans passés, elle restait une femme remarquable. Elle finit par assouvir son ambition et fut autorisée à décorer l'une des grottes de cérémonie. L'épuisement et le grand âge devaient avoir raison d'elle : à trente-huit ans, elle s'éteignit paisiblement dans son sommeil. Le matin, quand sa fille découvrit son corps froid et serein, elle trouva aussi deux objets posés à côté d'elle, sur les peaux qui lui servaient de couverture : une vieille pointe de lance devenue toute lisse à force d'avoir été manipulée ; et le beau lanceur en genévrier sculpté que personne n'avait encore jamais vu.

Aujourd'hui, environ 5 % des Européens appartiennent au clan de Velda, plus nombreux en Europe de l'Ouest qu'à l'Est. Nombre des enfants de Velda se sont beaucoup éloignés des monts Cantabriques. Un petit groupe s'est aventuré dans le Nord, le plus loin possible, jusqu'à l'extrême pointe de la Scandinavie, où l'on trouve aujourd'hui ses héritiers parmi les Saami, en Finlande et dans le nord de la Norvège.

jointe, on captura de nombreux saumons qui remontaient le fleuve, presque au pied de la gorge. Les berges [illegible] étaient bien garnies. [illegible] des quantités de [illegible] pas la faim.

Les membres de la bande [illegible] de toute façon [illegible] gentille [illegible] leur offrant de petites [illegible] petits objets [illegible] sur soi [illegible] vers la chasse, [illegible] sur un [illegible] dans le fleuve. [illegible]

[illegible] Ainsi [illegible]

[illegible] pas voulu [illegible] Une [illegible]

[illegible] Une culture [illegible] des [illegible] dans des [illegible] de [illegible] l'orignal [illegible] dans le Nord, le [illegible] de [illegible] depuis [illegible] et [illegible] plus [illegible] étant fort [illegible] Les [illegible]

CHAPITRE 19

Tara

Velda et Tara vécurent à peu près à la même époque, il y a dix-sept mille ans, au cœur du dernier Âge glaciaire. Peut-être même furent-elles contemporaines. Mais leurs chemins ne se croisèrent certainement jamais et elles eurent des vies bien différentes. Alors que Velda vécut en Espagne, la patrie de Tara, c'étaient les collines de Toscane, dans le nord-ouest de l'Italie. Velda, comme Héléna avant elle, avait une vie assez facile. Toutes deux habitaient un monde où les migrations saisonnières prévisibles des grands animaux de la toundra apportaient de la viande fraîche presque au pas de leur porte. Cette abondance se soldait par une relative aisance, propice à la croissance démographique. Lors des rassemblements annuels des chasseurs de rennes, les trocs et échanges entre bandes étaient nombreux. Une culture artistique florissante s'épanouit. Des ornements et des amulettes étaient sculptés dans des matériaux de toutes sortes : bois, ivoire, coquillages et os. Des centaines de grottes furent décorées d'images superbes et marquantes d'animaux sauvages.

Quoique plus chaud, le monde de Tara était, paradoxalement, beaucoup moins prospère. Du fait des températures plus élevées, le paysage, hormis les plus hautes collines, était fortement boisé. Les animaux de la toundra étaient absents de ces forêts, peuplées de cerfs nobles et de sangliers, dont la chasse était difficile, et parfois dangereuse. Certes, on n'y fourrageait pas en vain, mais le fait qu'on ne fût jamais sûr d'y trouver du gros gibier ne permettait pas de nourrir autant de bouches que dans les monts Cantabriques de Velda ou la Dordogne d'Héléna. Cette relative pénurie avait étouffé l'expression artistique et les diverses formes d'échange social. Fortes d'une vingtaine de têtes, les bandes étaient plus fermées sur elles-mêmes et devaient travailler plus dur pour se nourrir. Les maigres cueillettes des bois étant vite épuisées, elles étaient toujours en vadrouille. Telle fut la vie de Tara.

Quand sa mère mourut, elle avait dix ans, et son frère n'en avait que six. C'est la sœur de leur mère qui les avait élevés, et tous les jours ils allaient avec elle fourrager dans les bois. Leur père continuait de rapporter ce qu'il pouvait : un porcelet sauvage, une martre des pins, un petit chevreuil ou, si la chance lui souriait, un cerf noble. Quand on en tuait un, c'était la fête dans le camp, et tout le monde avait droit à sa part autour du feu. Dans ces occasions rares mais joyeuses, Tara jouait un air endiablé avec la flûte de sa mère que son père avait fabriquée quelques années auparavant dans un os de cygne : un pour souffler et trois pour changer de notes. La gamme était limitée, et le son manquait de tranchant, mais cela égayait l'atmosphère autour du feu de camp tandis qu'ils chantaient et dansaient jusqu'à une heure avancée de la nuit. Le lendemain, tout le monde faisait la grasse matinée. Pour une fois, le turbin pouvait attendre.

À la venue de l'automne, ils redescendaient lentement vers les plaines, longeant la vallée de l'Arno pour rejoindre la côte, trente kilomètres plus loin qu'elle ne l'est aujourd'hui à cause du niveau plus bas de la mer. Au loin, au-delà de l'horizon, les îles inhabitées de la

Corse et de la Sardaigne étaient encore reliées l'une à l'autre par la terre sèche. Tara aimait la mer et faisait de longues promenades sur les larges plages de sable, ramassant les bois flottants et tout ce qui retenait son attention, du moment qu'elle pensait pouvoir en faire quelque chose. Elle aimait cueillir des coquillages et en rapportait tous les soirs de pleines poignées au camp. Elle y perçait des trous avec une pierre pointue et les enfilait ensuite sur des algues ou des brins de gourbet noués les uns aux autres pour en faire des colliers. Ces colifichets ne duraient pas longtemps, parce que le fil avait tôt fait de casser. Mais cela n'avait aucune importance. Elle avait un bon prétexte pour retourner sur la plage en quête de coquillages.

Un jour qu'elle se promenait sur la côte, elle aperçut au loin une grande forme grise, juste au-dessus de l'eau. En s'approchant, elle reconnut la carcasse d'un dauphin échoué, la mâchoire grande ouverte et découvrant ses dents pointues et régulières. Il n'était pas là la veille, elle en était certaine, et il était encore tout frais. Les goélands s'affairaient et s'attaquaient aux yeux, mais leurs coups de bec ne pouvaient rien sur l'épaisseur de la peau. Alors même qu'elle n'avait encore jamais vu de dauphin, Tara sut tout de suite qu'ils pourraient s'en régaler et courut prévenir ses comparses. Et tous de cesser leurs activités du moment, de prendre leurs couteaux et de se diriger vers la plage. Les jeunes gens, les femmes et les enfants couraient du plus vite qu'ils pouvaient ; les hommes d'âge mûr marchaient et les plus de trente-cinq ans traînaient le pas, se souvenant de leur jeunesse.

Comme ils faisaient le tour de la pointe de terre pour rejoindre la baie où Tara avait vu la carcasse, ils s'arrêtèrent subitement. Il y avait déjà d'autres hommes, qui s'étaient mis à découper l'animal. Quand ils aperçurent la bande de Tara, ils se redressèrent. Cela risquait de mal tourner. Ils n'étaient que cinq — deux hommes, une femme, et deux enfants — face aux dix membres de la bande de Tara. Si une bagarre éclatait, ils perdraient. Un dauphin était un butin précieux, mais ça ne valait pas la peine de risquer sa vie. Les conventions étaient claires, universellement admises : un chasseur gardait toujours ce qu'il avait tué. De la même façon, une carcasse appartenait à qui l'avait trouvée. Normalement, Tara et les siens auraient dû rebrousser chemin, reconnaissant ainsi que d'autres les avaient devancés. Mais c'était Tara qui avait découvert le dauphin.

Tara ne connaissait pas les règles, mais elle pressentit qu'il lui faudrait peut-être abandonner sa trouvaille et se mit à courir en direction du groupe qui menaçait de l'en déposséder. Son père lui cria d'arrêter, mais elle continua. Lâchant tout ce qu'il portait, sauf une petite lance, il se lança à sa poursuite. Les autres suivirent. Les trois adultes qui s'affairaient autour de la carcasse ne bougèrent pas. Tara avait toujours été une bonne coureuse et, si athlétique fût-il, son père eut du mal à la rattraper. Elle n'était plus qu'à trois cents mètres de la carcasse. Deux cents. Cent. Le groupe au bord de l'eau brandit ses lances. Cinquante mètres. Dans un dernier effort, le père de Tara la saisit par l'épaule et la plaqua sur le sable. Il se releva aussitôt, prêt à affronter les lances des deux hommes qui se ruaient dans leur direction. Les autres étaient encore loin derrière. Il courait un grand danger. Ils n'étaient qu'à quelques pas quand il reconnut le visage du grand blond, à gauche. C'était le compagnon de sa sœur. Il lança son nom. Les autres s'arrêtèrent. Un immense sourire illumina le visage du blond. Il lâcha sa lance et courut vers le père de Tara pour l'embrasser. L'adrénaline refluant, tout le monde parut soulagé. Les autres arrivèrent. Tara bredouilla que c'était elle qui avait découvert le dauphin et elle en donna pour preuve les traces de ses pas dans le sable, qui indiquaient la direction de son camp. Mais les hommes avaient déjà consenti à se partager les dépouilles. Il y en avait assez pour tous, et de toute façon il fallait faire vite. La marée montait.

La tante de Tara arriva avec les autres membres de sa bande, et l'on se mit à dépecer la carcasse. À maintes reprises, il leur fallut tirer l'animal sur la plage car la marée montante menaçait de l'emporter. Les enfants se relayaient pour mettre la viande en lieu sûr dans les dunes. Quand ils eurent fini, le grand soleil orange était juste au-dessus de la mer. La nuit était tranquille, et tous décidèrent de camper sur place et de partager leur repas sur la plage. Il y avait assez de bois pour faire du feu, et l'on s'empressa d'installer une broche pour faire cuire les morceaux de chair rouge foncé. À la lueur pâle des flammes, chacun avait hâte de refaire connaissance. Tara était trop petite pour se souvenir de sa tante, et son père n'avait pas revu sa sœur depuis qu'elle avait quitté la bande, voilà de longues années. Il s'assit à ses côtés et lui raconta la mort tragique de la mère de Tara, deux ans plus tôt. Elle lui manquait cruellement. Pourquoi ne pas venir partager notre vie avec Tara et son frère pendant quelque temps ? suggéra sa sœur.

C'est ainsi que Tara et son frère quittèrent leur bande pour une autre, qui chassait plus loin sur la côte. Quatre ans plus tard, elle tomba enceinte et eut la première de ses deux filles. Sitôt que le bébé apparut, elle reconnut les cheveux roux de son père. Un an plus tard, il était aussi clair qu'elle avait hérité de l'esprit indépendant de sa mère. Elle n'en faisait qu'à sa tête et ne cessait de se fourrer des galets ou des silex pointus dans la bouche. Tara étant une mère travailleuse, tout le monde se réjouissait de sa présence. Elle avait un bon compagnon, et la vie était rude, certes, mais aussi agréable que possible.

Elle attendait avec impatience les hivers passés sur la côte. Elle était toujours la première à se porter volontaire pour aller sur la plage. Tous les jours, avec sa fille sur le dos, elle longeait la côte sur des kilomètres. Elle en connaissait chaque rocher, chaque pierre, chaque dune. Si la mer avait rejeté quelque chose de nouveau, elle l'apercevait aussitôt. Elle aimait par-dessus tout les tempêtes, avec le vent d'Ouest qui soufflait les embruns. C'est après ces tempêtes, qui pouvaient durer plusieurs jours, que les batteurs de grève faisaient les plus riches moissons. Tara partait au point du jour, impatiente de découvrir les nouveaux trésors que les vagues avaient rejetés sur la côte. Après une tempête particulièrement violente, alors que le vent et la pluie continuaient de lui fouetter le visage, elle tomba sur un grand tronc d'arbre que la mer avait rejeté au point le plus haut de la grève. À en juger d'après les bernacles fixées au bois, il était visiblement dans l'eau depuis longtemps. Mais, bizarrement, il n'y en avait que d'un seul côté.

Le lendemain, elle revint avec son père. Alors même que c'était un gros tronc, d'environ trois mètres de long pour un mètre de large, ils arrivaient à le faire bouger. Pourquoi était-il si léger ? Un côté, celui avec les bernacles, était dur et poli par les vagues ; l'autre était grêlé et tendre. Tara essaya de le creuser avec un silex. C'était un jeu d'enfant. Ils continuèrent à creuser les parties les plus tendres — sans doute l'effet d'une maladie — sur toute la longueur. Le tronc était encore assez lourd mais, quelques amis les ayant rejoints, ils n'eurent aucun mal à le déplacer. Et, naturellement, la première chose qu'ils firent, ce fut de le lancer à la mer et de jeter des pierres dans sa direction. La mer était calme, maintenant, et le tronc flottait tranquillement sur la surface lisse des eaux. Mais il flottait toujours du même côté. La partie creuse vers le haut, les bernacles au-dessous. C'était très curieux, mais cela ajoutait une dimension supplémentaire à leur petit jeu : un point si l'on touchait le tronc, deux si la pierre atterrissait à l'intérieur.

Au bout d'un moment, tout le monde finit par se lasser et décida de rentrer. Sans raison particulière, Tara et sa fille s'attardèrent. Elles étaient au bord de la baie, tout près de l'endroit où elle se terminait en un petit affleurement rocheux. Le tronc dériva le long de la côte avant de s'immobiliser contre les rochers. Tara et sa fille le suivirent, continuant de jeter distraitement des pierres dans sa direction. Beaucoup atterrissaient à l'intérieur, maintenant qu'il était tout près. Tara se demanda alors ce qu'il adviendrait si elle plaçait dedans une pierre beaucoup plus lourde. Elle ramassa donc une grosse pierre qu'elle déposa soigneusement dans la partie creuse. Il allait couler, c'était sûr ! Mais non. Au contraire, le poids parut le stabiliser.

Elle eut un éclair d'inspiration. Elle appela sa fille et la hissa dans l'embarcation. Celle-ci s'enfonça légèrement dans l'eau, mais elle ne coula pas. Elle approcha le tronc des rochers et y monta à son tour. Elles flottaient. Elle écarta le tronc des rochers, et celui-ci glissa tranquillement sur l'eau : c'était devenu un vrai bateau ! S'agenouillant, elle pagaya d'instinct avec ses mains. L'embarcation ralentit et commença à changer de direction. Fantastique ! Par-dessus le bord, elle apercevait les taches de sable blanc et les sombres rochers du fond marin. Il lui fallait veiller à ne pas déséquilibrer le bateau, mais elle sentait bien quand il commençait à rouler. Au bout d'une vingtaine de minutes, elle comprit que le courant les avait entraînées dans une autre baie. Toujours avec les mains, elle se rapprocha de la côte, sauta à terre, tira le tronc sur le sable et en sortit sa fille.

Par chance, le temps était encore calme le lendemain. Le bateau était toujours sur la grève lorsqu'elle y retourna avec le reste de la bande. Les enfants y jouèrent, les hommes firent la course. L'un d'eux dénicha un morceau de bois flottant tout plat et s'en servit comme d'une pagaie. En fin de journée, Tara et son homme ramenèrent le bateau à hauteur du camp en pagayant, puis le sortirent de l'eau et le mirent en sécurité au-dessus de la ligne des marées. Au cours de l'hiver, d'autres bandes vinrent admirer le nouveau jouet. Il n'avait pas d'autre usage évident. Ce n'est que plus tard qu'ils s'en servirent pour rejoindre les îles du large et parcourir les eaux peu profondes des estuaires à la recherche de poissons plats et d'anguilles. À la fin du printemps, ils le remorquèrent sur une hauteur, où ils l'abandonnèrent avant de s'enfoncer dans les terres pour les chasses de l'été. À l'automne, Tara eut une seconde fille : non pas une rousse comme son père, mais une brune aux cheveux raides, comme sa mère. Comme eux deux, cependant, elle avait des yeux bleus éclatants, ce qui était tout à fait exceptionnel dans la bande dont la plupart des membres avaient les yeux marron clair.

À leur retour, au début de l'hiver, le bateau était toujours là. Il était un peu abîmé, mais il tenait encore la mer. Les hommes se mirent à en faire de nouveaux avec des troncs d'arbres tombés depuis peu. Ce n'était pas une mince affaire : ou les arbres étaient pourris, et c'est pour cette raison qu'ils étaient tombés, ou ils étaient trop coriaces pour avoir été arrachés par la tempête. Au printemps suivant, Tara, qui adorait la mer, suggéra à la bande de rester sur la côte plutôt que d'aller dans les collines. Ils n'avaient qu'à tailler d'autres embarcations pour aller pêcher en eaux peu profondes et dans les criques avoisinantes. Deux autres familles acceptèrent de tenter le coup et passèrent toute l'année à se déplacer le long du rivage dans leur nouvelle embarcation. Les hommes chassaient le cerf et le sanglier dans les marais ; à marée basse, les femmes et les enfants ramassaient des patelles et des bigorneaux dans les rochers. Quand la chasse était moins fructueuse dans un coin, ils n'avaient aucun mal à longer la côte pour en trouver un autre. Ils découvrirent des îles avec des rochers couverts de moules bleu acier. Ils y trouvèrent aussi des phoques venus s'y reposer ou faire naître leurs petits. C'étaient des proies faciles pour les pêcheurs, qui pouvaient glisser sans bruit le long de la côte, grimper sur les rochers et assommer leurs victimes sans leur laisser le temps de se glisser dans l'eau. Cette vie plaisait à Tara. Ils n'étaient pas à la merci de la mer, parce qu'ils pouvaient toujours aller dans les bois et les collines ; mais ils y trouvaient de quoi vivre. Et c'était autrement plus agréable que de fourrager dans les forêts. Ils s'y sentaient également plus en sécurité.

Tara eut encore un enfant, un garçon cette fois. Robustes et vigoureux, ses trois rejetons vécurent assez longtemps pour avoir à leur tour des enfants. Tara vit ses trois premiers petits-enfants, rien que des filles, avant de mourir un hiver, près de la plage où elle avait découvert le dauphin, bien des années auparavant. On l'enterra dans une tombe creusée dans les dunes après lui avoir couvert le visage d'ocre rouge, comme si le fait de colorer ses joues allait lui redonner vie. Autour du cou, on lui passa une dizaine de colliers de coquilles percées. C'est là qu'elle repose aujourd'hui, à une trentaine de kilomètres au large de Livourne, sous les eaux bleues de la Méditerranée, tandis que ses descendants sillonnent la mer avec la version moderne des troncs évidés.

De nos jours, un peu plus de 9 % des Européens appartiennent au clan de Tara. Ils sont pour la plupart concentrés autour de la Méditerranée et dans l'ouest de l'Europe, même si leur présence ne se limite pas à ces régions. Ils sont particulièrement nombreux dans l'ouest de la Grande-Bretagne et en Irlande.

CHAPITRE 20

Katrine

La place Saint-Marc, à Venise, est de nouveau inondée. La mer gargouille dans les égouts de pierre, et le préfet maritime ordonne d'un air las de sortir les caillebotis et de les disposer en travers de la place. Rien, pas même la mer, ne doit arrêter le flot des touristes qui visitent la Basilique et le Palais des Doges. Venise s'enfonce lentement dans les eaux. Il y a quinze mille ans, quand Katrine vivait dans les parages, la mer était à plus de cent cinquante kilomètres de là. L'Adriatique est peu profonde et l'abaissement général du niveau de la mer à la fin du dernier Âge glaciaire l'avait réduite à la moitié de sa taille actuelle. Katrine aurait pu aller de Split, en Croatie, à Ancône, en Italie, sans se mouiller les pieds. Elle vivait dans l'immense plaine boisée qui allait jusqu'aux Alpes et, suivant la grande vallée du Pô, menait de Bologne jusqu'à Milan et Turin. Eût-il fait plus froid, c'eût été une immense zone de toundra avec ses hardes de chevaux sauvages, de bisons, de rennes et de mammouths. Mais, la chaleur relative du Midi aidant, la forêt pouvait survivre. Les bois eux-mêmes ressemblaient fort à ceux de Tara : il y avait pléthore de produits comestibles si l'on savait où les chercher et si l'on était prêt à se donner de la peine pour les trouver. Le pays était cependant bien plus vaste, et la population humaine était dispersée à travers une zone bien plus grande. Les hommes vivaient encore en bandes, et ces bandes avaient tendance à s'agglutiner quand elles traversaient les bois. La bande de Katrine vivait dans la partie nord de la forêt, adossée aux remparts escarpés que forment les Alpes. Leurs sommets enneigés et leurs immenses glaciers, beaucoup plus imposants qu'aujourd'hui, s'élevaient au-dessus de la plaine : aux yeux de Katrine, ils formaient un monde lointain et interdit.

Elle avait toujours été une belle enfant, avec ses cheveux blonds et ses yeux marron-vert, et elle n'avait qu'une douzaine d'années quand elle tomba enceinte d'un ami de son grand frère. Dans l'été précédant la naissance, la bande se déplaça dans les montagnes pour chasser le bouquetin et le chamois. Encore inexpérimenté, son compagnon n'était pas habitué aux dangers de la chasse en altitude. Chassant à l'approche un groupe de chamois perchés sur une falaise, espérant ainsi les surprendre et les acculer au bord, il trébucha et fit une chute de plus de cent vingt mètres. Comme il avait toujours été un garçon emporté et vantard, le groupe accueillit sa mort avec autant d'irritation que de tristesse. Au moment même où il allait pouvoir commencer à rembourser le groupe de tout ce qu'il avait reçu de lui, il s'était tué !

Katrine aussi était furieuse. À cause de sa témérité, elle risquait de devoir élever seule son enfant. Elle était résolue à le remplacer au plus vite. Sa fille vint au monde fin octobre, alors qu'ils avaient déjà quitté les montagnes pour fourrager dans les bois. C'était une fille assez mignonne avec les yeux brun foncé de son père, mais, dès le début, Katrine ne lui fut jamais très attachée. Le seul fait de lui donner le sein l'emplissait d'une vive irritation. Qu'avait-elle fait pour se retrouver avec ce bébé piaillard d'un homme écervelé qui aurait dû penser à elle et à son enfant avant de s'exposer au danger ? Mais que faire ? Elle ne pouvait donner sa fille à personne. Il n'y avait pas une seule femme pour donner le sein à sa place ou qui eût perdu son enfant.

Sa mère devinait bien que quelque chose n'allait pas entre Katrine et sa fille, mais elle ne voyait pas vraiment de solution. En attendant le sevrage, c'est-à-dire encore au moins trois ans, il n'y avait rien à faire. Quand l'enfant grandit et se mit à marcher à quatre pattes, puis à trottiner, les choses n'allèrent pas en s'améliorant. Dans sa manière de sourire, sa façon d'agiter les bras, Katrine ne voyait que des reflets de son père irresponsable et maintenant détesté. Enfin, après quatre années interminables, l'enfant fut sevré. Au cours de cette longue attente, Katrine n'avait pas entièrement perdu son temps. À la moindre occasion, elle confiait l'enfant à sa mère et cherchait la compagnie des amis plus âgés de son frère. En trois ans, elle les avait tous mis dans sa couche à un moment ou à un autre, mais comme elle donnait encore le sein, elle n'était jamais tombée enceinte. Depuis quelque temps, sa mère avait deviné son manège et l'avait mise en garde contre tant de légèreté. Apparemment, son père n'en avait cure. Et, naturellement, l'inévitable se produisit. Sa fille était à peine sevrée qu'elle tomba de nouveau enceinte. Il y avait trois pères possibles, mais elle ne pouvait dire lequel était le bon. Il était impensable qu'elle eût un autre enfant sans homme à ses côtés. Sa mère la prit à part et la supplia de dire quel était le père. Elle ne voulut pas même dire à sa mère quels étaient les trois candidats. Son frère ne fut pas plus disert. La situation était désespérée. Le père de Katrine, qui ne rajeunissait pas, avait déjà deux bouches de plus à nourrir qu'il n'eût été normal. Une supplémentaire serait un surcroît de responsabilité. Il avait beau aimer sa fille, il la menaça pour lui faire révéler l'identité du père. Rien n'y fit. Et aucun des trois lascars ne se présenta quand se répandit dans le camp la nouvelle de la grossesse de Katrine. Ce n'était guère étonnant.

Lorsque son bébé vint au monde, la mère de Katrine le prit dans ses bras et le remit délicatement à sa fille. Elle l'observa, s'attendant à éprouver la même répulsion que la première fois. Mais non. Tenant la fillette dans ses bras, elle la porta à son sein. Une vague de chaleur et de tendresse la submergea. Elle ne connut ni l'exaspération ni l'irritation qu'elle avait éprouvées après la naissance de son premier enfant. Bien que sa situation fût à première vue encore plus désespérée qu'auparavant, elle n'en conçut pas la moindre rancœur. Aucun des hommes ne s'était porté au-devant d'elle pour l'aider, mais la « chose » qu'elle avait entre les bras était totalement démunie. Elle avait plus besoin d'aide encore qu'elle-même. Son attitude envers sa deuxième fille fut donc très différente. Il n'y avait aucune explication logique à cette transformation, mais il n'était pas douteux que Katrine eût changé en profondeur. Elle allaitait l'enfant avec soin et scrupule. Elle ne le confiait à sa mère que pour aller ramasser des vivres dans la forêt. Elle commença même à se rapprocher de l'aînée. Plutôt que de voir en elle un boulet, un fardeau et une gêne, elle se montra dès lors plus protectrice. Encore une fois, ce changement abrupt n'avait pas de raison évidente, mais il eut des effets positifs. Katrine ayant repris ses collectes quotidiennes dans les bois, son père et son frère cessèrent de s'inquiéter de cette nouvelle bouche à nourrir. Lorsque, l'été approchant, le moment vint de prendre le chemin des montagnes, Katrine émit même le vœu de les suivre sur les pentes. Un an plus tôt, alors que jamais il ne lui serait venu à l'idée d'aider qui que ce soit, c'eût été impensable. Mais c'était trop tôt. Son bébé était encore au sein, et elle devait l'allaiter toutes les quatre heures.

Alors que son père et son frère étaient en montagne, il se passa une chose fort étrange dans le camp, au cœur de la forêt de pins, juste sous la ligne des neiges. C'était une nuit noire, sans lune. Katrine et sa mère étaient toutes deux assises auprès du feu. Les deux enfants dormaient : l'aînée avait la tête appuyée sur les genoux de sa mère tandis que le bébé reposait à côté d'elle, sur la terre meuble. Alors même que Katrine était sur le point de s'installer pour dormir à son tour, elle crut voir quelque chose bouger dans la forêt, à une dizaine de mètres, de l'autre côté du feu. Les bois étaient encore des lieux dangereux, où les lynx, les loups et les ours s'affairaient toute la nuit. Elle scruta la forêt mais ne vit rien et s'installa pour dormir.

La nuit suivante, la même chose se reproduisit. Elle appela sa mère, mais elle non plus ne vit rien. Ses yeux n'étaient plus aussi bons qu'autrefois. De nouveau, quelque chose bougea. Elle ne s'était pas trompée. Katrine écarquilla les yeux et changea de place. Elle verrait mieux maintenant si quelque chose bougeait. Toujours rien. Elle s'éloigna du feu d'une dizaine de pas afin que ses yeux pussent s'habituer à l'obscurité. Au bout de quelques minutes, elle crut deviner une forme gris pâle au milieu des rochers. La chose se remit à bouger. Très légèrement, mais clairement. Elle ouvrit grands les yeux. Là, les pattes tendues, mais parfaitement immobile, il y avait un loup adulte. Elle laissa échapper un cri perçant. Aussitôt, l'animal s'esquiva. Katrine courut se mettre en sécurité auprès du feu. Tout le monde s'était réveillé, croyant à une attaque au cœur de la nuit. Katrine les rassura et leur expliqua ce qu'elle avait vu. Il était très rare de voir un loup aussi près d'un camp humain, même s'il y en avait beaucoup dans les parages : il suffisait pour s'en convaincre d'entendre leurs hurlements qui se répétaient en écho dans les vallées obscures. De temps à autre, on se sentait suivi et, quand on se retournait, on apercevait des silhouettes aux longues pattes qui traînaient au loin. Ils ne battaient pas en retraite. Ils vous regardaient fixement, de l'air de dire « Attention ! ». En vérité, cependant, ils attaquaient rarement les hommes, à plus forte raison les groupes, et jamais à proximité d'un feu de camp. Tout le monde conclut que Katrine avait dû rêver.

La nuit suivante les fit changer d'avis. Le loup revint s'installer tranquillement sur un coin d'herbe, devant les mêmes gros rochers. Apparemment, il était seul. L'un des hommes s'approcha de lui à pas lents. Quand il ne fut plus qu'à vingt mètres de l'animal, celui-ci se leva et se réfugia en trottinant dans l'obscurité. Que voulait donc cette créature ? De toute évidence, il n'était pas là pour les attaquer, mais quelle raison avait-il donc de s'asseoir là pour les regarder ? Le même manège se répéta la nuit suivante.

Le père et le frère de Katrine étaient revenus de la chasse, chacun portant un chamois sur les épaules. Sitôt arrivés, ils dépecèrent les bêtes ; quelques instants plus tard, une bonne dizaine de quartiers de viande rôtissaient sur la broche. Nul ne le vit arriver, mais le loup était de retour. Le père de Katrine prit un morceau de viande crue et, tenant sa lance de l'autre main, s'avança lentement. Le loup balança la tête, ne sachant trop s'il devait fuir ou non. À une vingtaine de mètres de la bête, le père de Katrine posa sa lance et s'accroupit. Il continua d'approcher tout en parlant à voix basse et s'arrêta juste à vingt pas du loup. À chaque pas, celui-ci était de plus en plus agité, sans se résoudre pour autant à fuir. Doucement, se gardant de tout mouvement brusque, le père de Katrine lança le morceau de viande de côté et, sans quitter le loup des yeux, recula lentement. Quand il eut presque regagné le feu de camp, le loup se leva, se dirigea vers la viande, la renifla puis, la saisissant entre ses mâchoires, s'en fut en trottinant.

Stupéfaits, tous les membres de la bande se regardèrent quelques instants en silence, puis la conversation s'engagea. L'un des hommes avait eu vent d'une histoire semblable, il y a bien des années, dans un camp de l'Est, mais il n'y avait jamais cru. Apparemment, il n'y avait aucune explication au comportement du loup. Les nuits suivantes, l'animal revint au même endroit et prit ce qu'on lui lançait. Puis on commença à l'apercevoir aussi dans la journée. Ils suivaient les chasseurs quand ils s'en allaient dans les collines. Les semaines passant, il parut de plus en plus apprivoisé, s'approchant toujours plus près du feu pour finir par prendre la viande à même la main, quoique d'abord avec une certaine méfiance. Puis, une nuit, il ne revint pas. Les membres de la bande furent déçus. Ils s'étaient habitués à leur étrange compagnon. Au bout d'un certain temps, ils finirent cependant par l'oublier et reprirent leur routine ordinaire.

Six semaines passèrent. Un jour que le père de Katrine et son frère revenaient d'une chasse couronnée de succès, ils eurent le sentiment d'être suivis. Ils se retournèrent : le loup était là, en travers du chemin, avec deux louveteaux. Tout compte fait, ce n'était pas un mâle.

La louve et ses petits les suivirent jusqu'au camp et s'installèrent près de son ancien coin. Était-ce la raison de ses visites ? Croyait-elle pouvoir ainsi s'épargner les rigueurs de la chasse ? Toujours est-il qu'elle acceptait ce qu'on lui donnait et, quand ses louveteaux furent assez grands, elle leur en donna à son tour des lambeaux. Au fil des semaines suivantes, la louve ne devait plus quitter la bande, tandis que ses petits jouaient avec les enfants dans la forêt. Lorsque le moment arriva de changer de camp, elle ne sembla pas vouloir les suivre dans la plaine tout en désirant visiblement que ses louveteaux restent avec les hommes. Elle ne cessait de les repousser et de les renvoyer vers le camp. Katrine comprit ce qu'elle voulait. Elle ramassa les deux louveteaux et les emporta.

Au cours de l'hiver, dans la plaine, les petits grandirent à vue d'œil. Ils suivaient les chasseurs partout et se joignaient même à la chasse, terrassant les chevreuils ou les sangliers blessés d'un coup de lance. Ils gagnaient bien leur pitance. Les autres bandes qui traversaient la plaine n'en croyaient pas leurs yeux quand ils voyaient les loups dans le camp. Ainsi donc, les vieilles histoires étaient vraies. Les loups passèrent l'hiver avec la bande, traquant le gibier, et devenant de jour en jour plus inséparables de Katrine et des siens. L'été suivant, lorsque la bande repartit en montagne, les loups, maintenant adultes, devinrent de plus en plus agités. Il leur arrivait de quitter le camp à la nuit tombée pour ne revenir que le lendemain. Ils étaient déchirés entre leur nouvelle vie avec les humains, une vie sûre qui leur assurait une pitance régulière, et l'appel de la meute dont les cris se répétaient en écho dans les vallées. Un jour, ils ne revinrent pas.

Katrine et sa bande ne devaient jamais oublier leur rencontre avec la louve et ses louveteaux. Ce même étrange manège entre l'homme et le loup devait se renouveler bien des fois. Certains louveteaux restaient avec les bandes d'une année à l'autre. Petit à petit, ils en vinrent à dépendre des hommes et perdirent leurs instincts sauvages : ce furent les premiers animaux à accepter la vie domestique. Ils devinrent des chiens. Il y a huit mille ans de cela, les chiens sont devenus les indispensables compagnons des chasseurs qui essaimèrent en Europe après le dernier Âge glaciaire. Certains devinrent si précieux qu'à leur mort on les enterrait avec leurs propriétaires.

Le clan de Katrine prospéra en Italie du Nord et au-delà. Dix mille ans après sa disparition, l'un de ses nombreux descendants est mort en franchissant les Alpes. C'était l'Homme des glaces. De nos jours, 6 % des Européens font partie de ce clan. Alors que ce clan est encore très présent autour de la Méditerranée, ses membres, comme ceux de tous les autres, ont essaimé à travers l'Europe entière.

CHAPITRE 21

Jasmine

En comparaison des épreuves et des incertitudes qui marquèrent le destin des six premières femmes que nous avons croisées, Jasmine a eu une vie bien plus paisible. Pour commencer, elle vécut dans une colonie de peuplement permanente, l'un des premiers villages. En revanche, ce serait faire montre d'une imagination débordante que de parler de luxe. Elle habitait une cabane circulaire, partiellement creusée dans la terre, avec des pieux de bois supportant un toit de roseaux. Ces huttes étaient toutes petites et étriquées, mais au moins offraient-elles un foyer. Le village comptait autour de trois cents habitants, beaucoup plus qu'aucun des camps de chasse temporaires qu'avaient connus les autres femmes. Le village se trouvait sur le territoire de l'actuelle Syrie, à environ mille cinq cents mètres de l'Euphrate, qui charriait les pluies et la neige fondue des montagnes de l'Anatolie, au nord, vers les vastes plaines verdoyantes où il rejoignait le Tigre pour suivre son cours jusqu'au golfe Persique.

Le grand Âge glaciaire touchait à sa fin. Depuis quatre mille ans, les calottes glaciaires et les glaciers avaient fondu à vue d'œil à la faveur de vagues de chaleur très supérieure aux normes actuelles. L'eau prise au piège dans ces grands réservoirs de glace s'écoulait désormais dans les mers et les océans, dont le niveau s'élevait sur la planète entière. Les plaines de basse altitude, entre l'Arabie et l'Iran, furent inondées tandis que les eaux s'infiltrèrent à l'intérieur des terres au-delà même du détroit d'Ormuz pour créer le golfe Persique. Progressant toujours plus vers le nord, l'Adriatique trouva alors ses limites actuelles dans la lagune de Venise. De même, les eaux s'engouffrèrent dans le Bosphore, faisant monter le niveau de la mer Noire. La Grande-Bretagne et l'Irlande se trouvèrent progressivement isolées du continent, mais aussi l'une de l'autre, tandis que l'eau affluait dans les zones actuelles de la mer du Nord, de la mer d'Irlande et de la Manche. À l'autre bout du monde, l'Australie et la Nouvelle-Guinée, qui formaient jusque-là un même territoire connu sous le nom de terrc de Sahul, furent désormais séparées par le détroit de Torres. Les plaines de la terre de Sunda qui rattachaient autrefois la Malaisie, Sumatra, Java et Bornéo en une seule masse terrestre se transformèrent en fond marin. Le pont de terre vital qui reliait l'Asie aux Amériques finit par disparaître sous les eaux glaciales du détroit de Béring.

Toutes ces terres étaient habitées, et ont dû être évacuées avec la montée du niveau de la mer. On est loin du processus progressif qu'on imaginait jadis, avec des avancées imperceptibles de quelques fractions de millimètres par an. Il apparaît aujourd'hui que le niveau de la mer monta rapidement par vagues successives de plusieurs mètres en l'espace de quelques décennies, tandis que l'eau se trouvait soudain libérée par la fonte des calottes glaciaires continentales transformées en immenses lacs d'eau douce, dont les issues vers la mer n'étaient plus bloquées que par des langues de glace. L'une d'elles obstruait l'entrée de l'actuelle baie d'Hudson, retenant un lac immense qui recouvrait la majeure partie du Canada. Quand une brèche finit par s'ouvrir dans cette barrière de glace, et que les eaux s'engouffrèrent dans l'océan, le niveau augmenta d'un demi-mètre presque du jour au lendemain. De nos jours, des augmentations d'une telle ampleur noieraient sous les eaux des millions de kilomètres carrés de plaines, mais aussi maintes cités des côtes et des estuaires. Si cette version des événements est exacte, la fin soudaine de l'Âge glaciaire fut une véritable tragédie pour les habitants des côtes. Beaucoup durent périr noyés ou voir engloutis leurs moyens d'existence. Peut-être est-ce l'origine de l'histoire du Déluge commune à de nombreuses mythologies.

Le village de Jasmine était en sécurité, hors de portée de l'avancée des eaux du golfe Persique. Il s'était formé pour profiter d'une autre migration saisonnière, non plus des bisons et des rennes de la toundra, mais des gazelles. Le village se trouvait à proximité de la route qu'elles suivaient lors de leur migration annuelle du printemps, depuis les déserts de l'Arabie jusqu'aux herbages des collines qui encerclaient ce pays clément. Leur viande séchait et pouvait être conservée plusieurs mois, mais ne permettait pas de tenir toute l'année. Jasmine ramassait des glands et des pistaches dans les bois des environs, mais elle consacrait le gros de ses efforts à son lopin expérimental, comme elle disait. Depuis maintenant de longues années, lorsque les jeunes hommes suivaient les gazelles dans les collines, ils se sustentaient en mâchonnant les graines des herbes sauvages qui y poussaient. Certes, il en fallait beaucoup pour nourrir son homme, mais elles leur donnaient un avantage capital. À la différence des gazelles, elles étaient toujours là. Le compagnon de Jasmine n'était pas un bon chasseur. Elle l'avait connu enfant et ça l'amusait toujours terriblement de le voir essayer d'atteindre sa cible avec une pierre. Il était nul. La seule fois où il soit jamais parvenu à toucher son objectif, c'est en lançant la pierre par en dessous. « On ne lance pas son arme par en dessous ! » criait son père. Il fit bien quelques progrès en vieillissant, mais il aurait fallu un miracle pour qu'il réussît à tuer une gazelle. De fait, il n'en rapporta jamais une seule. Personne, à commencer par Jasmine, ne devait soupçonner qu'il souffrait d'une faiblesse congénitale à l'épaule, rendant tout progrès impossible. Mais ce que Jasmine aimait en lui, c'était sa curiosité, son intelligence et sa gentillesse. Il la séduisait par sa douceur et, même si elle s'inquiétait de voir qu'il ne serait jamais un gagne-pain exceptionnel — elle voulait beaucoup d'enfants —, elle était certaine qu'ils s'en sortiraient.

Tandis qu'elle allaitait leur premier bébé, il suivit les autres hommes dans les collines sur les traces des gazelles et des moutons sauvages. Il emporta sa lance, mais il ne se faisait aucune illusion sur ses talents de chasseur. C'était simplement pour faire bonne figure. Sa véritable intention était de rapporter au village un maximum de graines d'herbes sauvages. Il avait pris avec lui deux gros sacs en peau de gazelle. Il trouva un flanc de colline où les herbes poussaient dru et dont les péricarpes étaient déjà mûrs. Il les cueillait à pleines poignées et les secouait au-dessus de son sac. La plupart des graines se détachaient du péricarpe et tombaient dans sa besace. Il lui suffit d'une heure pour remplir les deux sacs, puis il retourna au village tandis que ses compagnons s'escrimaient encore à tuer leur première gazelle.

À la maison, sa première tâche fut de libérer les graines des filaments ténus qui leur restaient attachés. Pour ce faire, il prit une grosse pierre ronde qu'il fit rouler sur les sacs. Puis il en versa le contenu à terre avant de plonger dans l'eau les graines ainsi libérées de leurs téguments. Quelques heures plus tard, il en tendit une poignée à Jasmine : ce n'était pas vraiment un délice, mais c'était mangeable, même si les balles restaient coincées entre les dents. Il essaya ensuite de broyer les graines sèches entre deux pierres, les libérant ainsi d'une partie au moins de leur enveloppe que le vent emportait. Mais il n'était pas encore au bout de ses ressources.

Il avait mis de côté quelques poignées de graines pour voir s'il pouvait en faire pousser près du village. Il avait déjà remarqué que les graines germaient et donnaient de nouveaux plants. Cela faisait des années que les villageois rapportaient des sacs de graines sauvages, même s'ils ne l'avaient jamais fait sur une échelle comparable. Et il avait observé que les graines tombées accidentellement sur un coin de terre humide avaient tôt fait de produire une petite pousse d'herbe verte qui, avec le temps, donnait un plant nouveau avec son péricarpe. Il s'était mis dans l'idée d'essayer de les cultiver systématiquement. Avec Jasmine à ses côtés, il se dirigea vers le fleuve et repéra, à quelques centaines de mètres de la rive, un coin de terre plate qu'il débarrassa de sa maigre végétation. Puis, muni d'un grattoir de pierre, il traça un sillon, y sema ses graines, et le recouvrit d'un peu de terre car il avait déjà remarqué le goût des moineaux pour les semences. Il traça ainsi dix sillons et, quand il eut épuisé ses graines, ils regagnèrent le village.

Le lendemain, ils retournèrent sur place. Rien n'avait bougé. Après quelques jours de pluie, toujours rien. Puis, une semaine plus tard, Jasmine se rendit avec son bébé jusqu'à leur lopin : dix rangées de petites pousses vertes s'efforçaient de sortir de terre. Elle se précipita pour le dire à son homme, mais il n'était pas encore rentré d'une nouvelle journée de chasse infructueuse. À compter de ce jour, cependant, Jasmine et les siens passèrent le plus de temps possible sur leurs lopins, défrichant d'autres carrés de terre pour y planter d'autres graines. Ils semaient tout ce qui se mangeait : au blé sauvage vinrent ainsi s'ajouter diverses variétés de pois chiches et de lentilles. Au vu de leurs plantations, les villageois étaient partagés, les uns s'enthousiasmant tandis que les autres ne cachaient pas une franche hostilité. Pour la famille de Jasmine, il n'était pas question de remplacer la gazelle et les pistaches dans leur alimentation quotidienne, mais uniquement de les compléter, histoire d'être moins tributaires d'une seule source de vivres. De toute évidence, les graines ainsi cultivées étaient mangeables. Et quand on les broyait entre de grosses pierres pour les débarrasser de leurs enveloppes, on obtenait une purée beaucoup plus agréable au goût.

Un jour que leur plantation avait gravement souffert des rafales de vent, Jasmine et son compagnon avaient aussi observé que les graines de certains plants étaient restées fixées à la tige et s'étaient demandé si, en replantant ces graines, ils obtiendraient des plants identiques. Ils essayèrent. Les résultats furent encourageants. Petit à petit, année après année, ils sélectionnèrent les plants les plus robustes avec les graines les plus grosses. Quelques années plus tard seulement, le blé de leur lopin ne ressemblait plus tout à fait aux variétés sauvages. Ils en avaient artificiellement sélectionné une variété pour mettre en évidence ses propriétés les plus précieuses à leurs yeux.

Dans le village, la plupart des sceptiques finirent par changer d'avis, d'autant qu'une année les gazelles ne furent pas au rendez-vous. Quelques autres habitants s'étaient mis à travailler la terre, y plantant les graines que leur donnait Jasmine. Également impressionnés, certains visiteurs des villages voisins prièrent Jasmine de bien vouloir leur en donner quelques-unes. L'idée eut tôt fait de se répandre. Quant au compagnon de Jasmine, il avait maintenant totalement renoncé à faire semblant de chasser. La vie sédentaire lui plaisait. Ils avaient cinq enfants, ce qui faisait beaucoup à son goût, mais que faire ? Jasmine ne cessait de tomber enceinte. L'enfant n'était pas encore sevré que de nouveau elle concevait. Au moins avaient-ils maintenant de quoi les nourrir grâce à leurs lopins, dont la superficie augmentait d'année en année.

Ils apprirent que dans un autre village, à six jours de marche plus au nord, quelqu'un avait trouvé le moyen d'élever des chèvres sauvages. Apparemment, ils avaient capturé deux chevreaux et les avaient rapportés pour les enfants. Lorsque les bêtes étaient devenues trop grosses pour jouer avec eux, ils renoncèrent à les tuer pour les manger comme ils en avaient eu d'abord l'intention, mais les attachèrent à un bâton de bois pour les empêcher de fuir tout en les laissant paître les herbes qui étaient à leur portée. Un an plus tard, l'une d'elles eut un petit. Ils en avaient maintenant une dizaine, d'âges divers. Quand ils avaient besoin de viande, ils en abattaient une. C'était beaucoup plus facile que de les chasser. L'idée de se nourrir des produits de la culture ou de l'élevage s'était définitivement imposée.

Pour Jasmine et sa famille, tout allait pour le mieux. Ils avaient un grand lopin au bord du fleuve, et se faisaient aider par d'autres femmes et enfants du village, qu'ils rétribuaient par une partie de la production. Les villageois étaient de plus en plus nombreux à adopter ce mode de vie pour le moins agréable. Tout le monde pouvait participer : les gamins, les mamans avec leurs enfants et les grands-mères. Il y avait toujours du travail à faire : arracher les mauvaises herbes, arroser un coin de terre, défricher un nouveau lopin... Pour autant, on n'était pas à la merci d'une mauvaise récolte, car il y avait toujours des glands et des pistaches à récolter, ou des gazelles à chasser. C'était un mélange idéal.

Lorsqu'elle regardait leur champ de blé mûr, Jasmine était loin de se douter qu'elle et ses pareils avaient amorcé une révolution qui devait changer à jamais la face du monde. En l'espace de quelques générations, les villages de toute la région devaient changer de mode de vie, abandonner la chasse et la cueillette pour élever des chèvres, des moutons puis du bétail, et cultiver la terre. En un laps de temps étonnamment court, la sélection des espèces avait transformé les plantes et les animaux sauvages au mieux des besoins humains. Les moutons donnaient plus de laine pour confectionner des vêtements. Grâce aux chèvres, on ne manquait jamais de lait. Les aurochs domestiqués étaient devenus de dociles pourvoyeurs de viande et de lait, mais aussi des bêtes de trait.

Les hommes maîtrisant de mieux en mieux la production alimentaire et le paysage, la population s'accrut inexorablement sous l'effet d'une alimentation plus régulière, mais aussi parce que les nouvelles céréales, riches en glucides, devaient éliminer la régulation hormonale de l'ovulation au cours de la lactation, se soldant ainsi par des naissances plus rapprochées. Mais cette croissance démographique ne fut pas un bienfait sans mélange : elle se traduisit par un surpeuplement et l'arrivée d'épidémies de maladies infectieuses qui n'avaient jamais eu la moindre chance de se propager parmi les bandes éparses de chasseurs-cueilleurs. La proximité des hommes et des animaux, après la domestication, permit aux virus animaux, inoffensifs pour leurs hôtes, de contaminer les populations humaines : la rougeole, la tuberculose et la variole à partir du bétail ; la grippe et la coqueluche à partir des cochons et des canards domestiqués. À en juger d'après les signes de maladies attestées par leurs ossements, la santé des premiers agriculteurs était beaucoup moins bonne que celle des chasseurs-cueilleurs. De surcroît, lorsque les hommes eurent totalement abandonné la chasse, ils se retrouvèrent à la merci de quelques cultures et de leurs animaux domestiques, devenant ainsi vulnérables aux famines en cas de sécheresse ou de maladies. La population n'en continua pas moins de croître. Rien ne pouvait arrêter l'essor de l'agriculture. Un millier d'années après Jasmine, l'économie agricole s'était propagée, par-delà la mer Égée, dans les plaines de Thessalie, au nord de la Grèce. La rareté des sites archéologiques de chasseurs-cueilleurs de la même époque dans la région laisse penser que cette partie de l'Europe demeura inhabitée jusqu'à l'installation des agriculteurs. Ailleurs en Europe, cependant, les chasseurs-cueilleurs restaient très présents.

Le Grand Âge glaciaire touchant à sa fin, la lisière sud de la toundra recula lentement. Le gibier suivit le mouvement, et les hommes lui emboîtèrent le pas. Les descendants d'Ursula, de Xénia, d'Héléna, de Velda, de Tara et de Katrine progressèrent vers le Nord pour reprendre possession de la grande plaine européenne. Derrière eux, le réchauffement climatique favorisa la croissance des arbres. Les plaines se couvrirent d'épaisses forêts feuillues, et les collines et les montagnes de pins. Si elles n'étaient pas aussi productives que la toundra, ces terres étaient encore bien occupées par des populations qui s'en remettaient de plus en plus aux ressources de la mer, aux poissons et aux crustacés, pour compenser les difficultés de la chasse.

Pour représenter la progression de l'agriculture, les cartes anciennes multiplient les grandes flèches sur la surface du globe, donnant l'impression d'une campagne militaire parfaitement préméditée. L'Europe y apparaît prise en tenailles depuis la tête de pont établie sur la Grèce continentale. Sur le flanc sud, les insurgés venus de la mer se répandent le long des côtes de l'Adriatique et de la Méditerranée, jusqu'au Portugal. Dans le même temps, l'Europe du Nord est la cible d'une grande offensive orchestrée depuis les Balkans, des légions d'agriculteurs affluant de Hongrie pour occuper le continent, depuis la Belgique et la France jusqu'à l'Ukraine. Que pouvaient espérer les autochtones face à une telle attaque ? En réalité, cette attaque n'a jamais eu lieu. L'analyse archéologique minutieuse des premiers sites agricoles a bel et bien permis d'établir suivant quelles voies et à quel rythme s'est propagée l'agriculture. Grâce aux poteries, à divers ustensiles agricoles et aux traces des cabanes sur le sol, qui en sont les signes les plus évidents, ces divers sites se laissent sans mal identifier. Mais, comme on l'a vu avec l'histoire de Jasmine, l'agriculture a ceci de particulier qu'il suffit de quelques graines et de quelques animaux pour qu'elle se propage rapidement, pour ainsi dire de bouche à oreille. C'est une idée. Et une idée qui peut se diffuser. L'essor de l'agriculture n'avait nul besoin d'une invasion à grande échelle.

Les recherches archéologiques récentes ont établi que diverses populations s'étaient mises à l'agriculture à des endroits et à des rythmes différents. Les habitants du Danemark, par exemple, où les ressources de la mer suffisaient à entretenir une population sédentaire et prolifique, ne se lancèrent dans l'agriculture qu'un bon millier d'années après leurs voisins vivant à cent soixante kilomètres plus au sud. Ailleurs, comme au Portugal, des sites agricoles apparurent non loin de sites de chasseurs-cueilleurs qui continuèrent de vivre sans mal des abondantes ressources maritimes de l'estuaire du Tage. La propagation de l'agriculture dans des terres nouvelles semble donc avoir été le fait de nouveaux venus, probablement peu nombreux, arrivés par la mer.

Les éléments nouveaux présentés dans ce livre corroborent avec force l'idée que les racines génétiques des Européens se trouvent dans le Paléolithique supérieur. Six de nos sept mères ancestrales, dont j'ai retracé à grands traits la vie imaginaire, appartenaient à cette population. Leurs descendants connaissaient le paysage dans ses moindres détails. Ils entretenaient de bons contacts les uns avec les autres. Ils échangeaient des matières premières et des artefacts. Ils étaient opportunistes. S'il leur convenait de travailler la terre, ils s'y mettaient. Il leur suffisait d'une seule personne pour leur donner l'exemple, et ils trouvèrent leurs émules parmi les descendants de Jasmine. Le simple fait que ceux-ci soient encore bien vivants en Europe est la preuve d'un apport génétique substantiel — mais pas écrasant — depuis le Proche-Orient. À quelques exceptions près, tous les autres ont des racines plus profondes en Europe. À un moment ou à un autre, nos ancêtres ont abandonné la chasse et la cueillette pour embrasser l'économie agricole. Dans un passé plus récent, certains de leurs descendants ont abandonné la terre pour la vie urbaine fondée sur l'âge des machines. Ce n'est qu'un exemple supplémentaire des changements résultant de décisions individuelles pour améliorer les conditions de vie.

Un peu moins de 17 % des Européens modernes appartiennent au clan de Jasmine. À la différence des six autres clans, les descendants de Jasmine ne sont pas également répartis à travers l'Europe. Une branche suit la côte méditerranéenne jusqu'à l'Espagne et au Portugal, d'où elle s'est frayée un chemin jusqu'à l'ouest de la Grande-Bretagne ; elle est particulièrement répandue dans les Cornouailles, le pays de Galles et l'ouest de l'Écosse. L'autre branche est présente en Europe centrale, le long de la route suivie par les agriculteurs qui ont d'abord cultivé les vallées fertiles, puis les plaines de l'Europe du Nord. Aujourd'hui encore, les deux branches vivent à proximité des axes suivis par leurs ancêtres agriculteurs dans leur progression du Proche-Orient vers l'Europe.

CHAPITRE 22

Le monde

La vie imaginaire de ces sept femmes soulève bien des questions. Étaient-elles les seules femmes vivantes à leur époque ? Nous avons vu qu'il n'en était rien. Ursula, par exemple, la plus ancienne de nos mères ancestrales, avait de nombreuses contemporaines. Mais, de toutes celles-ci, elle est la seule à qui une forte proportion — autour de 11 % — des Européens modernes soit rattachée par un lien maternel direct. À un moment ou à un autre, leurs lignées se sont éteintes, soit que les femmes n'aient pas eu d'enfants, soient qu'elles n'aient eu que des fils. Il est très probable que certains de leurs gènes qui logent dans le noyau de la cellule et qui peuvent s'échanger entre sexes d'une génération à l'autre se soient frayé un chemin jusqu'à nous. Mais ils ont suivi une route tortueuse, qu'il est impossible de retracer. Nombre des contemporaines de Xénia, mais pas Xénia elle-même, devaient descendre d'Ursula. De la même façon, Héléna, Velda, Tara et Katrine se seront mêlées aux membres d'autres clans. Et quand les descendants de Jasmine sont arrivés du Proche-Orient avec d'autres pionniers de l'agriculture, ils ont dû transmettre leur savoir aux descendants des six autres femmes.

Une autre question souvent posée n'est pas moins légitime : ces sept femmes avaient-elles quelque particularité qui les distinguait de toutes les autres ? Il faut, malheureusement, répondre par la négative. Rien ne les distinguait que le fait de satisfaire à la condition nécessaire : avoir eu chacune deux filles survivantes. Cela mis à part, elles n'avaient probablement rien de remarquable. Ce n'étaient ni des reines ni des impératrices : ces titres n'existaient pas encore. Étaient-elles particulièrement belles ou héroïques ? Pas forcément. Elles étaient foncièrement ordinaires. Leur vie était très différente de la nôtre mais, en leur temps et parmi les leurs, elle n'avait rien d'exceptionnel. Elles n'imaginaient pas une seconde qu'elles seraient les mères de tout un clan et qu'elles apparaîtraient dans ces pages, de même que n'importe quelle femme d'aujourd'hui ayant deux filles pourrait fonder un clan... et, dans quelque cinquante mille ans, se retrouver dans une réédition de ce livre ! À cette date, l'un ou l'autre de nos sept clans se sera peut-être éteint, pour laisser place à d'autres dont les fondatrices vivent quelque part au milieu de nous.

La question la plus déroutante est peut-être, cependant, celle qui porte sur les ancêtres de ces sept femmes. Le plus incroyable est que nous ayons pu découvrir leur généalogie. En partant d'aujourd'hui, il nous est possible de reconstruire les séquences d'ADN mitochondrial des sept mères du clan, mais aussi de mettre en évidence (figure ci-contre) les liens ancestraux qu'elles avaient les unes avec les autres.

Chacun des cercles de cette figure représente une séquence d'ADN mitochondrial particulière, et la taille de chaque cercle est proportionnelle au nombre de personnes partageant cette séquence. Plus le cercle est grand, plus elles sont nombreuses. Les lignes qui relient les cercles représentent les mutations affectant l'ADN mitochondrial : plus la ligne entre deux cercles est longue, plus il y a de mutations entre les séquences

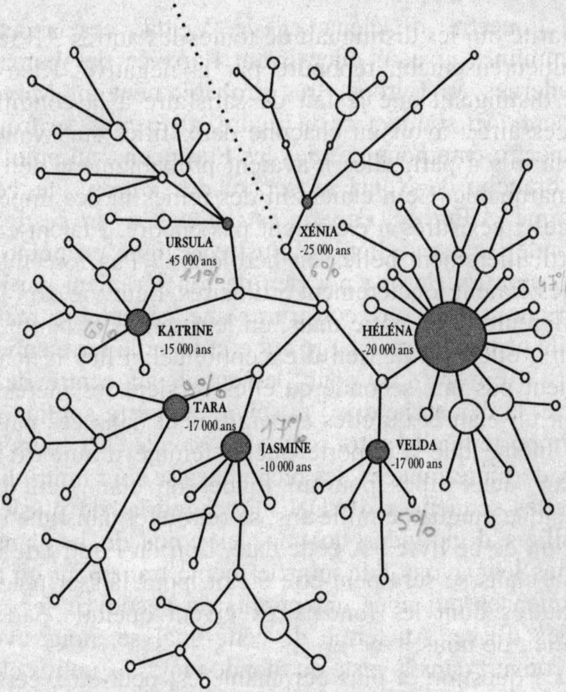

Figure 6. Le réseau des sept filles d'Ève

qu'ils représentent. La figure retrace les relations exactes, pour autant qu'on puisse être formel, existant entre les différentes séquences découvertes en Europe aujourd'hui. Chaque « sentier » est une lignée maternelle que l'on a pu établir par l'ADN. Ainsi la figure fait-elle apparaître non seulement les relations entre séquences au sein du même clan, mais aussi les relations entre les différents clans. Ceux d'Héléna et de Velda sont proches l'un de l'autre. Ils partagent une ancêtre commune, représentée par le petit cercle marquant leur séparation. Jasmine et Tara en ont une aussi, tout comme Ursula et Katrine. À l'exception possible de l'ancêtre d'Héléna et de Velda, ces ancêtres communes vivaient bien avant l'arrivée des humains modernes en Europe, très probablement au Moyen-Orient. Au sommet de la figure, au centre, se trouve l'ancêtre commune de tous les Européens, au point où la branche de Xénia se sépare des autres. Par cette femme, l'Europe entière est rattachée au reste du monde : c'est ce lien qu'illustre la ligne en pointillé. Et comme l'Europe n'a rien de foncièrement particulier, nous pouvons construire une généalogie maternelle beaucoup plus large qui embrasse la terre entière.

Si l'Europe est, pour l'essentiel, au centre de ce livre, la démarche que j'ai suivie peut être appliquée à n'importe quelle autre région du monde. Au cours des dix dernières années, les recherches se sont multipliées sur les séquences d'ADN mitochondrial de plusieurs milliers d'individus de tous les coins de la planète. Nous leur avons fait subir le même traitement qu'aux séquences qui nous ont permis de découvrir les sept filles d'Ève. Au terme de cette analyse, nous avons découvert dans le reste du monde vingt-six autres clans de statut équivalent. Bien que certains d'entre eux soient très bien connus, d'autres beaucoup moins, je leur ai à tous donné un nom. Le tableau est sans doute appelé à changer au cours des prochaines années du fait de l'analyse de nouveaux échantillons d'ADN. Mais nous en savons déjà assez long pour nous faire une bonne idée de la situation et risquer une interprétation.

Sur les trente-trois clans identifiés dans le monde, treize sont africains. Beaucoup d'Africains ont quitté leur continent au cours du dernier millénaire, bien souvent comme esclaves à destination des Amériques ou de l'Europe. Mais leurs racines génétiques récentes nous ramènent très clairement en Afrique. Bien que celle-ci ne forme aujourd'hui que 13 % de la popula-

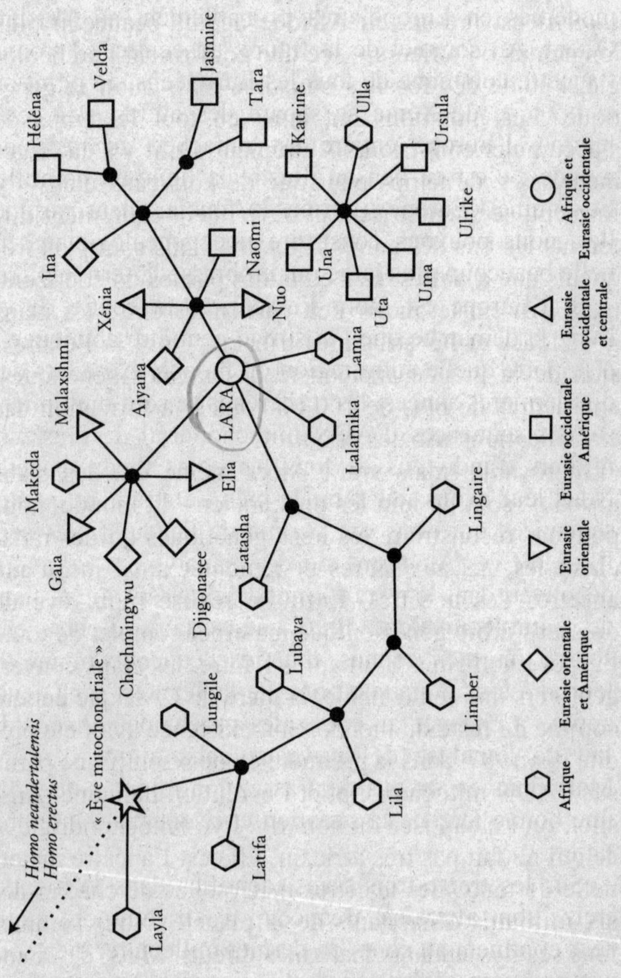

Figure 7. Les trente-trois clans et leur répartition à travers le monde

tion mondiale, elle représente 40 % des clans maternels. La raison en est tout simplement que l'*Homo sapiens* est présent en Afrique depuis beaucoup plus longtemps qu'ailleurs — ce que confirment l'archéologie, l'étude des fossiles humains, mais aussi la génétique. Les mutations ont ainsi eu tout le temps de s'accumuler en Afrique. Autrement dit, il y a eu largement assez de temps pour que de nouveaux clans s'y forment, se singularisent et deviennent clairement différents les uns des autres. Certains clans sont plus fréquents que d'autres dans certaines parties du continent, mais il n'existe aucun lien particulier entre les clans génétiques et les structures tribales. On a là l'expression de la grande ancienneté des racines génétiques, antérieures de plus de 100 000 ans à la formation des classifications tribales et autres.

Incroyable, mais vrai ! Alors même que les clans africains sont de loin les plus anciens du monde, nous pouvons reconstruire les liens génétiques qui les rattachent les uns aux autres et remonter ainsi jusqu'aux ancêtres des ancêtres. Enfin se réalise mon rêve de dresser l'arbre généalogique maternel complet de toute l'espèce humaine. L'un après l'autre, les clans convergent vers une seule aïeule, la mère de l'Afrique entière comme du reste du monde. Son existence avait été prédite dès 1987, dans la première étude scientifique parue sur l'ADN mitochondrial et l'évolution humaine. Aussitôt, on l'a baptisée du nom d'« Ève mitochondriale », ce qui ne fait pas très africain. Elle est l'ancêtre maternelle de toutes les ancêtres maternelles de chacun des six milliards d'habitants de la planète. Nous sommes tous ses descendants maternels directs. Mais, de même qu'Ursula et les autres n'étaient pas les seules femmes de leur temps, Ève n'était pas seule. L'estimation de la population humaine il y a 150 000 ans relève nécessairement de la conjecture, mais sans doute était-elle de l'ordre de mille ou deux mille individus. Le seul lignage maternel qui ait survécu, sans interruption, jusqu'à nous est celui d'Ève. Tous les autres se sont éteints. Mais, comme Ève, ces quelque mille ou deux mille humains avaient eux aussi des ancêtres maternelles, si bien qu'il nous faut remonter encore dans le temps jusqu'à l'ancêtre maternelle d'Ève et de ses contemporains. Mais celle-ci n'était pas seule non plus, et force est, logiquement, d'imaginer une autre ancêtre maternelle, et ainsi de suite. Le raisonnement devient cependant de plus en plus absurde à mesure qu'on remonte dans le passé jusqu'aux débuts de notre espèce et de l'espèce de laquelle nous sommes issus, il y a des millions d'années. La ligne en pointillé de la figure 7 indique comment notre espèce, l'*Homo sapiens*, est rattachée aux autres espèces humaines disparues, les hommes de Neandertal et l'*Homo erectus*, et finalement à l'ancêtre commune des humains et des autres primates.

Dans le dessein qui est le nôtre, il suffit de remonter jusqu'à l'Ève mitochondriale. La génétique nous apprend très clairement que les humains modernes trouvent tous leurs origines en Afrique au cours des 150 000 dernières années. À un moment ou à un autre, il y a environ 100 000 ans, les humains modernes ont essaimé depuis l'Afrique pour amorcer la colonisation du reste du monde. Aussi incroyable que cela puisse paraître, les reconstructions génétiques montrent que cette colonisation a été le fait d'un seul des treize clans africains. On peut exclure l'hypothèse d'un mouvement massif de population. Si ce mouvement avait concerné des centaines ou des milliers d'hommes, on aurait retrouvé plusieurs clans africains dans le pool génétique du reste du monde. Or tel n'est pas le cas. Ce mouvement a été le fait d'un seul clan : celui de Lara. Si l'on s'en remet au témoignage de l'ADN mitochondrial, il est théoriquement possible qu'une seule humaine moderne, une seule femme, ait quitté l'Afrique, et que tout le reste de l'humanité descende de cette seule et unique ancêtre maternelle. Cela me paraît cependant très peu probable puisqu'elle faisait partie d'une bande de chasseurs-cueilleurs. Mais les effectifs concernés devaient être très modestes. En aucun cas, il n'y a eu d'exode massif. Lara elle-même ne fut pas du voyage. Probablement vivait-elle au Kenya ou en Éthiopie, assurément en Afrique : que de nombreux Africains appartiennent aujourd'hui à son clan nous en apporte la certitude. Elle a donc dû vivre en Afrique sans se douter de ce qu'elle donnait au monde, tandis que ce sont ses descendants qui commencèrent à migrer. La conclusion n'en demeure pas moins sidérante : Lara est l'ancêtre maternelle directe, l'Ève mitochondriale de toute la population du reste du monde.

Tout concourt à faire du Proche-Orient le point de départ de la colonisation du reste du monde. Il était l'unique porte de sortie de l'Afrique, via le Sinaï. La seule autre possibilité eût été de traverser le détroit de Gibraltar pour passer d'Afrique du Nord en Espagne. Mais il n'y eut jamais ici le moindre pont de terre, même à l'époque où le niveau de la mer était au plus bas. Reste que le détroit de Gibraltar ne dépasse pas quinze kilomètres en son point le plus étroit, et que le rocher de Gibraltar est bien visible depuis les côtes de l'Afrique. Mais ni l'archéologie ni la génétique ne suggèrent que telle fut la route suivie.

Des fossiles découverts en Israël laissent penser que l'*Homo sapiens* avait atteint le Proche-Orient il y a au moins cent mille ans. On a pu suivre au fil des pages la progression hésitante de notre espèce vers le nord et l'ouest de l'Europe, la percée décisive ne remontant qu'à cinquante mille ans. Qu'est-ce qui a retenu les hommes au Proche-Orient pendant les cinquante mille années précédentes ? L'Europe était déjà habitée par les hommes de Neandertal, physiquement adaptés au froid et rompus à la chasse des gros animaux de la toundra. Pour avancer un tant soit peu, il aurait fallu à l'*Homo sapiens* du Proche-Orient un avantage, si mince fût-il, sur les néandertaliens. Le long séjour au Proche-Orient fut l'occasion de lents progrès des techniques et, surtout, de l'organisation sociale, qui allaient finalement lui donner les moyens de prendre pied en Europe.

La colonisation de l'Asie du Nord tarda probablement pour les mêmes raisons. Cette région était elle aussi dominée par la steppe et la toundra, formant une large bande ininterrompue depuis l'Ukraine jusqu'aux hauts plateaux de la Mongolie. Des sites archéologiques témoignent de l'arrivée en Mongolie, il y a trente-cinq mille ans, de chasseurs armés de pointes de flèches en silex élaborées. Ils arrivèrent donc dans ce pays désolé à peu près à l'époque où les humains modernes commençaient à dominer les plaines d'Europe occidentale. Le cours de leur vie devait être assez proche de celui des premiers Européens, c'est-à-dire dominé par les migrations saisonnières de la faune de la toundra et la lutte pour survivre à des hivers implacables. Nous comprenons encore très mal la génétique mitochondriale de cette immense région encore trop peu étudiée, mais nous en savons assez pour avoir l'absolue certitude que c'est de là que fut lancée la colonisation des Amériques.

Quatre clans mitochondriaux dominent la génétique des indigènes d'Amérique, dont on peut sans mal reconstruire les liens génétiques évidents avec les populations actuelles de la Sibérie et de l'Asie septentrionale et centrale. Si la colonisation s'est faite par voie de terre, ils n'ont pu passer que par l'Alaska. Nous sommes suffisamment renseignés sur les variations du niveau de la mer au cours des cent mille dernières années pour savoir qu'il y a eu, par deux fois, un pont de terre continu entre la Sibérie et l'Alaska : le premier se forma il y a cinquante mille ans et persista pendant près de vingt mille ans ; le second coïncida avec le Grand Âge glaciaire, où cette terre était au-dessus du niveau de la mer, entre – 25 000 et – 13 000 ans.

La controverse persiste autour de l'époque de la colonisation de l'Amérique. Les premiers habitants y sont-ils arrivés par le premier pont de terre ou par le second ? Deux sites archéologiques d'Amérique du Sud paraissaient corroborer l'hypothèse d'une colonisation récente. Le premier est le site de Pedra Furada, au Brésil, connu pour ses peintures rupestres. Des traces de peinture ont été retrouvées dans la terre, sous les rochers, à des niveaux datés de – 17 000 ans. Toute la question est cependant de savoir si ses blocs peints sont tombés à cette époque ou beaucoup plus récemment avant de s'enfoncer peu à peu dans le sol. Le second site est celui de Monteverde, au nord du Chili, où des fragments de bois, faisant peut-être partie d'un abri, ont été retrouvés à des niveaux d'abord datés de – 30 000 ans, puis d'une période plus récente par l'archéologue qui a fouillé le site. Jamais le moindre reste humain n'ayant été découvert à Pedra Furada ou à Monteverde, un grand point d'interrogation demeure autour de l'authenticité des deux sites.

Le principal élément qui plaide contre l'idée d'une colonisation antérieure des Amériques est que, dans un pays riche en gibier et sans occupation antérieure, on s'attendrait à une explosion démographique laissant de multiples traces. Et ce n'est pas faute d'avoir cherché. Les archéologues américains n'ont pas ménagé leurs efforts, mais en vain. En revanche, on a de multiples preuves d'un peuplement continu à partir de –12 000, avec des centaines de sites éparpillés à travers l'Amérique du Nord aussi bien que du Sud.

Les données génétiques obtenues auprès des indigènes d'Amérique confirment aussi la thèse d'une arrivée plus proche. L'accumulation des mutations chez les indigènes d'Amérique de chacun des quatre clans donne à chaque fois des âges situés dans les treize mille dernières années. Les reconstructions à partir des types sibériens et mongoliens modernes indiquent très clairement que les clans étaient déjà formés et séparés bien avant d'arriver en Amérique. Il en va de même du clan le plus rare, celui de Xénia, auquel appartient environ 1 % des indigènes d'Amérique. Ce clan, on l'a vu, trouvait ses origines aux confins de l'Europe et de l'Asie.

La génétique s'accorde ainsi avec l'idée d'un passage plus tardif de la Sibérie vers l'Alaska occidental, alors que l'Âge glaciaire touchait à sa fin et que le niveau de la mer avait commencé à remonter. Mais l'arrivée en Alaska n'était pas la fin de l'histoire. L'Amérique du Nord était recouverte de deux immenses plaques de glace : l'une enveloppait les Rocheuses et les sommets du sud de l'Alaska ; l'autre la totalité du Canada. Au cœur du dernier Âge glaciaire, alors que le niveau de la mer était assez bas pour découvrir le pont de terre de la Sibérie, ces deux grandes plaques se retrouvèrent soudées l'une à l'autre, barrant ainsi l'accès à l'intérieur. Les premiers Américains se retrouvaient donc face à un dilemme. S'il faisait assez froid pour rejoindre l'Alaska par voie de terre, il faisait en même temps trop froid pour venir à bout des plaques de glace. Inversement, s'il faisait assez chaud pour traverser les plaques de glace, le pont de terre devait être noyé sous la mer. Or il a bien fallu que les premiers Américains se retrouvent un jour échoués en Alaska occidental. Les deux plaques de glace finirent par se retirer suffisamment pour créer entre elles un couloir étroit. Ce n'était pas une vallée verdoyante, mais un passage rude à travers lequel les pionniers progressèrent peu à peu avant de déboucher, enfin, sur les Grandes Plaines qui grouillaient de gibier. Ce dut être un spectacle aussi merveilleux que réconfortant pour les premiers hommes qui s'étaient aventurés dans ce couloir. La voie était désormais ouverte à une rapide colonisation de l'Amérique du Nord et du Sud. À en juger par les dates de multiples sites archéologiques, celle-ci se fit en un temps record, en l'espace d'un millier d'années seulement.

La génétique s'accorde parfaitement avec ce scénario sauf sur un détail : un des quatre clans, le clan d'Ina, est quasiment absent chez les habitants modernes de la Sibérie et de l'Alaska. On le trouve en Amérique du Sud et en Amérique centrale, et il est encore bien représenté chez les indigènes d'Amérique jusqu'à l'île de Vancouver, sur la côte nord-ouest du Pacifique, mais pas plus loin. Curieusement, ce même clan est aussi celui qui se trouve étroitement associé à la colonisation des îles polynésiennes depuis l'Asie du Sud-Est. Ainsi qu'on l'a vu plus haut, les séquences précises des Polynésiens et des indigènes d'Amérique qui appartiennent à ce clan largement disséminé sont assez différentes pour exclure une colonisation directe des Amériques depuis l'Asie via la Polynésie. La curieuse absence de ce clan chez les actuels habitants de la Sibérie et de l'Alaska suggère cependant un possible écho génétique d'une seconde colonisation, maritime cette fois, qui aurait remonté les côtes de l'Asie, puis redescendu la côte Pacifique de l'Amérique du Nord. La montée rapide du niveau de la mer qui a submergé une bonne partie de l'Asie du Sud-Est a dû fortement inciter les populations à trouver des terres nouvelles. Se pourrait-il que la même migration maritime qui aboutit finalement à la colonisation des îles lointaines du Pacifique ait également amené une branche de ce clan remarquable en quête de terres nouvelles à remonter vers le Nord, puis à franchir les eaux polaires pour enfin arriver dans la zone tempérée de l'Amérique centrale ? Quel voyage extraordinaire !

Les populations du continent asiatique colonisèrent également le Japon à peu près à l'époque où les premiers colons arrivèrent en Amérique. L'une des grandes questions de la préhistoire japonaise est précisément de savoir dans quelle mesure la population moderne trouve ses racines génétiques dans ces populations Jomon, qui seraient arrivées au Japon il y a environ douze mille ans, plutôt que dans les populations Yayoi beaucoup plus tardives et les migrations ultérieures depuis la Corée qui ont marqué les deux mille cinq cents dernières années. Le problème qui se pose ici est parallèle à celui de la composition du pool génétique de l'Europe moderne, et de la part respective des chasseurs-cueilleurs et des agriculteurs arrivés plus récemment du Proche-Orient. L'ADN mitochondrial a permis d'élucider ce point. Peut-on faire de même au Japon ?

Si les recherches ne font que commencer au Japon, des signes encourageants laissent penser que la génétique permettra de trancher la question. Outre les Japonais des îles centrales de Honshu, de Shikoku et de Kyushu, les anthropologues identifient deux autres groupes ethniques contemporains : les Aïnous de Hokkaido, au nord, et les habitants de Ryukyu, qui vivent essentiellement sur l'île la plus au sud, Okinawa. Suivant une théorie, ces deux populations descendent des premiers colons Jomon qui occupèrent tout le Japon avant d'être évincés des îles centrales et refoulés vers Hokkaido et Okinawa par l'arrivée des Yayoi de Corée. Les quelques recherches poursuivies au Japon confirment en partie cette idée, dans la mesure où elles montrent que les Japonais modernes des îles centrales partagent beaucoup plus de types mitochondriaux avec les Coréens modernes que les Aïnous et les habitants de Ryukyu. Mais elles font aussi apparaître que ceux-ci n'ont pas non plus beaucoup de types en commun. Suivant des estimations comparables à celles effectuées pour les principaux groupes européens, ces deux populations auraient accumulé des mutations distinctes au cours des douze mille dernières années, ce qui suggère qu'elles descendent l'une et l'autre des Jomon, mais aussi qu'elles n'ont plus eu de contacts étroits depuis cette date.

Bien que la majorité des Japonais modernes vive aujourd'hui à Honshu, à Shikoku et à Kyushu, ils partagent de nombreuses séquences d'ADN mitochondrial avec les Coréens modernes : leur lignée maternelle les rattache donc aux Yayoi et aux migrations ultérieures. Beaucoup d'autres Japonais descendent aussi, par la lignée maternelle, des Jomon et ont de proches parents parmi les Aïnous et les habitants de Ryukyu. Tandis que la génétique confirme sans l'ombre d'un doute que l'impact des colons Yayoi venus du continent asiatique a été très marqué, beaucoup plus que celui des agriculteurs proche-orientaux en Europe, cet impact n'a pas été écrasant. Les recherches sur le Japon ne font que commencer, mais l'ADN mitochondrial montre d'ores et déjà formellement que les Japonais modernes sont le fruit d'un mélange des Jomon et des Yayoi et que, une fois encore, l'idée de races génétiquement pures ne repose sur rien.

L'Amérique et le Japon ont d'abord été peuplés par les descendants de bandes de chasseurs rompus aux conditions rudes de la toundra asiatique. Leur monde n'avait rien à voir avec celui qu'avaient connu leurs ancêtres au Proche-Orient. Apparemment, il fallut un séjour de cinquante mille ans au Proche-Orient pour que l'*Homo sapiens* s'acclimate, tant physiquement que dans ses formes d'organisation, à ces conditions extrêmes. Mais il y avait une autre manière de sortir du Proche-Orient sans pour autant devoir s'adapter à la vie sur la toundra et au même sempiternel régime alimentaire fait de renne et de bison. Cette autre voie passait par la côte de l'Arabie, le golfe Persique et le Pakistan, le sud des grandes chaînes de montagnes d'Asie centrale, puis l'Inde et l'Asie du Sud-Est. Cette route était beaucoup plus chaude, et beaucoup plus proche des conditions qui régnaient en Afrique. Il eût été possible de l'emprunter tout de suite, en se dispensant du long interlude nécessaire pour s'adapter au froid des latitudes plus élevées. Des hommes ont-ils suivi cette route maritime méridionale des millénaires avant que leurs lointains parents n'investissent finalement l'Europe et l'Asie septentrionale ? Malheureusement, on n'a pas de confirmation archéologique d'un tel mouvement de population et, du fait de la montée du niveau des mers, les sites côtiers sont désormais engloutis. Dernièrement, cependant, on a découvert des haches et des éclats d'obsidienne sur une plage fossile surélevée de la mer Rouge. Malgré l'absence de squelettes humains, sans lesquels on ne saurait affirmer que les habitants du site étaient anatomiquement parents de l'*Homo sapiens*, on a désormais la preuve directe d'une occupation humaine très ancienne des sites côtiers.

Les découvreurs de l'Australie connaissaient certainement l'art de naviguer. Lors même que le niveau de la mer était au plus bas, un bras de mer d'au moins cinquante kilomètres séparait encore ce continent de la terre la plus proche. Mais quand sont arrivés les premiers hommes ? Comme pour les sites américains, la datation des tout premiers sites archéologiques a été controversée. À en juger cependant par un site d'inhumation récemment daté, dans le Sud-Est australien, l'*Homo sapiens* était déjà présent il y a au moins soixante mille ans. Même si ce ne sont que des dates approximatives, elles prouvent que les humains modernes ont atteint l'Australie des milliers d'années avant que ne commence la colonisation de l'Europe et de l'Asie septentrionale.

Si l'archéologie est peu concluante, que peut nous apprendre la génétique ? Pour des raisons bien compréhensibles, les indigènes d'Australie se méfient terriblement des tests génétiques, surtout quand ce sont leurs anciens oppresseurs qui les font. De ce fait, très peu d'échantillons d'ADN mitochondrial ont pu être séquencés. Les quelques résultats publiés ne font apparaître qu'un lien des plus lointains avec les quatre clans de l'Asie septentrionale qui ont colonisé l'Amérique. Dès lors, il est exclu que les mêmes chasseurs qui ont traversé l'Asie au nord de l'Himalaya, puis entrepris de coloniser l'Amérique, aient ensuite obliqué vers le sud pour arriver les premiers en Australie. La chose étant assez bien établie, on en est réduit à imaginer un mouvement de population antérieur du Proche-Orient vers l'Asie du Sud. Mais nous connaissons encore trop mal la génétique mitochondriale des indigènes d'Australie pour en dire davantage sur leurs liens génétiques avec les populations d'autres parties de l'Asie méridionale. Les rares séquences publiées laissent penser que l'Australie compte plusieurs clans, qui restent à identifier. C'est cependant là le signe d'une arrivée très précoce, qui a laissé largement le temps aux mutations de s'accumuler. C'est aussi le signe qu'une population relativement restreinte, aux effectifs constants, a vécu là pendant des milliers d'années. Ce constat cadre avec ce que nous savons des conditions arides et hostiles qui ont prévalu sur cet immense continent et qui étaient propres à contenir la croissance démographique.

Je ne doute pas que la génétique ait beaucoup à nous apprendre sur les premiers Australiens, la date de leur arrivée et la route qu'ils ont suivie. Je suis également certain que ce sont les indigènes eux-mêmes, non les Européens comme moi, qui écriront cette page de l'histoire. Cette histoire est la leur, non pas la mienne même si, pour ma part, j'aimerais qu'ils la partagent avec nous.

CHAPITRE [illegible]

Le sentiment du mot

Dans le dernier chapitre, je me suis laissé aller à parler de la préhistoire de l'homme dans un langage que je m'étais toujours efforcé d'éviter. Ce langage est celui des généralisations, viciées par l'intentionnalité implicite jusque dans des formules apparemment aussi anodines que « les premiers Américains » ou « les premiers Australiens ». C'est une manière de laisser croire à l'existence d'une unité cohérente, suivant une ligne politique adoptée d'un commun accord. Comme si nos ancêtres avaient lu dans des manuels des propos du style : « C'est bon, les amis. Quinze mille ans ont passé. Il est temps de franchir le pont de terre de Béring. Et ne perdons pas de temps. Ça ne va pas durer éternellement. » De même pour les hommes de Neandertal : « Désolé, les gars. Il est temps pour nous de s'éteindre et de laisser la place aux hommes de Cro-Magnon. » Tout cela est d'un grotesque achevé. Il n'y a jamais eu de plan concerté. Comment aurait-il pu en aller autrement ? Nul ne peut savoir ce qui se trouve au-delà de l'horizon. Toute la préhistoire des premiers humains repose sur les décisions de divers individus ou tout au plus de petites bandes d'à peine quelques dizaines de personnes.

« Les Romains envahirent la Grande-Bretagne en l'an 43 de notre ère » [illegible] une [illegible]

CHAPITRE 23

Le sentiment du moi

Dans le dernier chapitre, je me suis laissé aller à parler de la préhistoire de l'homme dans un langage que je m'étais toujours efforcé d'éviter. Ce langage est celui des généralisations, viciées par l'intentionnalité implicite jusque dans des formules apparemment aussi innocentes que « les premiers Américains » ou « les premiers Australiens ». C'est une manière de laisser croire à l'existence d'une unité cohérente, suivant une ligne politique adoptée d'un commun accord. Comme si nos ancêtres avaient lu dans des manuels des propos du style : « C'est bon, les amis. Quinze mille ans ont passé. Il est temps de franchir le pont de terre de Béring. Et ne perdons pas de temps. Ça ne va pas durer éternellement. » De même pour les hommes de Neandertal : « Désolé, les gars. Il est temps pour nous de s'éteindre et de laisser la place aux hommes de Cro-Magnon. » Tout cela est d'un grotesque achevé. Il n'y a jamais eu de plan concerté. Comment aurait-il pu en aller autrement ? Nul ne peut savoir ce qui se trouve au-delà de l'horizon. Toute la préhistoire des premiers humains repose sur les décisions de divers individus ou, tout au plus, de petites bandes d'à peine quelques dizaines de personnes.

« Les Romains envahirent la Grande-Bretagne en l'an 43 de notre ère » : voilà en revanche une proposition qui tient la route. Qui veut dire quelque chose. Un empire disposant d'une armée structurée peut prendre des décisions et organiser des actions de grande ampleur pour les exécuter. Mais cela requiert un degré d'organisation et de suite dans les idées sans commune mesure avec ce qui était concevable dans notre lointain passé. Tout se passe comme si nos gouvernements, nos sociétés et autres organisations nous avaient fait oublier les possibilités et l'importance des actions individuelles, sur une petite échelle. J'ai tâché de réparer cet oubli dans ma vie imaginaire des sept filles d'Ève. Alors même qu'elles étaient à la merci d'éléments de leur environnement sur lesquels elles n'avaient pas la moindre prise — les déplacements des animaux, l'avancée et le retrait des calottes glaciaires —, leurs réponses au jour le jour relevaient d'un choix individuel sous contrainte. Dans cette vision des choses, les variables de l'évolution humaine sont les impondérables et la contingence. Un bateau coule. Une île polynésienne ne sera découverte que cent ans plus tard.

Cette forme de génétique me plaît, parce qu'elle remet l'accent à sa juste place : sur les individus et les actions. Elle est autrement plus séduisante que la génétique de grand-papa, dont la méthodologie obligeait à faire entrer de force les gens dans des catégories toujours plus absurdes et fallacieuses. Avant de me lancer dans ce travail, j'avais toujours imaginé mes ancêtres, pour autant que j'y pensais, comme une série vague et amorphe de morts, sans lien véritable avec moi ou avec le monde moderne. En tout cas sans rapport avec nous. La vie des hommes de Cro-Magnon n'était certes pas dénuée d'intérêt, mais elle ne me concernait guère. Du jour où la génétique m'a fait comprendre que l'un de mes ancêtres était bel et bien parmi nous, cet intérêt est devenu irrésistible. L'ADN est le messager qui éclaire ce lien, qui est passé de génération en génération, qui a été littéralement porté dans le corps de mes ancêtres. Chaque message relate un voyage à travers le temps et l'espace, un voyage qui nous ramène à nos mères ancestrales. Nous ne connaîtrons jamais tous les détails de ces périples par-delà des milliers et des milliers d'années, mais il nous est au moins permis de les imaginer.

Je suis à la tribune. Devant moi, dans une lumière tamisée, se trouvent tous les hommes qui ont jamais vécu, alignés en rangées successives qui se perdent dans le lointain. Ils ne font aucun bruit que je puisse entendre, mais ils se parlent les uns aux autres. J'ai dans la main le bout du fil qui me rattache à ma mère ancestrale. Je tire sur ce fil et, à chaque génération, une femme, sentant la saccade, tourne la tête dans ma direction. Leurs visages se détachent de la foule et s'illuminent d'une étrange lumière. Ce sont mes ancêtres. Je reconnais ma grand-mère au premier rang, mais les visages des générations antérieures me sont peu familiers. Les femmes ne se ressemblent pas. Les unes sont grandes, les autres petites ; certaines sont belles, d'autres quelconques ; les unes ont l'air riches, d'autres pauvres. J'ai envie de les interroger, chacune à tour de rôle, sur leur vie, leurs espoirs et leurs déceptions, leurs joies et leurs sacrifices. Je parle, mais elles ne peuvent m'entendre. Je me sens pourtant avec elles un lien très fort. Toutes ces femmes sont mes mères. Elles se sont transmis ce précieux messager de l'une à l'autre à travers mille naissances, mille hurlements, mille embrassades d'un millier de nouveau-nés. Ce fil devient un cordon ombilical.

Au millième rang, se trouve Tara, la mère ancestrale de mon clan. Elle tire sur le cordon. Dans l'immense cohue, un million d'ancêtres sentent la tension des fils qui les rattachent à elle. Je perçois moi-même la saccade à hauteur du nombril. Du haut de la tribune, sous les feux de la rampe, je parcours la salle du regard. J'ai l'impression que d'autres aussi sentent cette saccade. Ce sont les autres membres du clan. Nous nous regardons et ressentons au fond de nous ce lien ombilical. Je regarde mes frères et sœurs. Maintenant que je sais qui ils sont, j'ai le sentiment de partager avec eux quelque chose de très profond. Je me sens plus proche d'eux que des autres. Comme mes ancêtres, ils sont très différents les uns des autres mais, à la différence de mes ancêtres, je peux leur en parler.

Lorsque deux personnes découvrent qu'elles appartiennent au même clan, elles éprouvent souvent ce sentiment de parenté. Très peu sont capables de le verbaliser, mais il n'en est pas moins présent. Bien que l'ADN soit l'instrument qui permette de suivre ce lien, je ne pense pas qu'il soit pour quelque chose dans cette sensation. Il paraît inconcevable que les quelques gènes du génome mitochondrial puissent directement inspirer des sentiments de ce genre. Ce sont certainement des gènes importants et, on l'a vu, ce sont eux qui permettent aux cellules d'utiliser l'oxygène. Faute de preuves, il serait hasardeux de soutenir que ce sentiment d'expérience commune trouve ses origines dans les similitudes du métabolisme cellulaire. L'ADN est assurément un objet matériel qui s'est transmis de génération en génération ; mais sa force tient moins à la chimie du corps qu'il contrôle directement qu'à sa valeur de signe ou de symbole de l'ascendance commune qu'il révèle.

Nombreux sont ceux qui éprouvent ce sentiment de proximité et d'intimité avec d'autres membres du même clan. Mais l'éprouveraient-ils si les tests d'ADN n'avaient révélé ce lien ? Deux étrangers pénètrent dans une salle bondée. Leurs yeux se croisent. D'instinct, ils se sentent attirés l'un vers l'autre, sans savoir pourquoi. Agissent-ils sous l'effet d'une mémoire inconsciente de cette antique parenté ? Nul ne s'est encore penché sur cette intrigante possibilité, mais plus les gens découvriront à quel clan ils appartiennent, plus on saura à quoi s'en tenir sur leurs réactions face à leurs aïeux comme sur leurs attitudes les uns envers les autres.

Qu'avons-nous en commun avec les autres membres de notre clan ? Nous partageons le même fragment d'ADN qui nous vient de nos ancêtres maternelles. Un fragment que nous ne cessons d'utiliser. Les cellules de chaque tissu lisent le message qu'il porte et, chaque seconde, en transmettent les instructions des milliers de fois. Chaque atome d'oxygène que nous inhalons en respirant doit être traité suivant la formule que nous ont transmise nos ancêtres. C'est en soi un lien très profond. Mais la route par laquelle ce gène nous est parvenu a son importance, car la voie suivie est la même qu'entre une mère et son enfant. C'est un témoin vivant du cycle de souffrance, de soins et d'amour qui recommence à chaque fois que naît un bébé. Il suit en silence l'essence mystérieuse du féminin au fil d'un millier de générations. Telle est la magie profonde qui rattache tous les membres d'un même clan.

Dans un monde où l'histoire et la généalogie familiales sont régies par la transmission d'homme en homme, c'est un lien qui n'a rien d'évident. Nous connaissons tous ces parchemins enluminés qui célèbrent le pedigree des riches et des puissants. Sans exception, ils retracent toujours la transmission de père en fils des titres, des terres et des richesses. Même les arbres généalogiques des familles plus modestes respectent ce modèle de la transmission paternelle. La cause immédiate de ce monopole masculin sur le passé est tout simplement que les archives utilisées font une large place aux patronymes. De ce fait, il n'est pas étonnant que l'arbre qui en résulte soit toujours organisé autour des hommes. Mais la cause profonde est la même attitude patriarcale que nous avons vue à l'œuvre dans les premières théories de l'hérédité. La richesse et le rang sont les seules choses jugées dignes d'être transmises, et leur transmission s'est toujours faite par la lignée masculine.

L'usage étant pour les femmes d'adopter le nom de leur mari, plutôt que de conserver leur nom de jeune fille, il est extrêmement difficile de retracer les lignées maternelles, puisque les noms des femmes changent ainsi à chaque génération. Mais si les femmes gardaient leur nom de jeune fille, le problème ne serait pas résolu pour autant, car un nom de jeune fille n'est jamais qu'un autre patronyme : celui du père, plutôt que celui du mari. Du coup, on comprend l'étonnement de beaucoup en apprenant qu'il existe bel et bien un arbre généalogique maternel, une image spéculaire de la version paternelle traditionnelle. Pour ma part, je n'en ai jamais vu couché sur le papier.

La génétique aide à reconstituer des arbres maternels détaillés en l'absence de toute trace écrite, mais la meilleure solution, pour les généalogistes des générations futures, serait de créer carrément une nouvelle classe de noms. Chacun recevrait son nom de sa mère. Les femmes transmettraient leur nom à leurs enfants. On aurait alors l'image spéculaire exacte du système actuel avec les patronymes reçus du père et transmis aux fils. Nous aurions alors tous trois noms : un prénom, un patronyme et un matronyme. L'homme transmet son patronyme à ses enfants ; la femme leur donne son matronyme. La transmission suivant la lignée maternelle, ces noms correspondront parfaitement à l'ADN mitochondrial. Ils refléteront aussi les liens biologiques plus exactement que les patronymes, parce qu'il y a très rarement des doutes sur l'identité d'une mère. Le temps passant, les gens pourraient connaître leurs parents maternels portant le même matronyme comme ils peuvent aujourd'hui retrouver leurs parents paternels. En attendant, il restera beaucoup plus difficile de dresser un arbre généalogique maternel que de tracer son équivalent masculin.

Depuis que j'ai entrepris d'aider les gens à retrouver leurs ancêtres ou leurs parents en recourant à l'ADN, j'ai reçu maintes demandes de personnes qui ont épluché les registres d'état civil, mais qui, pour une raison ou pour une autre, sont revenus bredouilles. Les archives sont des documents fragiles : quand elles ne sont pas détruites par le feu, rongées par les termites ou effacées par la moisissure, il arrive tout simplement qu'elles se perdent. En ce cas, l'ADN permet de combler les vides. Il compense la fragilité naturelle de l'encre et du papier. Pour beaucoup de gens, cependant, l'absence de documents sur leurs ancêtres ne doit rien au hasard : c'est le fruit d'une oblitération délibérée. En ce cas, l'ADN n'est plus un simple complément utile des techniques traditionnelles du généalogiste, mais devient leur seul et unique lien matériel avec le passé.

Pour Jendayi Serwah dc Bristol, par exemple, explorer son passé était une mission d'une grande importance personnelle. Jamaïcains, ses parents étaient arrivés adolescents en Grande-Bretagne. Leurs ancêtres avaient été enlevés en Afrique pour travailler comme esclaves sur des plantations. Mais il n'en subsistait aucune trace écrite. Les navires des négriers se contentaient d'une description des plus sommaires de leur cargaison humaine : le nombre d'hommes et de femmes embarqués, le nombre de survivants au terme d'un long voyage. Après leur débarquement, les esclaves étaient vendus aux plantations et perdaient toute individualité.

On leur attribuait des noms européens. Aucun registre d'état civil ne gardait trace des naissances, des mariages et des décès. Le passé individuel des esclaves était délibérément effacé. Il eût été non pas difficile, mais totalement impossible, à Jendayi de remonter dans son passé jamaïcain au-delà de quelques générations. Naturellement, elle soupçonnait que ses lointains ancêtres étaient africains, mais elle n'en avait aucune preuve tangible, hormis le fait que de nombreux captifs d'Afrique occidentale avaient été vendus aux planteurs des Caraïbes. Que la signature de l'ADN mitochondrial prélevé sur elle fût clairement africaine n'était donc guère surprenant. Quand je l'informai du résultat et ajoutai que nous avions retrouvé une séquence presque identique chez un Kikuyu du Kenya, elle en resta cependant sans voix. Elle avait enfin la preuve *personnelle* qu'elle espérait depuis si longtemps. La femme qui avait enduré ces épreuves et survécu à ce terrible voyage avait laissé un document, transmis de génération en génération. Un document que les planteurs n'avaient pu effacer, qui était passé inaperçu, que personne n'avait encore lu. Et voici que Jendayi avait retrouvé dans son corps une copie parfaite de l'original africain.

J'ai vu bien d'autres périples stupéfiants attestés par ce remarquable fragment d'ADN. Pour ce qui est de l'Europe occidentale, près de 90 % des Européens trouvent leur place sans mal dans l'un des sept clans. Ce qui laisse tout de même pas mal de gens dont les lignées maternelles ont une histoire différente. À la différence de Jendayi, ils ignorent tout des voyages exotiques consignés dans leur ADN. Par exemple, une institutrice d'Édimbourg porte sans doute possible la signature de l'ADN mitochondrial polynésien. Elle connaît l'histoire de sa famille depuis deux siècles, et rien ne lui permet de deviner comment cet ADN exotique est arrivé jusqu'à elle depuis les antipodes. En revanche, sa présence ne fait pas l'ombre d'un doute. De quelles aventures dans les mers du Sud ce fragment d'ADN est-il le témoignage ? Peut-être descend-elle d'une princesse tahitienne qui s'était éprise d'un beau capitaine. Peut-être est-elle l'arrière-petite-fille d'une esclave capturée par les Arabes sur les côtes de Madagascar... Notre ADN a enregistré maint autre voyage tout aussi mystérieux : la séquence coréenne, que l'on retrouve régulièrement chez les pêcheurs de la Norvège et du nord de l'Écosse ; l'ADN de toute évidence africain d'un patron de laiterie du Somerset, et qui est peut-être un héritage des esclaves acheminés par les Romains dans la ville voisine de Bath ; la séquence d'un libraire de Manchester qui est si inhabituelle que la séquence la plus proche se trouve chez les indigènes du Queensland, en Australie.

Une séquence génétique remarquable témoigne d'un authentique tour du monde. Deux pêcheurs d'une petite île, au large de la côte ouest de l'Écosse, possèdent des séquences mitochondriales peu communes. Au départ, j'ai cru qu'ils pouvaient être de proches parents. Mais rien ne leur permettait de le croire. En étudiant d'autres séquences de l'Europe et du reste du monde, il est apparu que les séquences les plus proches se trouvaient, respectivement, au Portugal et en Finlande. Il s'agissait de séquences rares en Europe, et étrangères aux sept clans. La séquence portugaise correspondait à plusieurs séquences d'Amérique du Sud ; et la séquence finnoise était proche de séquences sibériennes, où nous avons également découvert la séquence ancestrale du Sud-Américain. Nos deux pêcheurs sont donc bel et bien apparentés, mais à travers une ancêtre sibérienne commune. Une lignée d'ancêtres maternelles était partie de Sibérie pour longer les côtes de l'Arctique et rejoindre la Scandinavie, puis gagner l'Écosse, peut-être à bord d'un navire viking. L'autre était passée en Amérique par le détroit de Béring, avant de pousser jusqu'au Brésil. À un moment ou à un autre, peut-être après que le Brésil était devenu une colonie portugaise, une femme porteuse de cet ADN avait traversé l'Atlantique pour rejoindre le Portugal, puis ce fragment d'ADN mitochondrial avait d'une manière ou d'une autre remonté l'Atlantique pour échouer sur la côte ouest de l'Écosse. Les deux voyages avaient conduit à la même île, après avoir décrit un tour du monde en sens inverse.

Ces histoires et d'autres de même nature privent l'idée même de race de toute base biologique. Ce que j'ai rapporté ici n'est que la pointe de l'iceberg, le message clair du gène le plus facile à lire. Les dizaines de milliers d'autres gènes du noyau des cellules feraient tous écho au même message. Nous sommes tous le fruit d'un brassage ; nous sommes tous apparentés. Chaque gène, par un voyage différent, nous ramène à un ancêtre commun. Tel est l'héritage tout à fait extraordinaire que nous avons tous reçu des hommes qui nous ont précédés. Loin d'apparaître à la naissance, ils ont été portés jusqu'à nous par les millions d'individus qui se sont succédé au fil de plus d'un millier de générations.

Dernièrement, lors d'une conférence, j'ai été sidéré d'entendre des spécialistes du droit des brevets et de biotechnologie disserter des avantages et des inconvénients de protéger les gènes par des brevets. Les arguments avaient un caractère terriblement légaliste. Pour les juristes, l'ADN n'était jamais qu'un produit chimique. Puisqu'on pouvait en faire une synthèse artificielle, pourquoi ne pas le faire breveter comme n'importe quel autre produit chimique ? À un moment, le patron enthousiaste d'une grande société pharmaceutique s'est levé pour prendre la parole. Résumant la situation actuelle, il a illustré son propos par un graphique montrant comment les grandes sociétés pourraient se partager la propriété du génome humain, la somme de tous les gènes de notre espèce. Chacune avait sa part de gâteau. Les arguments financiers étaient imparables. Il ne fallait pas attendre des sociétés de gros investissements en génétique si elles ne pouvaient pas protéger leurs investissements par des brevets. Chaque jour sont déposées des demandes de brevets visant à asseoir un monopole commercial sur nos gènes. En les écoutant, je ne pouvais me défendre de la sensation pour le moins fâcheuse de voir vendre à l'encan diverses parties de ma personne et de mon passé.

Au fil des débats, je songeais à la situation. Pendant que je me trouvais dans cette salle de conférences, l'un des hauts lieux de la recherche sur l'ADN, juste à côté, dans des pièces immenses, des rangées de robots décryptaient en silence les secrets du génome. Dans l'entrée, un dispositif électronique affichait les séquences d'ADN à mesure qu'elles sortaient des machines. Sous mes yeux, défilaient sur l'écran les détails du génome restés cachés depuis les débuts de l'évolution. Cette réduction de la condition humaine à un chapelet de lettres chimiques était-elle l'expression ultime de l'Âge de la Raison, qui avait commencé par séparer l'esprit de l'intuition, puis nous avait éloignés de la nature et de nos ancêtres ? Quel paradoxe que ce même ADN soit aussi l'instrument qui nous rattache aux mystères de notre lointain passé et, loin de le diminuer, ne fait que renforcer le sentiment du moi !

Un simple produit chimique ? Tout compte fait, pas vraiment, mais le don le plus précieux de tous.

Remerciements

[illegible] beaucoup à quantité de gens. N'allez pas imaginer un seul instant que je sois le seul découvreur de toutes [illegible] ici comme venant de [illegible] repose sur le travail [illegible]

[illegible]

Remerciements

Ce livre doit beaucoup à quantité de gens. N'allez pas imaginer un seul instant que je sois le seul découvreur de tout ce qui est présenté ici comme venant de mon laboratoire. La science moderne repose sur le travail en équipe et j'ai eu la chance d'être entouré au fil des ans de chercheurs de grand talent. De manières différentes, tous ont contribué à forger cette histoire. Je tiens en particulier à remercier Martin Richards, Vincent Macaulay, Kate Bendall, Kate Smalley, Jill Bailey, Isabelle Coulson, Eileen Hickey, Emilce Vega, Catherine Irven, Linda Ferguson, Andrew Lieboff, Jacob Low-Beer et Chris Tomkins. À Oxford, je dois aussi remercier Robert Hedges, de la Radiocarbon Accelerator Unit, de m'avoir lancé dans cette aventure, William James, à l'époque *Fellow* de la plupart des collèges d'Oxford, pour les suggestions inspirées dont il n'a cessé de me gratifier, et, à Londres, Chris Stringer de m'avoir permis de faire des prélèvements sur des fossiles confiés à ses soins. Je suis très reconnaissant à Clive Gamble de ses travaux dirigés sur le monde ancien. Je dois enfin des remerciements particuliers au professeur David Weatherall, qui a non seulement toléré, mais aussi activement encouragé la poursuite de recherches aussi exotiques et apparemment absurdes au sein de son Institut de médecine moléculaire d'Oxford.

Peut-être avez-vous également l'impression que

mon groupe de recherche est le seul au monde à accomplir ce genre de travail. Ce n'est certainement pas le cas, et rien de tout ceci n'eût été possible sans les travaux pionniers de beaucoup d'autres, dont Luca Cavalli-Sforza, Alberto Piazza, Walter Bodmer, le regretté Allan Wilson, Svante Paabo, Mark Stoneking, Rebecca Cann, Douglas Wallace, Antonio Torroni, Mark Jobling et Peter Underhill. Nous ne sommes pas tous nécessairement d'accord les uns avec les autres, vous l'avez vu. Mais sans eux, et beaucoup d'autres, ce voyage eût été bien plus ardu et infiniment plus austère.

Quatre personnes, en particulier, m'ont aidé à donner à cette histoire la forme d'un livre. Le professionnalisme tranquille de mon éditrice, Sally Gaminara, et l'enthousiasme contagieux de mon agent, Luigi Bonomi, n'ont cessé de me porter. Si l'on ajoute à cela la minutie de Gillian Bromley, qui a préparé le texte, et la patience de Julie Sheppard, qui a dactylographié mes gribouillages, peu d'auteurs auraient pu être aussi bien entourés.

Pour finir, je suis redevable aux milliers de volontaires qui, en me donnant des échantillons d'ADN, m'ont permis de scruter les secrets de leur passé génétique. Sans eux, il n'y aurait pas eu d'histoire à raconter. Certains noms ont été modifiés afin de préserver leur anonymat. Je tiens à remercier tout particulièrement le gouvernement et la population de Rarotonga, dans les îles Cook, qui se sont montrés exceptionnellement serviables, ainsi que Malcolm Laxton-Blinkhorn pour sa remarquable hospitalité au cours de mes séjours dans cette île délicieuse. Enfin, merci à Janis, à Jay, à Sue et à mon fils Richard, qui n'était encore qu'un embryon, de m'avoir accompagné.

Table

Composition réalisée par NORD COMPO

IMPRIMÉ EN ALLEMAGNE PAR ELSNERDRUCK
Berlin
LIBRAIRIE GÉNÉRALE FRANÇAISE - 43, quai de Grenelle - 75015 Paris
Dépôt légal Édit. : 39848-11/2003
Édition 01
ISBN : 2 - 253 - 15588 - 8